鬼人幻燈抄❷

江戸編　幸福の庭

中西モトオ

JN051919

双葉文庫

鬼人幻燈抄②
江戸編　幸福の庭

目次

江《え》戸《と》編

鬼の娘

1

鬼が出る、という噂が流れ始めたのはいつの頃からか。

天保《てんぽう》八年、アメリカ船モリソン号が浦賀港へ侵入する。この事件を皮切りに、天保十四年にはイギリス船サマラン号が琉球・八重山《やえやま》を強行測量、翌年にはフランス船アルクメーヌ号が那覇に入港するなど、長らく続いた鎖国体制は破綻の兆しを見せていた。

嘉永《かえい》三年（1850年）・秋。ちらつく諸外国の影。まともな対応を取れぬ幕府。不安が少しずつ民の心を摩耗させたせいだろうか。江戸では「鬼が出る」という噂がまことしやかに囁《ささや》かれていた。

元々、江戸は怪異譚《かいいたん》の多い都だ。嫉妬に狂う鬼女や柳の下の幽霊、夜毎《よごと》練り歩く魍《もう》魎《りょう》どもと数え上げれば切りがなく、しかしここ数年、それらの目撃談は異様なほどに増加している。だからと言って民の生活は変わらない。皆不安を抱きながらも日々を繰り返していく。

ただ、誰もが漠然と理解していた。

何かが、終わろうとしていると。

甚夜《じんや》が葛野《かどの》を出て、既に十年の歳月が流れていた。

◆

善二《ぜんじ》が日本橋の大通りにある商家『須賀屋《すがや》』で住み込みを始めたのは、十歳の頃である。小僧として使い走りや雑役に従事して早十年。二十歳になり手代《てだい》を任せられた彼は、生来の人懐っこい性格が幸いしたのか、問屋や顧客の覚えもめでたく次の番頭にと期待されていた。

「では、これからもよろしく頼んます」

「こちらこそ。善二さんが相手なら安心して商いができます」

「はは、よしてくだせぇ。そんな大層な男じゃありませんて」

日本橋一帯には大通りばかりでなく裏通りなどにも問屋が並び、人の出入りも多いためせわしない印象を受ける。善二もまた、朝早くから日本橋を訪れて問屋の主人と話し込んでいた。

須賀屋では簪《かんざし》や櫛《くし》、根付《ねつけ》や扇子などの小間物を取り扱っている。職人に直接一品ものを依頼する他にも、問屋から大量生産品を仕入れることもある。当然、問屋並びに足を運ぶ機会も多く、今ではすっかり裏通りの店主達と親しくなっていた。

「ところで、千軒堂九左衛門《せんけんどうくざえもん》はご存じで？」

「伝馬町《てんまちょう》の絵草子屋ですか？　俺もそこそこは訪ねますけど」

「いえね、そちらで陰間《かげま》（若い男娼）の春画を取り扱っておるのですが、新作がなかなか良い出来で」

「いやあ、申しわけない。前も言いましたが、そっちはあまり興味がありませんねぇ」

親しくなった分、深い話を振られることもある。善二も男だ、春画の類は決して嫌いではない。だが男色の気はなく、その手の話題にはあまり付き合ってやれなかった。

「そいじゃ、これで失礼をば」

愛想笑いを一つ適当に話を受け流し、善二は早々に裏通りを離れる。

「さて、帰って飯としますかね」

朝から動き回ってさすがに腹が減った。今日の飯はなんだろかと鼻歌交じりに帰路を辿るも、店に着けば違和感から彼の足は止まった。

「って、なんだ？」

須賀屋は通りに面した店と母屋を玄関棟で繋いだ形の、比較的大きな商家である。店舗は独立しているため、滅多なことがない限り常に玄関が開いている場合がほとんどだ。

しかし善二が戻ってきた時、まだ商いの時間だというのに店が閉まっていた。

なんでだ？

疑問に思いながらもとりあえずは玄関まで戻る。鍵は閉まっていないようだ。ゆっくりと引き戸を開きながら、できた隙間から中を覗き見る。

中には二人の男がいた。一人は見知った顔、須賀屋の主人である重蔵《じゅうぞう》だ。そして、もう一人は見たことのない六尺近い大男だった。善二は五尺程度しかないため、頭一つは違う。細身に見えるががっしりとした首回り、おそらく着物の下は相当鍛えられているに違いない。

旦那様、何話してんだ？

刀を腰に帯びた偉丈夫《いじょうふ》は着物こそ綺麗に洗われているが髷《まげ》を結っておらず、肩まで伸びた髪を後ろで縛っただけの乱雑さだった。普通の武士ならばそんな髪型はしない。つまり、あれはよくて野放図な武家の三男坊、あるいはまともな職にあり付けぬ浪人といったところだ。

最初は因縁でもつけられているのかと思ったが、そういう雰囲気でもない。では、いったいどのような関係か。商家の主人と浪人なぞ接点もあまりないだろうに、わざわざ店を閉めてまで話し込む理由など想像もつかなかった。

もう少し、隙間から成り行きを窺おう。そう思った矢先、大男がついと玄関へ視線を送ってきたので思い切り目が合ってしまった。

意識せずびくりと肩が震え、冷や汗が流れる。大男は善二に気付いて、ほんの少しだけ眉を顰《ひそ》めた。まだ年若いようだが、およそ真っ当な生き方をしてこなかったのだろう。眼光は刃物のように鋭かった。

「誰か、来たようですが」

低い声で男が言う。重蔵も促されてこちらを見る。そうなれば覗き見しているわけにもいかず、引きつったような笑みで引き戸を開けた。

「はは、どうも。なーんか、邪魔しちまったみたいで」

どうにもいたたまれなくて、ぺこぺこと頭を下げながら仕方なしに店へ入る。そんな善二に、主人はいつも通りの重苦しい声で語りかけた。

「……善二か」

須賀屋主人・重蔵。須賀屋を一代で築き上げ、五十に届こうという歳でありながらいまだに表に立って働く根っからの商人である。刻み込まれた眉間の皺《しわ》が苦労を感じさせる、厳めしい面をした男だった。

「あっと、ただいま戻りました。旦那様、こちらは？」

店の主は特に怒った様子もない。安堵して軽く息を吐いた善二は、視線を大男に送り尋ねる。すると重蔵は、眉間の皺をさらに深めた。

「今回雇った浪人だ」

「は?」

思わず間抜けな声を零《こぼ》してしまう。

雇った?

「ああっと……店で働くんで?」

「阿呆。学もない浪人に、そんな真似ができるか」

本人を目の前にしてそりゃねえだろう。そこの青年も気分を害しているのではないかと横目で盗み見る。

当の本人はどこ吹く風で表情も変えていない。浪人というから気性の荒い男かと思えば、実に冷静だ。年の頃は十七か十八といったところか、自分よりも年下に見える。

「奈津《なつ》に付けるのだ。これはそれなりの剣が使えるらしい」

「お嬢さんに?」

奈津というのは重蔵の娘である。といっても血は繋がっていない。生まれて間もない頃、家族が不幸に遭って天涯孤独となった彼女を重蔵が引き取ったのだ。顔に似合わず重蔵はこの娘を溺愛しており、奈津のわがままは大抵受け入れてしまう見事な親馬鹿ぶりである。

「ああ、もしかして例の？」

重蔵はゆっくりと、重々しく「うむ」と一言。

なるほど納得がいった。つまり、この浪人は護衛役というわけだ。

「後は任せる。奈津は血こそ繋がっていないが、本当の子供と同じくらいに大切な娘だ。しっかりと守れ」

厳めしい面はそのままに、重蔵が言い捨てる。依頼主とはいえあんまりな態度だが、大男は静かに頷いて返答とした。

折り目の付いた所作に満足したのか、重蔵はほんの少しだけ口元を緩める。彼にしては珍しく、なんとなしに寛《くつろ》いだ様子だった。

「詳しい話はお前からしておけ」

「いや、でも、そういうのは旦那様からするのが筋じゃ」

「しておけ」

「……はい、かしこまりました」

店の旦那に逆らうなどという選択肢はないが、それはそれとして若干の不満はある。半目で奥へと下がる重蔵の背中を見送る。足取りは、何故かいつもより軽いように思えた。

いつまでも不貞腐《ふてくさ》れていても仕方がない。善二は一連のやりとりが終わるのを無言で待っていた浪人と改めて向かい合った。

「すまん。悪い人じゃないんだが。っと、俺は善二、須賀屋の手代を任せられてる」

「甚夜と申します」

ほう、と感心して息を吐く。浪人といえばごろつきのような輩《やから》を想像していたが、どうもそうではないようだ。不愛想ではあるが最低限の礼儀は弁《わきま》えた青年である。

「おう、よろしくな。早速だけど、旦那様からどんだけ話を聞いてる？」

「娘が鬼に襲われそうなのでそれを討ち払え、くらいでしょうか」

世間体を考えれば秘するべき奈津との関係を簡単に話してしまうくせに、肝心の依頼の内容は全く伝えていない。あの人は何をやってんだと、善二は呆れてしまう。

「ほんとに何も話してないんだな……。なら、簡単にだが説明させてもらうよ。あんたに頼みたいのは奈津お嬢様の護衛なんだ」

「奈津……店主殿の娘、でしたか」

「ああ、今年で十三になる。ちょいと生意気だが可愛い娘さんだよ。聞いての通り血は繋がっていないけどな」

「奈津殿のご両親は？」

「何でも生まれて一年も経たないうちに亡くなったそうでね。それを旦那様が引き取ったって話だ。んで、だ。そのお嬢さんが言うには、どうにも夜な夜な『鬼が出る』らしい」

　そうして善二は、事の起こりを話し始めた。

　鬼が出る。昨日、奈津が突然そう言いだした。

　初めは奈津の部屋、廊下側の障子に黒い影が映ったというだけだったそうだ。奈津自身、夢でも見たのだと思ってさして気にしてはいなかった。

　二日目。影は初めに見た時よりも大きくなっている。障子の向こうは庭。つまり何者かが庭におり、段々と近付いてきているのだ。影は人の形をしている。だから奈津は思ったらしい。ああ、あれは鬼なのだ、と。

　三日目、つまり昨日のこと。さすがに怖くなった奈津は父に相談する。「鬼が出る」と伝えると、重蔵は苦渋に顔を歪めて護衛をつけると約束した。けれどその当夜、唸り声と共に再び鬼は現れる。そして、やけにはっきりと言ったそうだ。

『娘ヲ返セ』

　それは体の芯から凍てつかせるような、低く冷たい渇望の叫びだったという。

「娘を返せ……」

「ああ。つまり、鬼は奈津お嬢さんを娘だと思って攫《さら》おうとしてるってわけだ」

　娘を求める鬼。荒唐無稽のいかにもな怪談で、にわかには信じがたい話である。鼻で嗤《わら》うかとも思ったが、聞き終えた甚夜は真剣に何事かを考え込んでいる。

「あんたは、そのための護衛ってことだ。本当に出るのかどうかは分からないが、まあ、護衛を付けて旦那様やお嬢さんが安心するならそれでいいさ」

「その物言いからすると、善二殿はあまり信じていないようですが」

「ああ、いや、まあ……な」

正直なところ善二は鬼の話をあまり信じてはいなかった。そもそも彼は須賀屋に住み込みで働いている。それなのに昨夜出たという鬼を見ていないのだから、鵜呑《うの》みにするのは難しい。

奈津は十三歳。子供というほどの歳でもないが、まだまだ父親に甘えたい頃だろう。だから「鬼が出る」というのは奈津の狂言で、ただ単に父親の関心を引きたかったのではないかと思っていた。

「ま、まあ、俺がどう思っていようが構わないだろ？　大事なのは奈津お嬢さんなんだから。しかし、なんだな。目に入れても痛くないくらいに溺愛してるお嬢さんの護衛を、なんで浪人なんぞに任せようと思ったのか」

「浪人だからでは？　まさか鬼が出たと奉行所に助力を乞うわけにもいかぬでしょう」

「あぁ、そりゃそうか」

言い方は悪いが、金で転ぶ浪人くらいしかこんな依頼を受けなかったというだけ。その中でも、まだましだったのが目の前の男なのだろう。

「っと、悪い。さすがに失礼な物言いだった。一応言っとくけど、別に馬鹿にしているわけじゃないぞ？　旦那様の性格からすると考えられないってだけで」

「いえ、お気になさらず」

またやってしまった。重蔵に引き続いての失言を顧《かえり》みてすぐさま謝るが、やはり甚夜は平然としていた。気にしていないのか顔に出さないだけなのか、本当に動じない男である。

まあ、このくらいの方がありがたい。なにせ彼が護衛しなければならない奈津は、商家のお嬢様ではあるがお淑《しと》やかとは言い難い。生意気というか、ほんの少し口の悪い娘だ。気性の荒い浪人でなくてよかった。こういう男なら、途中で腹を立てて帰ってしまうことにはなるまい。

「そっか、ならいいんだけどよ。あと、話し方も普通でいいって。堅苦しいのは苦手でね」

「商家の手代がそれでよろしいのですか？」

「んな大層なもんじゃないって。小僧が少なかったから俺が選ばれたみたいなもんだし」

「それだけの理由で選ぶような人ではないと思いますが」

「ま、確かに。あんまりの謙遜は旦那様に失礼か、と話が逸れたな。なんにせよ俺は気安い方がいいんだ」

堅苦しいのが苦手なのは本音だが理由の半分。もう半分は、この浪人が気に入ったからだった。

善二の砕けた態度に甚夜は少しの間逡巡《しゅんじゅん》していたが、繰り返し「気にするな」と念を押せばやっと観念して首を縦に振ってくれた。

「では、お言葉に甘えて」

「まだ硬いが、まあいいか。さ、話してばかりでも仕方ないな。そろそろお嬢さんの所に行く」

「善二っ！」

「悪い。行く必要なくなった」

いい感じに話が落ち着いたところで、店に年若い女の声が響いた。二人してそちらを向けば、品のいい茜色の着物をまとった少女が両手を腰に当て、不機嫌そうに目の端を吊り上げていた。

「あー、お嬢さん、ただいま戻りました」

「遅い。ちゃんと早く帰ってきなさいって言ったでしょう」

相変わらずの態度である。奈津は気が強く年上の善二にも命令口調で話す。

生意気、口が悪い。須賀屋の者達が抱く印象はそんなところ。もっとも善二自身は、さほど気にしてはいないのだが。

「いや、そんなお袋じゃあるまいし。あと一応、俺、仕事してきたんですけど」

「何か言った？」

「いいえー、別にー」

じろりと睨まれ、思わず苦笑いが零《こぼ》れた。血が繋がっていないという割には、父親張りの厳しさである。

奈津は今年で十三歳。多少きついところもあるが、幼い頃から付き合いのある善二にとっては生意気ながらにかわいい妹といったところだ。裕福な商家の娘であってもそれを鼻にかけたりはせず、店の小僧だからといって見下したりもしない。辛辣なのは確かだが、根本的には「いい子」であり善二はこの少女が決して嫌いではなかった。

「ところで、そこの人は？　お客じゃないんでしょう？」

言いながら奈津は甚夜に訝《いぶか》しげな視線を送っている。彼はまさに浪人といった出で立ちである。浪人というのは大抵がまともな職に就けぬ食い詰め者。印象が悪いのも仕方のないことではあった。

「あーっと、旦那様がお嬢様に付けろと」

「お父様が？」

「はい。護衛ですよ、鬼が出ると仰ってたでしょう」

「ふうん。随分若いけど」

「はぁ、旦那様が言うには相当な剣の使い手らしいですが」

「本当にぃ？」

「ええ、まあ」

実際に見たわけではないけれど、とは付け加えなかった。敢えて疑惑を強めるようなことは言わなくてもいいだろう。

しかし、その気遣いもあまり意味はなかったらしい。

「そう、じゃあ帰ってもらって」

ふい、と首を横に向け、無遠慮に奈津はそう吐き捨てた。

「って、お嬢様。いきなりそれは」

「護衛に付くって、つまりずっと一緒にいるってことじゃない。いやよ、どうせ金目当てで胡散臭い話に飛びついたごろつきでしょう？　でも、お生憎様《あいにくさま》。あんたに払うお金なんて一銭もないわよ」

「いや、別にお嬢さんが払うわけじゃ……あと、旦那様が選んだんだから、ごろつきってほどじゃないと思いますよ。というか自分で胡散臭いとか言っちゃうんですね」

「いちいちうるさいわね。とにかく浪人が護衛なんて嫌」

親娘揃ってあんまりな物言いだ。そう思いながらも雇われの身、下手に諫《いさ》めることもできない。

「しかしですね。せっかく旦那様がお嬢さんの身を心配してくださったんですから」

「どうしてもっていうなら善二が付けばいいじゃない。あんたなら別にいいわ」

「あー、いや、俺弱いですよ？」

「あっそう、ならいい。そいつは早く追い出しなさいよ」

不満げに頬を膨らませ、奈津は部屋に戻っていく。

男二人、どうすることもできずに立ち尽くす。

彼女の一方的な態度は、重蔵のそれと本当によく似ていた。傍でやりとりを黙って聞いていた甚夜は表情も変えず、呆れとも感心ともつかぬ息を吐く。

「血は繋がってないという話だが、親娘は似るものだな」

「……なんか、つくづくすまん」

いや、まったく。

善二は乾いた笑みを浮かべるしかできなかった。

◆

染み渡るように広がる夜、江戸の町はいっそ不気味なまでに静まり返っている。

草木も眠る頃になり、しかし眠れないまま奈津は布団の上で膝を抱えていた。

夕食後は自室に籠《こも》っていたが一向に眠気は訪れない。むしろ夜が深くなるほど不安は募り、余計に目は冴《さ》えてしまっていた。脳裏に浮かぶのは醜悪な鬼の姿。日を追うごとに庭の影は大きくなっている。ならば今度は、この部屋に鬼が入り込むのではないだろうか。自身の想像にぶるりと肩が震えた。

生意気。気が強い。普段の言動からそう思われている奈津だが、所詮は十三の娘。決して傍目ほどに強いわけではない。物心つく前に家族を失い、だから一人になるのが怖い。重蔵に引き取られて家族を得て、だから捨てられるのが怖い。怯えてばかりの自分が嫌いで、だから必死に強気な態度を取り繕《つくろ》う。素直になれず人に好かれている自信もない。外面からは思いもしないくらいに彼女は鬱屈とした感情を抱き、しかし意地を張って平気なふりをする。奈津はそういう少女だった。

「お嬢さん」

不安に沈み込む思考が、聞き慣れた男の声に引き上げられた。

「善二？」

障子越しに人影が映る。

声の主は善二。奈津が四歳の時に須賀屋へ来た男である。彼とは右も左も分からぬ小僧の頃からの付き合いで、奈津が辛辣な物言いをしても決して怒らず、普段からよく気にかけてくれる稀有な人物だった。多少情けないところもあるが、人懐っこく話しやすい。恥ずかしさから面と向かって口にしたことはないが、彼女は善二を年の離れた兄のように思っていた。

「まだ寝ていないんですか？」

「あんたこそ何してるのよ、こんな夜更けに」

「いや、まあ。護衛の真似事でもしようかと」

縁側に座り込む善二は、鬼が現れた庭をじっと監視している。脇にはお盆と急須、湯呑。奈津の部屋の前から動かず、寝ずの番をするつもりらしかった。

「……なんで？」

「お嬢さんが言ったんでしょう。俺が付けばいいって」

どうやら善二は、単なるわがままをちゃんと聞いて先程の浪人を帰したようだ。その上で奈津の不安を察して、護衛を買って出てくれた。どれだけこちらが棘のある接し方をしても、決して見捨てようとはしない。彼はそういう人だった。

「それは、そうだけど」

「荒事に慣れていない俺じゃ案山子《かかし》がいいとこですが。案外、鳥避《よ》けならぬ鬼避けになるんじゃないですかね」

「善二……」

冗談めかして軽く笑う彼に、知らず安堵の息は漏れた。しかしやはり素直にはなれず、奈津は憎まれ口を叩いてしまう。

「ふん、どうせあんたも、私が嘘を吐いているとでも思ってるんでしょ」

「いや、あー……」

言い淀む善二に、ちくりと胸が痛む。

彼が奈津を案じて気遣ってくれているのは間違いない。しかし、結局のところ心配はしても、鬼が出るという話までは信じていないのだ。だからこれは護衛ではなく、単に不安定な少女を慰めるための行動でしかない。それが思った以上に悔しく、奈津は耐えるように、怯えるようにぐっと唇を噛み締めた。

「お父様も嘘だと思ってるから、あんな浪人をあてがったのよ。そうに決まってるわ」

「いえ、そいつは違うと思いますよ」

自分でもいじけた弱音だったと思う。それを善二はすぐさまに否定した。

「旦那様はお嬢さんのことをいつも心配して、いつも気にかけてます。それだけは、間違いありません」

そこには一切の迷いがない。誤魔化しや慰めとは違う、彼の本心だと思わせる力強さがあった。

「でも、私は」

——あの人の本当の子供じゃないし。

零《こぼ》れそうになった言葉が怖くて、途中で無理矢理に呑み込む。傍から見れば重蔵は十分に奈津を大切にしているのかもしれない。しかし、血の繋がりがないという負い目からか、奈津自身はそれを認められないでいた。

両親が死んだのは物心がつく前だったから、実の親がいないと悲しんだ記憶はない。奈津にとって実の親とは重蔵のことだった。

けれど聞いてしまった。須賀屋の使用人は言っていた。重蔵には、今は出て行ってしまったが息子がいたと。だから、どうしても考えてしまう。もしかしたら自分は本当の子供の代用品なのではないか。あの人は、こちらが慕うほどには想ってくれていないのではないかと思うと、不安が消えることはない。

ああ、いっそのこと――

『返セ』

嫌な思考が、おぞましい響きに掻き消えた。

ああ、来た。やはり今夜も来てしまった。

「あ、ああ……」

「お嬢さん、どうしたんで？」

「来た、来たのっ！」

「来たって何が……っ⁉」

動揺する奈津に一拍遅れて、善二もまた気付いたようだ。

底冷えするような沈む怨嗟《えんさ》に、不気味な気配が立ち込めている。

『娘ヲ……返セ……』

「おいおい……まさかだろ」

善二は見るからに狼狽《うろた》えていた。

当然だ。そもそも彼は鬼の話など最初から信じていない。まさか本当になにかが起こるなど、欠片も想像していなかったに違いない。

「ぜ、善二」

「お嬢さん、部屋から出たらいけません！」

制止は一瞬遅かった。既に奈津は障子を開け、おどろおどろしい影が蠢《うごめ》くさまをその眼で見てしまった。

『娘ヲ、返セ』

なにが起こったのか理解が追い付かない。

空気が滲《にじ》んで闇夜が揺らめき、鬼は暗がりから浮かび上がった。

酸でも浴びたように表皮が爛《ただ》れ切った化生《けしょう》。その容貌は男か女かも定かではない。四《し》肢を持った肉塊は何かを求めて腕を突き出し、ゆらりとにじり寄る。

「なんだよ、これ。こんなことが現実に」

いや、何かではない。鬼はまっすぐ娘に……奈津に手を伸ばす。

怖気《おじけ》が走る。逃げ出そうにも足に力が入らず、ただ縮こまることしかできない。

「ひぃ……」

喉から漏れたのは、悲鳴にもならない掠《かす》れた音だった。

けれど怯える心を覆うように、ふと視界が遮られた。目の前には見慣れた背中がある。

善二が奈津を庇《かば》い、鬼の前に立ちはだかったのだ。

「へ、へへ。お嬢さん、大丈夫、ですからね」

こんな時でも彼はちゃんと守ろうとしてくれる。しかし、あんな化け物を前にして只《ただ》人《ひと》に何ができるというのか。実際どれだけ強がろうとも、震えた足に抱く恐れが見て取れてしまう。どうしようもないのは、たぶん彼自身よく分かっているはずだ。

鬼は止まらない。邪魔者など意に介さず、ゆっくりだが確実に距離は縮まっていく。

『娘ヲ』

渇望の叫びに身の毛がよだつ。それ以上に、数瞬先に訪れるであろう惨劇を想像し、頭の中が凍った。きっと善二は最後の最後まで動けない奈津を見捨てて逃げる真似はしない。ならば結末など決まり切っている。

なんて恐ろしい。自身に降りかかる死と同じくらい、彼の死を目の当たりにするのが怖くて怖くて仕方がなかった。

『返セ……！』

鼻を刺す生臭さ、吐き気を覚えるほどの醜さ。だというのに目を逸らせない。

鬼は善二を縊《くび》り殺そうとその首に手を伸ばす。

ああ、もう駄目だ。恐怖や諦観に支配されて、ただ茫然と成り行きを眺めるだけ。

そうして、今まさに彼の命が潰えようとする瞬間。

突き出された鬼の腕が消えた。

「……あ？」

ぽかんとした善二の呟きは奈津の心境でもある。想像した惨劇はいつまで経っても訪れず、地面を見れば何故か鬼の腕が転がっていた。

いったい、どうして。

困惑をよそにふらりと人影が現れた。

突然の出来事に理解が追い付かない。だが闖入者《ちんにゅうしゃ》の姿を確かめ、奈津は呆気《あっけ》にとられた。

背丈六尺近い大男だった。腰に帯びた鉄鞘、手にした太刀。出で立ちには見覚えがある。あれは昼間の浪人ではないか。

「一応、聞いておこう。名はなんと言う」

挨拶程度の軽い調子で男は問い掛けたが、鬼は答えない。返せ返せと繰《く》り言を紡ぐばかりだ。

「まあ、元より期待はしていないがな」

異形と対峙しながらも、男はあまりに平静だ。その立ち振る舞いには気負いがなさ過ぎて、日常に立ち戻ったかのように錯覚してしまう。おかげで奈津の恐怖は幾分か薄れていた。

「あんた、さっきの浪人……？」

「今は押し売りだ」

男は緩慢とも思える動作で刀を構える。

鈍く光る刃に獲物でなく敵だと理解したのだろう。突如として鬼の体が躍動し、善二を襲う時とは比べ物にならないほどの速度で男に飛びかかった。

「あぶ……！」

ない、とは続けられなかった。そんな暇も、そもそも必要もない。わずかに一太刀。鬼の動きに合わせて一足で踏み込み幹竹《からたけ》に振るわれた刀。瞬《まばた》きのうちに異形は両断され、地に伏せっていた。

「つ、つえぇ……」

尋常ではない。男は鬼を刀一本で斬り伏せた。その姿は、まるで読本の中に描かれる嘘くさい伝説を持った剣豪そのものである。

ゆるりと振り返り、鬼の死骸を背にした浪人——甚夜は表情を変えることなく静かに言った。

「さて、私の腕はいくらで買ってもらえる?」

2

夜の庭。転がる鬼。刀を構えた男。

星明かりの下に映る非現実的な光景。

「さて、私の腕はいくらで買ってもらえる？」

何気ない調子で男が問う。それが「あんたに払うお金なんて一銭もない」と言ったことに対する皮肉だと気付くには、少しばかり時間がかかった。

「……嫌なやつ」

ようやく落ち着いた奈津の返しは負け惜しみにもならない言葉だった。善二も平静を取り戻し、彼女の失礼な物言いを諫《いさ》める。

「それはないでしょう、お嬢さん。助けてもらったんですから……ていうか、甚夜、だったか。お前、なんでここに？」

「私の雇い主は重蔵殿だからな。善二殿に帰れと言われても従うわけにはには」

「つまり帰ったふりして庭に隠れてたってか？」

「まあ、な」

帰ったふりをしてこそこそ隠れ、ずっと鬼が出るのを待ち構えていたらしい。想像するに結構情けない姿ではある。とはいえそのおかげで助かったのだから、文句などあろうはずもない。善二も同じような心地らしく気を抜いて大きく息を吐いた。

「はぁ。まあいいや、助かった。正直、あんな化けもんが出てくるとは思ってなかったしな」

「……やっぱり、嘘だと思ってたんじゃない」

安堵したが故に零《こぼ》れた言葉なのだろうが、奈津は非難がましい視線を送る。その温度の低さに、彼は一拍遅れて失言だと理解したようだ。

「あ、いや、それは、ですね」

誤魔化そうとはしたようだが、潤む奈津の瞳にそれすらできず慌てふためいている。

「別にいいけどね、もう終わったことだし」

ぐっと目をこすっても落胆と寂寞《せきばく》までは拭えない。

信じてもらえなかった、その憂いが彼女の胸中に昏《くら》い影を落としていた。

「あの、お嬢さん」

「終わってなどいない」

善二の弁明に強い言葉が被さる。弛緩《しかん》した空気の中、甚夜だけは意識を研ぎ澄ませて庭を鋭く睨《ね》め付けている。その先には、たった今斬り伏せたばかりの鬼の死骸があった。

「何言ってるの？　鬼は今あんたが斬ったでしょう」

鬼は動かない、完全に息絶えている。しかし甚夜の表情は厳しく、刀を収めてはいなかった。

見ろと彼に促され、言われた通りに二人は倒れた鬼を確認する。するとおかしなことに気付く。しばらく注視していると次第に鬼の体の向こう側、地面が見えてくる。時間の経過とともに鬼の死骸が透明になっていくのだ。

「おいおい、なんだ？」

死骸はさらに色あせて、夜に紛れるような自然さで消えていく。初めて見る光景に奈津達が軽く混乱している間もそれは止まらず、ものの数十秒で鬼は完全に存在しなくなった。

「死んだ、の？」

「鬼は死ぬと白い蒸気になって姿を消す。今まで、それ以外の死に方をする鬼なぞ見たことがない」

首を横に振る甚夜は険しい顔付きのままだ。

今の鬼は白い蒸気など出さなかった。だとすれば……。

「どういうからくりかは分からんが、あれはまだ死んでいないということだ」

「じゃあ、あの鬼は」

「当然また来るだろうな。鬼の狙いが、その娘である限りは」

緩んでいた空気が再び張り詰めた。

甚夜は血払いに刀を振るい、ゆっくりと納刀する。柔らかく滑らかなその所作に時間の流れまで緩やかになったような気がした。

「奈津殿。悪いが、今度は無理にでも護衛に付かせてもらう」

反して声は、鉄のようにひどく硬かった。

◆

一夜明け、縁側に甚夜は座り込んでいた。

寝ずの番をしていたが、鬼は姿を現さなかった。あの鬼は今まで夜にしか現れなかったという話だ。ならば夜が明けた今なら多少は安心できる。とはいえ鬼が死んでいないことに間違いはなく、状況がよくなったわけではない。一夜を越したがまだまだ予断は許さないといったところだ。

すぅ、と背後で障子の開く音がした。奈津が目を覚ましたのだろう。振り返れば、どこか陰鬱な様子の少女は声もかけずに歩き始めた。

「どこへ」

「顔、洗ってくる。付いてこないでよ」

ぴしゃりと言い放つ。

既に朝だ、昨夜の鬼が出ることはないだろう。そう判断して「ああ」と短く返し、再び庭を見やる。整然とした庭には郷愁を呼び起こす風情がある。和やかな心地で眺めていると、戻ってきた奈津がゆっくりと隣に腰を下ろした。

「眠れたか？」

「少しは」

髪も梳《と》かさず寝巻のまま。少女は沈んだ表情をしていた。

隣に座ったからといって、親しいわけではなく気を許してもいない。二人の間を流れる空気はぎこちなく、無言の時間が長く続いた。

「お嬢様、お待たせしました」

沈黙を破ったのは甚夜でも奈津でもなく、なにやら盆を運んできたまだ童《わらべ》の域を出ない須賀屋の小僧だった。

「それ、こいつのだから。置いたらもう下がっていいわ」

「はい」

言われるままに盆を二人の間に置いて小僧は去っていく。盆の上には二つの握り飯と漬物、急須と湯呑。出来立てなのだろう、まだほんわりと湯気が立ち上っている。

「これは？」

「朝ごはん」

そっけない一言。意味を理解できず眉を顰《ひそ》めれば、苛立ったような言葉が続いた。

「だから、お腹減ったでしょ」

どうやら顔を洗いに行くというのは口実で、これを頼みに行ったらしい。護衛の礼というところだろう。不器用というか素直でないというか、なんとも難しい娘だ。

心遣いに感謝し、甚夜は「ありがとう」と小さく頭を下げる。すると奈津は何故か驚いたような顔をしていた。

「どうした」

「……浪人がそんな素直にお礼、言うなんて思っていなかっただけよ。なんか調子狂うわね」

浪人ということで粗野な人物だと思われていたようだ。それも仕方ないと思いながら、遠慮なく握り飯にかぶり付く。奈津はまだどこかへ行くつもりはないらしい。無言で食べている甚夜の隣に座ったままだ。二人は並んで庭を見ていた。

「やっぱり、今夜も来ると思う？」

「おそらくは」

「ふうん……」

強がって興味のないふりをしても、肩の震えは隠せていない。

全身が爛《ただ》れた醜悪な鬼の姿。見るもおぞましい化生《けしょう》ではあったが、奈津の恐怖の根源は鬼の容貌にはないのだろう。『娘ヲ返セ』と、底冷えするような鬼の渇望を甚夜も耳にした。あの叫びは少女の心の大切な部分を傷つけたはずだ。

「ねえ。あの鬼、もしかしたら……」

続く言葉をなんとなしに察する。奈津の両親は物心つく前に他界し、顔も知らないのだという。ならば彼女の胸には、おそらく自身に対する拭い切れない疑念がある。

「そう不安がるな。これでもそこそこ腕は立つ」

あえて的外れな気遣いをすれば、奈津は微妙な顔をしつつ、けれど小さく頷きもした。

「強いのは認めるわよ。あんたの方も、十分規格外。浪人なんてどうせ口だけで何かあったらすぐ逃げ出すと思ってたけど、お父様の目は確かだったみたいね」

褒めているとはいえ上から目線。ちょいと生意気という善二の評価は、間違っていないと実感する。とはいえ不愉快にならないのは年端《としは》もいかぬ娘が相手だからで、それ以上に奈津が相手だから。小生意気な言い様を、さして気に留めず受け流す。

「怒らないの？」

「なにがだ」

「だって昨日から私、結構ひどいこと言ってると思うけど。なのに全然怒らないし」

「自覚はあったのか」

「うるさいわね。いいから答えなさいよ」

少し突けば、すぐさま乱暴な言葉が返ってくる。いささか過敏とも思えるくらい、奈津の問いには苛立ちが多分に混じっていた。

もう一度茶を啜《すす》り、やはり気負わずに甚夜は答える。

「半分は演技だ。立ち合いの最中に感情を見せれば隙になる。だから意識して平静であろうと努めている」

「表情を変えないのも剣の技のうちってこと？」

「そんなところだな」

常在戦場の心構えと言えば大仰だが、元々頭に血が昇りやすい性質《たち》だけに、普段から己を律するよう心掛けているに過ぎない。太平の世にあって戦うための剣を意識する者など珍しい。奈津にとっては理解し難いようで、呆れと疑問が混じった目でこちらを見ている。

「……ちょっと待って。それって、つまり内心怒ってたってことじゃない？」

「まあ、多少は」

茶飲み話のような軽さで答えれば、今度はひどく困った顔になった。

怒っているというのなら謝るべきなのか、いや謝るのもおかしい気が、などと奈津は頭を悩ませている。昨夜からの張り詰めた雰囲気よりも、ころころと表情を変える今の方が余程しっくりくる。

「気にしなくていい。得体の知れない輩を信用できないのは当然だろう」

「それは、そうかもしれないけど」

続けようとして、何も言えず頬を膨らませる。そういった幼さに触れて甚夜は静かに笑った。自然に湧き上がる落とすような笑みだった。

「なにがおかしいのよ」

馬鹿にしているのかと睨《ね》め付けてくるが、凄んだところで十三の少女。迫力など微塵《みじん》もない。それがことさらおかしくて自然と空気も和らぐ。

「いや、不器用なものだと思ってな」

「……ふん」

素直に謝れないまま奈津は不機嫌そうにそっぽを向いた。

それを子供のようと表現するのは憚《はばか》られた。本当は上手くやりたいのに、色々なものが邪魔をして心のままには振る舞えない。彼女の不器用さは甚夜にも覚えがあった。

「まあ、いくら頭で考えたところで、上手くやれるというものでもないか」

「……あんたも？」

「ああ。この歳になっても、ままならぬことばかりだ」

「そんなことを言うような歳じゃないでしょ」

「そう、だな」

声がわずかに強張った。疑問に思ったのか奈津が不思議そうに小首を傾げる。

「なんか私、変なこと言った？」

そうではない。ただ少しだけ胸に痛かっただけだ。

甚夜の外見は十年前に葛野を出た頃から何一つ変わっていない。未だ十八のままだ。鬼となったせいだろう、妹と同じく歳を取らなくなった。この身はもはや人ではない。何気ない会話に、それを思い知らされてしまった。だから胸が痛む。その程度には、まだ人の心は残っていた。

「ほう、打ち解けたようで何よりだ」

甚夜が言葉に窮していると、代わりに店の方から歩いてきたしかめ面の男が話しかけてきた。須賀屋主人・重蔵である。

「お父様」

すぐさま奈津は立ち上がり父の下まで駆け寄る。

助かった。おかげで今の顔を見られずに済んだ。ほんの少しだけ眉を顰《ひそ》めた甚夜に彼女は気付くことはなかった。

「おはよう。どうしたの朝から？」

「様子を見に来ただけだ。奈津、昨夜は眠れたか」

「う、うんっ。お父様が、護衛の人を付けてくれたおかげで！　心配してくれてありがとう」

　奈津が満面の笑みで答える。生意気そうな印象だったが父のことはよく慕っており、対する父親の方も目尻を下げている辺り娘を大切にしているのだろう。随分と親子仲がいい。微笑ましい光景ではあった。

「そうか」

　重蔵は娘の無事を喜びながらもすぐに厳めしい面に戻った。しかしまとう空気にはどことなく満足そうな響きがある。一度重々しく頷き、今度は甚夜を見た。

「よくやった」

「まだ終わったわけではありません」

「ならば、しっかりと役目を果たせ」

「努力はします」

　無味乾燥な会話だった。

　適当で素っ気ないやりとり、しかも甚夜は茶を啜りながら目線も合わせない。依頼主に対する態度ではないが、重蔵は咎めようとはしない。というより向こうも似たようなもので、お互いがお互いを見ようとしていなかった。

「あんた、お父……雇い主が話しかけてるのに、その態度はないでしょ！」

　本人よりも娘の不興を買ってしまったようだ。

「奈津、いい」

「お父様……」

「そいつは信頼できる。多少の無礼くらいは構わん」

礼儀にうるさい父親は浪人の無礼を軽く受け止め、そのまま踵《きびす》を返して再び店の方へ戻ろうとする。意外な対応に驚いたのか、奈津は二の句を継げず去っていく父を見送っていた。

その場から完全に去る前に甚夜は重蔵を呼び止める。

「重蔵殿」

振り返りもしない。立ち止まり背を向けたまま。

それでいい。面と向かって言うほどのことでもない。ただ一応、伝えておきたかった。

「借りは返します」

一言で十分。乱雑に言い捨てた後は再び庭を眺め、ゆったりと茶を飲む。

勿論、奈津には意味が分からなかっただろう。しかし重蔵の方はすぐに意図を理解し、すっと目を伏せた。

「……精々《せいぜい》励め」

どことなく満足そうに聞こえる。合わせて甚夜も口の端を吊り上げた。

互いにそれ以上の会話はなく、今度こそ重蔵は店へ戻った。

「ちょっと、今のなんなの？」

奈津が語気も強く甚夜を問い詰める。だが答える気はない。最後にもう一口茶を啜り、とん、と湯呑を盆の上に置く。わざと大きく音を立てるための置き方だ。

「馳走になった」

言うと同時に立ち上がり、甚夜もまた歩き始める。夜を越えたならば護衛の必要もない。彼が帰るのは当然で、しかしまともに答えも返してもらえないのが納得できない奈津は不満そうにしている。

「ちょっと、どこ行くのよ！」

「さすがに眠たくなってきた。夜にはまた来る」

軽く手を上げて挨拶の代わりとし、立ち止まらず庭を後にする。

最後にすっと屋敷と庭を見渡した。茶で喉を潤したおかげで、過《よぎ》った感情もつかえずに呑み込むことができた。

「なんなのよ、あいつ」

背後で不満そうな声が聞こえた。振り返りはしなかった。


帰り際、甚夜が店の方に顔を出すと、善二が中で何やら店の小僧に指示を出していた。店の準備で忙しいのだろう。しかし、少し聞きたいことがある。手の空いたところを見計らって話しかければ、仕事の途中であっても人懐っこい笑顔で迎えてくれた。

「おう、甚夜。もう帰るのか」

「ああ。その前に、少し話を聞かせてもらいたいのだが」

「今か？　あー……すんません、兄さん！　ちょっと抜けたいんですけど」

おそらくはこの店の番頭なのだろう。善二は奥で帳簿を片手に商品を数えている羽織を着た三十くらいの男を呼ぶ。

「奈津お嬢さんの件だろ？　昼までには帰って来いよ」

「分かってますって、そんじゃ行こう」

どうやら番頭も、ある程度事情は知っているらしい。あのわがまま娘に付き合わされてお前も大変だな──苦笑の意味はそんなところか。なんにせよありがたい。仕事を早々に切り上げた善二が、小走りに店から出てくる。

「すまない、忙しい時に」

「なに、無理を言ってるのはこっちも同じだろ？　そう気にすんなって。……俺も少し話したいって思ってたしな」

鬼を目の当たりにして、彼も思うところがあったのだろう。軽い調子、気のよさそうな笑い方なのにどこか鬱屈としたものが見え隠れしていた。

「なんか食うか？」

「いや」

「んじゃ茶だけでいいな。俺は団子を一皿」

須賀屋から離れた二人は近場の茶屋に腰を落ち着け、手早く注文を済ませた。さすがに朝早いせいか客もまばらで話すにはちょうど良かった。

「まずは、昨日は助かった。もう一度ちゃんと礼を言いたいと思ってな」

善二が膝に手を置いて、ぐっと頭を下げる。食い詰め者の浪人相手であってもしっかりと感謝を示すその姿だけで、彼の気質が分かるというものだ。甚夜は礼を受け取ったが表情を緩めはしない。状況は変わっていないのだ、まだ油断はできなかった。

「終わったわけではないと言っただろう」

「あぁ、そうだったか……すまんが今夜も頼む」

「勿論だ」

きっぱりと言い切れば善二は何故か暗い面持ちに変わる。歓迎されるとまでは思っていなかったが、その反応は意外だった。

「お前は、ちゃんと信じたんだよな」

吐き捨てた言葉にも力はない。まるで懺悔《ざんげ》をするかのような重さに、甚夜の眉がかすかに動いた。善二は店の者が運んできた茶に手も付けずに視線をさ迷わせ、頼りない苦笑を浮かべる。

「お前は鬼が出ると思って待ち構えてたんだろ?」

「ああ」

「でも俺は、本当は信じちゃいなかったんだ。鬼が出るなんて、旦那様に構って欲しいお嬢さんの狂言だってな」

まるでもなにも、それはまさしく懺悔だったのかもしれない。己の過ちを悔やむ声音に、甚夜はただ黙って耳を傾ける。

「だけど、お嬢さんは嘘なんざ吐いてなかった。俺はちゃんと信じてやるべきだった。なのに」

奈津を想うなら、どこの馬の骨とも分からぬ浪人以上に信じてやらねばならなかった。なのにそれができなかったと善二は嘆く。鬼なんているはずがないと、ただの狂言だと考えた結果、傷つけてしまった。

絞り出すような痛み。彼の顔に、震える肩に、後悔がありありと滲んでいる。

「すまん、忘れてくれ」

甚夜は答えなかった。何も聞いていないとでも言うように一口茶を啜る。

善二はもう一度「すまん」と謝り、今までの雰囲気を払拭するように気軽な調子で笑って見せた。

「あー、聞きたいことってなんだ?」

　空元気なのは分かり切っているが、それを指摘するのも無粋だ。甚夜は作り笑いに残る硬さには気付かないふりをして、おもむろに本題を切り出す。

「奈津殿のことを」

「お嬢さんの？」

「娘を返せ……あの鬼の言葉が少し、な」

　初対面の時、善二は言った。奈津の両親は物心がつく前に亡くなり、それを重蔵が引き取ったと。あの少女は実の親の顔を知らない。だから『娘ヲ返セ』と訴える鬼に対して、もしかしたら自分の親は……と過度の恐怖を感じてしまっている。

　勿論、知りたい理由は奈津のためばかりでもない。だが、この件を片付けるためにも彼女の両親については明確にしておきたかった。

「ああ……」

　何が聞きたいのか、おおよその見当はついたようだ。ただ反応はそれほど深刻なものではなくむしろ気楽な調子で、善二は奈津の両親について話してくれた。

「お嬢さんの本当の両親は、もう死んでる。お前の懸念も分かるが……安心しろ、それはない。そもそも、もしそうなら旦那様が引き取るわけないしな」

「というと？」

　須賀屋の親娘への義理か、一瞬、躊躇《ためら》いが入り込む。しかし考え込んだ後、「これもお嬢さんのためか」と小さく漏らして善二は静かに口を開いた。

「旦那様は奥方を鬼に殺されてんだ」

知らず甚夜の右手に力が籠《こも》った。あまり気持ちのいい内容ではない。彼が語るのは重蔵の過去。鬼を憎む理由である。

「俺も兄さん……うちの番頭から聞いたんだけどな。だから鬼だのなんだのって話を毛嫌いしているし、今回の件もお嬢さん以上に過敏だ」

「もしも奈津殿が鬼の娘なら、その可能性が少しでもあるなら引き取るはずがない？」

「そういうこと。それにお嬢さんは旦那様の親戚筋の娘で、両親についてもよく知っているらしい。何事にも絶対はないが、まずないと思うね」

甚夜は黙り込み、しばしの間逡巡する。鬼の正体に関しては、ある程度の推測は立っている。だからこそ自然と目付きは鋭くなった。

「まだ疑ってんのか？」

「いや。もう一つ聞きたいのだが、重蔵殿はそこまで鬼を嫌っているのか？」

「そりゃあな。……あー、実はな、旦那様には息子がいるんだ」

「息子……」

「ああ。まあ息子って言っても俺より年上だし、昔出て行ってそれきりらしいがね。それも鬼のせいだと旦那様は言ってる」

気まずそうに善二は頬を掻いた。

「ま、正直、その辺りの事情は俺もあんま詳しく聞いてないんだ。突っ込むと、お嬢さんが悲しそうな顔をするからな」

そのため彼は無理に踏み入ろうとは思えず、息子の話題には今までほとんど触れてこなかったのだという。時折失敗をしてしまうが、彼がちゃんと奈津を大事にしてきた証拠だった。

「俺はこれからも知らないまんまでいいと思ってる。ただ、奥方を殺されて息子が出ってったわけだ。たぶん旦那様にとっちゃ、鬼は家族を奪った仇敵なんだろう」

「……そうか、あの人も傷付いていたのだな」

「そういうこった。だから言葉の足りん人だろうが、悪くは思わないでやってくれ」

真摯《しんし》な願いに甚夜は何も言わず頷き、そこで会話は途切れた。不自然に間が空いて、どうにもいたたまれなくなった善二が適当な話題を振ってくる。

「あー、そういや、お前の親父さんは？」

「随分と昔に」

返事は少しだけ硬くなった。無駄に歳を重ねておいて、なんとも情けない。

善二もその裏にある感情を察したようで、表情に陰がかかった。

「もしかして」

「義父《ちち》は私に剣を教えてくれた。故郷でも随一の使い手だったが……鬼との戦いで」

脳裏に懐かしい人達の顔が過《よぎ》る。元治《もとはる》は家出した兄妹を拾ってくれた。その妻である夜風《よかぜ》も、よそ者を当たり前のように受け入れてくれた。義父母は甚太《じんた》にとって恩人だった。しかし、何も返せないうちに逝ってしまった。散々世話になっておいて孝行の一つもできなかったのだから、全く情けない話である。

「悪いことを聞いたな」

「いや、話したのはこちらだ」

「そう言ってくれると助かるよ」

気まずい雰囲気は拭えない。どうにも噛み合わないまま、二人はしばらく益体《やくたい》もない話をしてから別れた。

一夜明けて状況は何も変わらないまま。

そして、また夜が来る。

3

怖い話。

魑魅魍魎《ちみもうりょう》。

柳の下の幽霊。

皿屋敷。

鬼。

牛の首。

説話講談色々あって、でも私にはもっと怖い話がある。

物心がつく前に両親が死んで、引き取ってくれたのがお父様。仕事に関しては厳しいし、怖い顔をしていることも多い。でも、私には優しかった。口数は少ないけれどいつだって気遣ってくれた。血の繋がりなんて関係ない。両親の顔なんて知らないから、あの人が私にとって本当のお父様だ。

だけど、聞いてしまう。

『旦那様、本当は辛いんだろうなぁ』

『奥方様は鬼に殺されて、息子だって鬼女にかどわかされて……跡取りはどうするのかね』

『旦那様は息子さんがまだ帰ってくると思ってるんじゃないか、多分？　だから男じゃなくて女を養子にしたんだろ』

お父様には妻がいた、本当の息子がいた。けれど鬼のせいで全部失くした。お父様はひどく鬼を嫌っている。

『まずい……』

一人位牌を眺めながらお酒を呑んでいるお父様は、いつも悲しそうな顔をしていた。だから分かる。お父様はまだ失くした家族を思っているのだと。小僧達が話していたように、今も息子が帰ってくるのを待っているのだと。私にとってはお父様が本当の家族でも、お父様にとっては鬼に奪われた家族こそが本物なのだ。

嫌な想像が頭を過《よぎ》る。もしかしたら家族だと思っていたのは私だけで、私は単に「代わり」だったのではないだろうか。もしも想像の通りなら。いつか本当の息子が帰ってきた時、私は捨てられるのでは。

聞きたくて、聞きたくなくて、私はいつも何も言えないでいる。

怖い話。

魑魅魍魎。

柳の下の幽霊。

皿屋敷。

鬼。

牛の首。

説話講談色々あって、でも私にはもっと怖い話がある。

作り物の怪談なんて怖くない。

怖いのは、いつだって作り話じゃなくて掛け値のない本当のこと。

◆

日が落ちて店も閉まり、家屋へ戻った重蔵と奈津は夕餉《ゆうげ》をとっていた。

無言のまま箸を運ぶ。厳格な重蔵は食事の際に話をするのはあまり好まないが、この日は彼の方から話しかけてきた。

「奈津」

「えっ、あっ、はい」

滅多にないことなので思わずどもってしまった。恥ずかしさに少しだけ頬が熱くなる。

「護衛に付いた男、問題はないか」

「うん。浪人って言ってたけど、そんなに悪い奴じゃないみたい。それにお父様が選んだ人だし」

「そうか」

「ありがとう、心配、してくれて」

「当然だろう。娘を心配せん親なぞおらん」

父はほとんど笑わない。でも嬉しい。心配されているのが分かり、奈津は満足して口元を綻《ほころ》ばせた。天涯孤独だった自分を引き取ってくれた父は唯一の家族だ。善二のことも兄のように思っているが、重蔵はやはり特別だった。

重蔵は酒が好きで、毎晩夕食時にはお銚子をつける。手酌で注いだ酒を呑み干し人心地ついたのを見計らって、奈津は父に問うた。

「ねぇ、お父様。なんであの男を雇ったの？」

不満があるわけではない、純粋な疑問だった。確かに信頼できる男だったが、それは結果論だ。何故父は浪人なんかを護衛にしたのか。

ふむ、とわずかに考え込んだ重蔵は、手の中で杯を遊ばせながら答える。

「馴染《なじ》みの客に聞いた噂だ。近頃江戸には鬼が出るという噂が流れている。しかし、同時に刀一本で鬼を討つ男もいるらしい」

「それが、あの浪人？」

「ああ。金さえ払えばいかな鬼でも討つ……腕も確かなようだ」

奈津は喜びに頬を緩ませた。父は、「鬼が出る」という話が嘘だと思ったから適当な浪人を付けたのではない。鬼の存在を真実と受け止めた上で、考えていてくれたのだ。

「なによりあれは信頼できる。お前の護衛には相応《ふさわ》しかろう」

重蔵は小さな笑みを落として再び杯を傾ける。珍しく機嫌よく酒を楽しんでいる様子だった。

最後の一口を呑み干すと、満足げに息を吐いた。

空になった杯を慈しむように眺める父。そこに何を映しているのかは、奈津には分からなかった。


「では任せる」

夜になって須賀屋を訪れた甚夜に、重蔵はそう声を掛けて自室へと戻った。

奈津の部屋の前には甚夜と善二が構え、昨夜と同じように庭を睨み付けている。

縁側に陣取る二人を、奈津は訝《いぶか》しげな目で見つめていた。

件の浪人はいい。なにせ鬼を討つ噂の男で父に雇われた護衛なのだから。問題は剣の嗜《たしな》みなどないもう一人の方である。

「……なんで善二がいるの？」

「いや、昨日の失態を挽回《ばんかい》しておこうかなーなんて、はは」

奈津は自室から顔を出し半目で善二を見る。

鬼が出るなんて信じていなかったくせに。直接は言わなかったが内心はしっかり伝わったようで、善二はひどくぎこちない。

「ふうん。別にどうでもいいけど」

奈津の態度は大半以上が昨夜の失言のせいだ。善二自身それをよく理解しているから か、居直るような真似はせずに辛辣な物言いを受け止めていた。

「冷てぇ……許してくださいよ、お嬢さん」

「……なら、今度どこか連れてってよ。それで勘弁してあげる」

「勿論、そんなことでいいんでしたらいくらでも！」

捨て犬のような頼りなさから一転、人懐っこい笑みが浮かぶ。

ほっとしたのは、たぶん二人共だろう。傷付きはしたが、元々そんなに怒ってはいない。今のやりとりは単に拗《す》ねていただけだ。だから適当なところで許すつもりではいた。恥ずかしいから口にはしないけれど、早めにそういう機会が巡ってきてよかったと思う。

善二はもとより奈津も重荷を下ろした気分だった。

落ち着いたところで、今度は甚夜に話し掛ける。

「そう言えばあんた。お父様と知り合いだったの？」

「前に、少しな」

「お父様は、あんたを買ってるみたいだったけど」

思い当たる節があるらしく「ああ、それは確かに」と、善二もこくこくと頷いている。

「でしょう？　浪人に依頼するってだけでもおかしいのに、朝だってあんな失礼な態度とっても怒らないし。あんた、お父様とどういう関係？」

「なんか、夫の浮気相手を問い詰める妻みたいな言い方ですね」

「善二はほんとにいちいちうるさいわね。で、なんで？」

責めるような問い詰め方でも、甚夜はさして気にした風ではなく庭から視線を移しもしない。警戒は解かぬまま体勢を崩さず答える。

「さて、そこまで信頼される理由は私にも分からん。私はただ借りを返すつもりで、この依頼を受けただけだからな」

「借り……？　まあいいわ。お父様が信頼してるみたいだから、私もとりあえずは信用する。少なくとも剣の腕が確かっていうのは事実みたいだしね」

奈津にとって重蔵の存在は何よりも重い。父が信頼している。それだけで、どこの馬の骨とも知れぬ浪人を信じてしまえるくらいに。

それを不思議に思ったのか甚夜がわずかに反応を示した。

「重蔵殿が信頼しているからか。奈津殿は随分とあの人を慕っているのだな」

「当たり前でしょう。お父様は血の繋がらない私を、ここまで育ててくれたんだから。感謝しないわけないじゃない」

あまり感情を表に出さない人だが、奈津にとっては唯一の家族で厳しくも優しい自慢の父親なのだ。

「ならよかった」

甚夜の返答は鬼を斬り捨てた男にしては、いやに穏やかだった。

「なるほど、仲のいい親子だ。重蔵殿も気にかけているようだしな」

「そう、かしら？」

「そりゃあそうでしょう。考えてみれば鬼が出るってお嬢様が話したら、すぐに護衛連れてきましたし。はっきり言って過保護だと思いますよ？」

二人の意見に首を傾げてみせても、込み上げてくる歓喜は隠し切れない。鬼が現れるかもしれないというのに、嬉しくて恐怖を一瞬忘れてしまうほどだ。

「……案外と、善二殿が正しかったのかもしれん」

「え？」

「いや」

舞い上がっていたせいか、奈津は甚夜の呟きを聞き逃した。何を言ったのかもう一度聞こうにも、向こうの方が早かった。

「……ああ、そういえば少し耳に挟んだのだが重蔵殿には息子が」

「知らない」

言い切る前に遮った。先程までの喜びも一気に消えて、淀んだ何かが胸を満たしている。嫌な気分を誤魔化すように奈津は刺々しく甚夜を責めた。

「出て行った息子のことなんか知らないわよ。変なこと聞かないで」

「そう、か。それは済まなかった」

浪人は無愛想ではあるが怒ったりはしなかった。むしろ納得がいったとでもいうように小さく頷く。その落ち着き具合がなんとなく居心地悪く、続けて言い募ることはできなかった。

それから一刻弱。

初めのうちはまだ会話も続いていたが、夜が深くなるにつれ口数は減っていく。疲れて呆ける時間が増えるとその分だけ昨夜の恐怖が蘇り、奈津の陰鬱な心地もまた深くなっていった。

「寝ないのか」

「眠れないのよ」

部屋には戻らず縁側で時間を潰す。甚夜はほとんど動かずにじっと庭を見ており、善二は「体はつらくないですか」と気遣ってくれる。接し方は正反対だが、二人とも根っこは同じ、どちらも奈津のための行いだ。

鬼の狙いを考えれば、たぶん部屋に閉じこもって布団にくるまっていた方が彼等の負担は少ないだろう。そう思っているのに焦燥が口をついて出た。

「ねぇ……鬼と人の間に子供って生まれるの？」

父の話が事実なら、この浪人は今までにも鬼を相手取って来たはずだ。ならばそういうことを知っていてもおかしくない。

「生まれる。その姿が鬼に似るか人に似るかは個体で変わるがな」

「そう……」

淡い期待は切って捨てられた。

ああ、やっぱり。

『娘ヲ返セ』とあの鬼が求める通り……。

「お嬢さん、大丈夫ですよ。そんなことあるわけ」

「でも、私はお父様と血が繋がってないし、本当の親なんて知らないし！　もしかしたら、もしかしたら本当に……」

善二の慰めも聞かず、破裂したように奈津は大声で叫ぶ。

そうだ、本当の親など顔も知らない。だからもしかして『娘ヲ返セ』というのは正しい訴えで、あの鬼こそが実の親なのではないだろうか。

「いいや、あの鬼はお前の親などではない」

感情の乗らない金属のように硬く冷たい声だった。あまりにも優しさのない言い方に、奈津は激昂《げっこう》と呼んで差し支えがないほどに興奮する。

「なんであんたにそんなことがっ！」

「分かる。私はあの鬼を知っているからだ」

熱のない語り口に一気に頭が冷えた。

「……え？」

「少なからず因縁があってな。あの鬼はお前の親ではない。間違いなくな」

「本当に？」

「嘘は吐かん。だから、そう不安に思う必要はない」

視線は庭から逸らさないまま、甚夜はきっぱりと断言した。配慮も憐憫《れんびん》も感じさせない簡素な態度。それが逆に、その言葉を真実だと思わせる。

「そ、そうですよ！　ほら、鬼の専門家がこう言ってるんですし！　あんな鬼なんざ俺らが追い返してやりますよ！」

「……あんたはどうせ見てるだけでしょ」

「ぐぅ、なんかいちいち棘がある……」

意識して辛辣な物言いをすると、善二が大げさに肩を落とした。けれどよく見れば、にまにまと笑っている。おどけるのもまた彼なりに奈津を大事にしているからだろう。そうと気付けるくらいには、胸のざわめきも静まってくれた。

「はぁ。話してたらなんだか眠くなってきたわ」

大きく欠伸をして、横目でちらりと甚夜を見る。彼は庭を睨みつけたままだった。

こちらを見ていないのは幸いだ。奈津は覚悟を決めて、それでも若干躊躇《ためら》いがちに甚夜へ問うた。

「ね、ねぇ、あんた名前は？」

「……甚夜だ」

「ふぅん。甚夜、ね。なら、そう呼ばせてもらうわ」

名前を呼ぶ。その程度が今の彼女にできる最大限の素直さだ。それすらも恥ずかしくて、すぐにそっぽを向いて誤魔化す。

やりとりを近くで見ていた善二が口元に手を当てた。くくっ、と漏れた息。おおかた素直に感謝を伝えられない奈津が面白くて、笑いが堪《こら》えられなかったのだろう。肩を震わせてひとしきり笑い終えた後、善二は表情を引き締め甚夜の耳元で小さく言った。

「甚夜、すまん。奈津お嬢さんのことを気遣ってあんな嘘を吐いてくれたんだろ？」

「なんのことだ？」

「とぼけなくてもいいだろうに、お前も素直じゃないな」

急に礼を言われた甚夜が眉を顰《ひそ》めるも、善二の方は実に楽しそうである。

「ちょっと……目の前でひそひそ話しないでよ」

「おっと、これはすいません」

奈津がきっと睨むと、善二は茶化して軽く笑う。言い合っても険悪な雰囲気にはならない。ようやく普段の調子が戻ってきた。

「……鬼はどうやって生まれてくると思う？」

そんな中で甚夜が話の流れも和やかさも断ち切って縁側から腰を上げた。

「なんだいきなり？」

善二が疑問を口にしても、甚夜は沈黙で返す。彼の突然の変化に奈津も戸惑いを隠せなかった。

「どうって……そりゃあ、なぁ。普通は親からだと思うが。実際どうなんだ？」

「鬼の生まれ方は様々だ。鬼同士が番《つが》いとなり子を為す場合もあれば、戯《たわむ》れに人を犯し、その結果として生まれてくることもある。まれに人と恋仲になる鬼もいる。中には無から生ずる鬼もいてな」

「無から？」

「想いには力がある。それが昏《くら》ければなおさらだ。憤怒、憎悪、嫉妬、執着、悲哀、飢餓。深く沈み込む想いは淀み、凝り固まり、いずれ一つの形となる」

それは予兆を捉えていたからこその問いだったのかもしれない。

奈津は目を見開いた。庭に生暖かい風が吹く。甚夜の語った内容に呼応するかのように、眼前の空気が歪んでいく。黒い霧のようなものが立ち込め、次第にそれが集まっていく。淀み、凝り固まり、一つの形を成す。それは今しがた語って聞かされた内容と完全に一致している。

つまり——

「無から生ずる鬼とは即ち、肉を持った想念だ」

鬼が生まれようとしているのだ。

怯える奈津をよそに、甚夜は軽やかに庭へと躍り出た。

だが、まだ斬り掛からない。鬼が動き出すまで待っているのか、抜刀さえしていなかった。

次第に靄《もや》は凝固して四肢《しし》をもつ異形へと姿を変える。鼻を突くような異臭に爛《ただ》れた皮膚。あまりにも醜い鬼がそこには立っていた。

「名を聞かせてもらう」

甚夜が再び鬼の名を問うも返答は昨夜と変わらない。知能が高くないのか、『娘ヲ……返セ……』と呻きを上げるのみ。以前と違うのは一切の躊躇《ためら》いがなかったこと。刀を帯びた浪人を敵と認識し、すぐさま鬼は無警戒に飛びかかった。

奈津であれば抵抗できないほどの速度だが、甚夜にとっては遅かった。

体を捌《さば》き半歩下がる。距離が詰まった瞬間、潜り込むように懐へ入り当て身を喰らわせる。鬼は容易《たやす》く吹き飛ばされ、受け身も取れず庭を転がった。

「名乗る程の知能はない……残念だな」

化生《けしょう》を相手にしながら一歩も引かない、それどころか軽々といなしてしまう。常識外れの強さに奈津は驚くしかなかった。

けれど向こうも人智の及ばぬ存在。その程度では止まらず、体を起こし四つん這いになって唸りながら再度突進する。甚夜は抜刀せず鞘《さや》に収めたまま刀を振るい、柄《つか》で敵の顎《あご》をかちあげる。そのまま鞘で打ち据えれば、鬼は耐え切れずまたも地面に伏した。

だが、鞘での打撃では致命傷には程遠く、鬼は三度体を起こそうと動き始める。それを悠然と眺めながら甚夜が小さく溜息を吐いた。

「って、お前、なにやってんだ⁉　頼む、そんな悠長なことしてないで……」

善二が文句を付ける。奈津からしても不可解だった。素人目でも明らかに実力は甚夜が上。その気になればすぐにでも片が付くはずだ。なのに、そうしない。そもそも彼は未だに刀を抜いていなかった。

「斬っていいのか？」

意外とでも言いたげな調子で聞き返してくる。

無駄なやりとりをしている間に、またも鬼は立ち上がった。だが甚夜は、完全に体勢を整えた今でさえ追撃しようとしない。痺れを切らした善二がぶつけるように叫びを上げる。

「当たり前だろうが！　さっさと――」

続く訴えは、ひと際強くなった鉄の声に止められた。

「私は奈津殿に聞いている」

「え……？」

奈津の頭は真っ白になり、呆けたような吐息を漏らすしかなかった。

何故、そこで自分の名前が出てくるのか分からない。

「なに、を」

分からないはずなのに込み上げるなにかに体が震えた。

あからさまに動揺する奈津のことを、甚夜はじっと見つめている。視線は胸の内を見透かすかのように。いや、違う。見透かすでは生温い。まるで切り裂くように鋭く研ぎ澄まされていた。

「鬼に襲われ、本当の家族のように父から心配してもらう。奈津殿の望んだ通りだ。さて、もう一度聞こう。斬っていいのか？」

淡々とした語り口は、たぶん奈津の真実を言い当てていた。

怖い。あまりに怖くて何も言えず、怯えに全身が竦《すく》んでしまっている。

怖いのは鬼でも、鬼が親である可能性でもない。武骨な浪人に見せつけられたずっと隠してきた弱さに、彼女はどうしようもないくらい怯えていた。

怖い話がある。

物心がつく前に両親が死んで、引き取ってくれたのが重蔵だ。実の親がいないと悲しんだことはない。顔も知らぬ誰かよりも、あの人こそが本当の父親だった。

だが、聞いてしまった。父には息子がいた。けれど鬼に妻を殺され、息子も鬼のせいで出て行ってしまったのだと。

あの人がひどく鬼を嫌うのは、まだ失くした家族を想っているから。小僧達が話していたように、きっと未だに息子が帰ってくるのを待っている。奈津にとっては重蔵が本当の家族でも、重蔵にとっては鬼に奪われた家族こそが本物なのだ。

だから思う。もしかしたら自分は、本当の子供の代用品なのではないか。こちらが慕うほどには想ってくれていないのでは。

不安が消えることはない。

ああ、いっそのこと──同じように鬼に襲われたなら、あの人は大切に想ってくれるだろうか。

「善二殿の言は正鵠《せいこく》を射ていた。これは奈津殿の狂言。ただ、本人が気付いていなかっただけの話だ」

鬼は幾度となく立ち上がり、幾度となく甚夜に襲い掛かる。その度にいなされて叩き伏せられるが、それでも鬼は諦めることをしない。奈津ではなく甚夜へと向かう。

きっと聞きたくないと思ったから。醜悪な鬼はこれ以上弱さを暴き立てられないよう、敵わないと知りながらもひたすらに攻め立てる。

「たとえここで斬り捨てたとしても、鬼はまた現れるだろうな」

「なん、で」

なんで、そんなことが分かるの？

何も考えられなくて聞く必要もないのに問うてしまう。本当は分かっている。言われなくても、自分のことなのだから誰よりもよく理解している。

「当然だ、この鬼は奈津殿の想いなのだから」

彼は無慈悲なまでにきっぱりと、事実だけを突き付ける。

「君の願いに応えて現れ、適度に騒ぎを起こして大好きな父や善二殿の関心を引く。聞きたくない言葉を垂れ流す輩に襲い掛かる。なんとも都合のいい話じゃないか。本当は、それを願っていたんだろう？」

「やめて……」

「斬ったところですぐに蘇る。君が満足するまで何度でも……大本を断たぬ限り、この鬼が消えることはない」

「なによ、それ……私に死ねってこと？」

「違う。ただ一言、こいつを『斬れ』と言えばいい」

　薄らと細められた刃物のような目が奈津を捉えている。

　甚夜が何を言いたいのか分かってしまった。あの鬼が奈津の想いでできているのならば、斬れと言うことは想いを捨てるに等しい。彼は父が大切だと思うこの気持ちを、今ここで切り捨てろと言っている。

「そんな、こと」

　そんなこと、できるわけがない。

　ようやく分かった。何故あの鬼があれほどまで醜い姿をしているのか。

　──あれは、私だ。

　見たくないものに蓋をして弱い自分を隠して、そのくせ誰かに愛されたかった。優しくしてくれた父に縋《すが》って、けれど愛してもらえるなんて信じられなかった。既にいない妻や息子に嫉妬しながら、それを認めることさえできやしない。そうして見て見ぬふりをしてきた醜い〝なにか〟。あの爛《ただ》れた容貌は、強気な態度の下に隠れた奈津そのものなのだ。

「いや……やだよぉ」

　怖い。隠してきた醜さを凝視するのはたまらなく怖かった。

　奈津は幼い子供のように泣いていた。その間にも鬼は甚夜へと襲い掛かり、その度に叩き伏せられる。殴られ蹴られ転がされる大切だったはずの想い。見たくないものを見せつけられている。

ただ、父と仲良くしたかっただけ。そんなささやかな願いはいつの間にか捻じ曲がり、醜い異形を生み出してしまった。あんなものを内に孕《はら》んでいるのならば、たとえ両親が人であったとしてもこの身は確かに鬼の娘なのだろう。

きっと本当に斬られないといけないのは――

「違うでしょう、お嬢さん」

でも、温かな包み込むような声が聞こえた。

「ぜん、じ……？」

「あいつが斬れって言っているのは鬼だ。貴女じゃありません」

違う。そうではない。あれは、あの鬼が本物の自分なのだと奈津は嗚咽《おえつ》を漏らす。どれだけ取り繕《つくろ》おうと中身は目を背けたくなるくらいに醜悪な化け物だ。なら許されてはいけない。なのに善二は、そっと優しく手を握りしめてくれる。

「そうじゃない、そうじゃ、ないの」

「ねえ、お嬢さん。人当たりがいいなんて言われちゃいますがね、俺だって嫌いな相手くらいいますよ。正直、朝起きんのがしんどくて仕事をしたくない日だってあるし、旦那様の無茶ぶりにかちんとくるのだってしょっちゅうです」

内緒だったんですけどね——おどけたように肩を竦《すく》め、善二は軽く笑う。人懐っこい性格が幸いして問屋や顧客の覚えもめでたい。そういう彼の零《こぼ》す何気ない愚痴が、奈津にはひどく意外に思えた。いくら辛辣な態度をとっても、いつだって彼は適当に流してくれた。ちょっと失言は多いけど素直で、なんだかんだ働き者で、わがままをちゃんと聞いてくれる兄のような人。幼い奈津には、それが善二という男だった。

　彼がそんなことを考えているなんて知らなかったし、知ろうともしなかった。

「お嬢さんだけじゃない、皆そんなもんですって。でも、嫌いな相手よりも好きな奴は多くいて、上手くいきゃあ仕事は楽しい。かちんときても、俺を引き立ててくれた旦那様には感謝もしてます。どっちも俺の本音なんです。なら汚い部分ばっか見て落ち込んでても仕方ないでしょう？」

　善二の下にも目を背けたくなるような鬼がいる。だからそんなに不安がらなくたっていいのだと、彼はまっすぐそう言った。

　少女の未熟な葛藤と軽んじているのではない。善二はあの醜悪な鬼は奈津なのだと認めた上で全てを受け入れ、それでも向き合ってくれているのだ。

「あの鬼がお嬢さんの想いでも、それが全てじゃない。俺は知ってますよ。そりゃわがままで多少辛辣ですが、優しいところだってあって旦那様が大好きなお嬢さんのこと」

「善二……」

「だから出てきちまう愚痴や不満なんて、否定しちまえばいいんです。否定したあとで今度は誰に恥じることないくらい、まっすぐ旦那様と向き合えばいいじゃないですか。大丈夫、旦那様は絶対にお嬢さんを大切な家族だと思っていますから」

あの醜い鬼は確かに奈津自身の想いだ。そうと認められなかったから、化けて出てきたのだろう。だとしても、それが全てではない。

斬るというのは想いを捨てるのではなく、今までの間違いを正して新しく始めること。臆病さを誤魔化すために、いつも強気に振る舞ってきた。誰かを大切に想えばこそ嫉妬して、素直にもなれなかった。だけどそんな醜い心もひっくるめて想いだと認めて、その上で誇れる自分に変わっていこうという姿勢だ。

「親娘揃って言葉が足りないんですよ。もうそろそろ腹割って話して、ちゃんと家族をやりましょうや」

ああ、それは。

きっと、本当に望んでいた幸せの形で。

「……斬って」

甚夜の背中に心を託す。

醜い鬼は自身の想い。そうと受け入れたからこそ否定する。

否定したところで消えるわけではない。掛け値のない本当はいつだって怖い。だから、これからも醜い鬼は奈津に付きまとうだろう。それでも今ここで怯えるだけだった日々は切り捨てる。醜い鬼が消えることはなくとも受け入れて、ほんの少しだけ素直な明日を迎えられるように。

「斬って」

「いいんだな」

「うん。そいつは多分私の想い。本当のことが怖くて、いろんなものに蓋をしてきた今までの私。だけど、これからは違う。そうなるように頑張るから」

震えながらも、しかし気丈に鬼を睨み付ける。

覚悟はちゃんと伝わったようだ。首だけで振り返った甚夜が落とすように笑った。まるで家族を慈しむような温かさに、奈津は一瞬目を奪われた。しかし、それは本当に一瞬。笑みは消え去り、甚夜は眼光鋭く再び鬼を見据える。

「そうだな。変わらないものなどない。だが鬼は変われない。だからこそ、この鬼は生まれた。これは、立ち止まってしまった想いだ」

いつまでも立ち止まったままではいられない。恐怖に足が竦《すく》むこともあるだろう。過去の後悔はどうしようもなく付きまとう。それでも人は日々を生きていかねばならない。

ようやく甚夜は抜刀して脇構えを取った。そうして一気に踏み込み、腰の回転で刀を横一文字に振るう。

「今を生きる者達にお前は邪魔だ、失せろ」

ひゅう、と風を裂いて終わり。

一太刀の下に、鬼は両断された。

◆

騒ぎが収まり静けさを取り戻した庭に秋風が流れる。虫の音もしばらくすれば戻ってくるだろう。

地に伏せた鬼はもう動かない。その体躯《たいく》から白い蒸気が立ち昇る。

今度こそ鬼は最期を迎えようとしていた。

「終わったのか？」

「ああ」

奈津は心労からか気を失い、今は善二の腕の中にいる。憑《つ》き物が落ちたような、穏やかで安心しきった寝顔だった。

反対に善二は難しい顔をしていた。先程の化生《けしょう》を生み出したのがこの小さな娘だと思えば、複雑な心境にもなるのだろう。

「なあ、また現れたりは」

「大丈夫だとは思うが、それはこれからの奈津殿に任せるしかないな」

「そりゃそうか」

あの鬼は素直になれなかった奈津の感情の発露に過ぎなかった。ならばこれからを知るのもまた彼女のみ。しかし、甚夜はそれほど心配していなかった。奈津には間違いを受け入れる度量があり、支えてくれる人がいる。目覚めた時には、今よりも少しだけ穏やかになれるはずだ。

「しかし鬼ってのは、容易《たやす》く生まれちまうんだな」

「言うほど容易くもない。ただ奈津殿の想いが、鬼を生むほどに深かっただけだ」

「ああ……そう、だよな。こういう言い方は、お嬢さんに失礼か」

傍目には取るに足らない悩みでも、奈津にとっては心の内に化け物を抱えるほど重かった。それを改めて思い知ったのか、失言を恥じた善二は口を真一文字に結んだ。

甚夜も言うべきことはなくなり、そこで会話は途切れた。途端に冷たい夜風が吹く。

「うぉ、寒」

「夜は冷える。奈津殿を寝かせてやってくれ」

「ああ、そうだな。お前はどうする？」

「とりあえず、今夜は番をさせてもらう」

「そうしてくれると助かる。そんじゃ」

奈津を抱き上げたまま善二は部屋へ行き、ゆっくりと布団の上に寝かせる。

さすがに眠くなったのか、軽く挨拶をして彼も自室へと戻っていった。

庭には甚夜と鬼だけが残された。

……ところで、言葉というのは存外に難しい。

確かに甚夜は「嘘は吐かん」と言った。しかし真実を全て話したわけでもない。ここから先は、彼が二人には見せたくなかったものだ。

『娘ヲ…返セェ……』

しばらくして鬼が立ち上がる。

蘇ったわけではない。今にも消えそうな体を無理矢理動かしているだけだ。

甚夜は冷静に再び刀を構える。

「やはりな」

もしこの鬼が奈津の想いから生まれたのならば、彼女が否定した時点でその存在意義を失う。にもかかわらず、鬼は息も絶え絶えとはいえ形を保っている。

甚夜は推測が正しいのだと確信した。想いから鬼が生まれるとしても、奈津の想いだけでは鬼になるには少し足らない。ならば補填する何かがあって然るべき。甚夜は最初から、あの鬼にはもう一つ混ざった想いがあると考えていた。

須賀家にはもう一人、鬼に成り得る女がいた。殺された重蔵の妻。彼女こそが足りない想いを補っていた。あの鬼が何度も『娘ヲ返セ』と繰り返していたのは、別の意思が混じっていたからだ。

つまり鬼の娘とは、重蔵の妻が生んだ子供を指していたのだろう。

「お久しぶりです……でいいのでしょうか。正直なところ、私は貴女を覚えていない。こんな形で会うことになるとは思ってもいませんでした」

鬼に向かって畏《かしこ》まった口調で話す甚夜は、ひどく沈んでいた。悔やむように奥歯を噛み締めながらも、切っ先は鬼を捉えている。

「最後に、貴女の名を聞かせて欲しい」

斬る前に名を聞くのは彼の流儀だ。かつて名も知らぬままに鬼を斬り、ひどく後悔したことがあった。それからはせめて己が斬り捨てるものくらいは覚えていようと、踏み躙《にじ》る命を背負っていくと決めた。けれど今の問いは違った。純粋にあの鬼の、彼女の名前が知りたかった。

『娘ヲ、返セ……！』

返る答えはやはり同じ。

痛ましく歪む表情。ぎり、と奥歯が鳴った。

仕方ないと自身に言い聞かせ、甚夜は刀を上段に構えて静かに告げる。

「すみません……不義理をお許しください。ですが、皆今を生きている。過去に足を止めてはいられないのです。だから」

幹竹《からたけ》。鬼は断末魔の叫びさえないままに斬り伏せられ、それで今度こそ終わり。死骸は溶けて白い蒸気となり、後には何も残らない。

「もう眠ってください」

苦渋の声音。

ぽつりと呟いた手向《たむ》けの言葉だけが庭に留まり、それさえも夜に紛れてどこかへ消え去った。


もしものことを考えて一晩監視は続けたが、朝になっても何も起こらなかった。昨夜の奈津の様子を見るに、あの鬼が再び現れることはないだろう。

夜が明けてから甚夜は重蔵に解決した旨を報告し、護衛の報酬ももらった。これ以上留まる意味もない。そそくさと帰るつもりだったのだが、善二と奈津は見送ろうと待ち構えていたらしく、店の前で捕まってしまった。

「甚夜。今回は本当に世話になったな。ほら、お嬢さんも」

「う、うん」

「そんなんじゃ、また鬼が出ますよ」

「分かってるわよ。……その、ありがと」

須賀屋の店先で二人は甚夜に礼を言う。少しは悩みも晴れたのか、奈津は不貞腐《ふてくさ》れたようで照れたような表情だった。初めて会った時よりも幾分か幼く見えた。

「もうちょっと色々直してみるわ。すぐには上手くいかないと思うけど」

「ああ、それがいい」

甚夜が頷けば、恥ずかしそうにそっぽを向いてしまう。

胸のつかえがとれたのは事実とはいえ、そう簡単に人は変われない。少女が素直になるまでは、まだまだ時間がかかるようだ。

「しっかし案外面倒見がいいなぁ、お前さん。俺が帰れって言っても残ってくれたし。いや、助かったけどよ」

善二からすれば、金で雇われただけの浪人が奈津をああまで気遣うのは不可解に思えるのだろう。助かったと言いつつも、今一つ釈然としない様子だった。

「なんで、ここまでしてくれたんだ？」

「重蔵殿の願いだ。中途半端なことはできない」

「旦那様の？」

「依頼だから受けたのではない。私は、借りを返しに来たんだ」

依頼を受けたのは金のためでも奈津を案じたのでもない。今回の件に首を突っ込んだ理由のほとんどは重蔵にあった。

「そう言えば前もそんなこと話してたけど。借りって結局なんだったの？」

奈津の問いに甚夜はそっと目を閉じた。

語ったところで理解はしてもらえない。そうと知りながら話そうと思ったのは、たぶん相手が奈津だったからだろう。

「長く生きれば大人になれるというものでもないが、それでも歳月を重ねた分、気付くこともある」

瞼《まぶた》の裏に映し出されるのは未熟な己と守れなかった景色。

幼い頃、葛野で暮らすようになるよりも前。

妹と父と三人で過ごした、在りし日の記憶だった。

「子供の頃は目に見えるものだけが全てだった。傷つけるのはいけないと、そこに隠れたものがあるのだと想像するには私は幼すぎた」

古い話である。

甚夜は――甚太は五歳の頃、妹と一緒に江戸を出た。

父は妹を虐待していた。だからこんなところにいてはいけないと思った。

虐待の理由は簡単だった。母は妹が生まれると共に死んだ。そして、妹の目は赤かった。妹――鈴音《すずね》が鬼の娘であることは間違いなく、母が人である以上、その父親が何者であるかなど容易に想像がつく。おそらくは鬼が戯《たわむ》れに人を犯し、結果生まれた娘だったのだろう。父は母を犯し殺した鬼を憎み、鈴音をもまた憎んだ。それに耐えきれず甚太は鈴音と共に家を出た。

二人は元々江戸にある、それなりに裕福な商家の出だった。

「色々なものを失くした今なら少しは理解してやれる。だからあの時、見捨てるしかできなかった借りを返したかった」

自分達のことしか考えられなかった。母を亡くし失意の淵にあった父が、子供まで失くして何を思うのか。そこまで慮《おもんぱか》ってやることができなかった。それを彼はずっと後悔していた。

だけど今は安堵している。重蔵に娘がいること。奈津が父を慕っていること。二人が仲の良い家族であることに心から安堵していた。

「ぜんぜん意味が分からないんだけど」

甚夜の言葉の意図が読めず、奈津は少し怒っている。

だが、これ以上説明する気はなかった。昔のことだ、彼女達が深く知る必要はない。

重蔵の子供は奈津だけ。それでよかった。

「まぁ、なんだ。親孝行はしておいた方がいいという話だよ」

甚夜は穏やかに笑みを落とす。もしかしたら妹になったかもしれない少女。どんなに生意気な態度でも怒る気になれなかったのは、もしもが頭を過《よぎ》ったせいなのだろう。

「親孝行？」

「重蔵殿は奈津殿にとって親なのだろう？」

「そりゃ、そうよ」

迷いのない返答を嬉しいと思う。あの人にはもうちゃんと家族がいるのだと、一人ではないのだと知れたから。そして奈津の言葉を嬉しいと思えたことが、嬉しかった。不肖の息子だったが少しは返せるものがあった。

ただ一つ心残りがあるとすれば、あの鬼の名前を知りたかった。

──果たして、あの鬼の名前は何というのだろう。

奈津の想いから生まれたのならば、鬼の名前も「奈津」になるのだろうか。父を慕うその気持ちが形になったというのならば、「愛情」とでも呼ぶべきか。

だがもしも、あの鬼の中に彼女の想い以外の何かがあるのなら。いなくなった娘の行方を探す母の想いがあったとしたのなら。鬼に無理矢理犯されて孕《はら》み、その果てに生まれた子供。それでも『娘ヲ返セ』と、死してなお残り続けたその願いが、憎しみの最中にあったはずの母の想いが、いったい何という名前なのかを知りたかった。

結局、それを聞くことは叶わなかったが。

「なら仲良くな。ああ見えて打たれ弱い人だ。貴女が支えてやってくれ」

「あんたに言われなくたって」

奈津の反論に緩やかな笑みを落とし、甚夜は踵《きびす》を返した。

「では、な」

短い別れの挨拶には憂いなど欠片もない。見送る二人の感謝を背中に受けて須賀屋を後にした甚夜は、一度も振り返らずまっすぐに歩いていった。

……背中は次第に小さくなり、人混みに紛れて見えなくなった。

◆

「行ったか」

重蔵は頃合を見計らって店の前に現れ、去っていった方角を眺める。甚夜の姿は影も形もない。

「はい。つーか、旦那様も見送りゃあよかったでしょうに。世話んなったんだから」

「その必要はなかろう。あいつならば必ず為してくれる。最初から分かっていたことだ」

話しかけられても視線は逸らさない。名残を惜しむわけではなく後悔とも少し違う。強いて言うならば感傷だろうか。現状には十分満足しており、今さら過去への執着もない。それでも折に古傷は痛むものだ。

「そういや旦那様は、えらい甚夜を買ってますよね。なんか理由でもあるんですか？」

普段とは異なる重蔵の態度が奇妙に映るらしく、善二は釈然としない様子だった。

「馬鹿を聞くな」

あまりに見当外れなことを尋ねるものだから自然と口角が吊り上がる。そうして重蔵は、込み上げる懐かしさに堪《こら》え切れず笑った。

「……子を見間違える親がいるものか」

落とすような、どこかの誰かに似た笑みだった。

「はい？」

その声は小さすぎて誰にも聞こえない。だから善二にも奈津にも、彼の胸中は分からないままだ。

重蔵は甚夜を呼び止めず、見送ることさえしなかった。そうしたところできっと喜ばない。もはや交わらぬ道行きを寂しくも思うが、そこは仕方ない。あれは既に己の意思で歩いている。邪魔をするような真似はしたくなかった。

「ええと、旦那様？」

「お前はさっさと仕事に戻れ。そうでなくば番頭が遠のくぞ」

「そいつは勘弁。ではお嬢さん、俺はこれで」

善二がすたこらと逃げるように店へ向かう。迂闊《うかつ》なところはあるものの有能なのは間違いない。娘も気を許しているのだ、いずれは任せる仕事を増やすのも面白いかもしれない。

「あ、あの！」

「む……」

「お、お父様……私にも、なにか手伝え、ますか？」

奈津が緊張した面持ちで重蔵の前に立った。

意外な申し出に眉を顰《ひそ》める。元よりよく慕ってくれる娘だが、領分というものを知っているため手伝いたいと言い出すことは今までなかった。

「どうした急に」

「だって、お、親孝行はしておいた方がいいって」

照れているのか、頬にはほんの少し赤みがさしている。

誰が吹き込んだのかは容易に想像がついた。全く下らないことを。あれも成長したがまだ親の心までは汲み取れないのだと思えば、どうにも微笑ましい心地になった。

「お前はそんなことを気にする必要はない。子供はな、親より長生きするのが一番の孝行だろう」

「お父様……」

「私は、それだけで満足なのだ」

誰かの影は遠く、零《こぼ》した呟きは届かない。

その言葉は、おそらく娘にだけ向けたわけではなかったのだろう。

ぽんと奈津の頭に手を置くと、重蔵は踵《きびす》を返し歩き始める。娘も父を追って店へと戻った。

その光景は、確かに家族のそれだった。

鬼が出るという噂が流れ始めたのは、いつの頃からか。

乱れた世相の故か、夜毎魍魎《もうりょう》どもは練り歩く。

人の口に戸は立てられぬ。江戸では鬼が出るという噂がまことしやかに囁かれていた。

それに付随して、もう一つ噂があった。

曰く。

江戸には、鬼を斬る夜叉が出るという——

貪《むさぼ》り喰うもの

1

嘉永《かえい》六年（1853年）・春。

「最近は明るい話題がありませんねぇ」

江戸は深川にある蕎麦屋『喜兵衛《きへえ》』。甚夜がここ数日足繁く通う店である。

店主は小忙しく手を動かしながら、軽い笑みで愚痴を零す。近頃の世相か、物騒な話ばかり耳に入ってくる。庶民の生活は決して平穏とは呼べなかった。

「聞いた話じゃ、外国船がちょこちょこちょっかいを出してきてるとか。だってのに、お上はなんもしやがらない。はいよ、かけ一丁」

「はーい」

可愛らしい声と共にそれを受け取って運ぶのは、薄桃色の着物をまとった年の頃は十

四、五の小柄な女。店主の一人娘で名をおふうという。蕎麦屋の喜兵衛は四十歳くらいの店主とこの娘の二人で営まれていた。

おふうは狭い店内をゆっくりと歩きながら蕎麦を運ぶ。しかし慣れてないのか、なんとも危なっかしい。

「お、お待たせしました。かけ蕎麦です」

はにかんだというよりも引きつったような笑みを見せ、甚夜の前にかけ蕎麦を置く。見た目は整った顔立ちにすらりとした立ち姿も綺麗なのだが、案外不器用なようで手際は決して良くない。父親も心配そうに娘の働きぶりを眺めていた。

「よし、よくやった、おふう。……それに、最近は辻斬りまで出て。俺にも娘がいますから不安で仕方ない。ったく、お上ももうちょっと真面目に仕事をして欲しいもんですよ」

蕎麦一つ運んだくらいでよくやったという言葉が出てくる辺り、普段の様子は推して知るべしというものである。

それはともかくとして、このご時世、彼の発言はちとまずい。箸を取って蕎麦を啜《すす》りながら、甚夜は一段声を低くして店主を窘《たしな》める。

「滅多なことは言わない方がいい」

「まぁ、確かに。睨まれて店を潰されたらかないませんしねぇ。開いてから十日しか経ってねぇのに、そりゃあちょっと」

　店内を見回すと新しい店にしては壁が随分汚れている。掃除をしていないのではなく、長い年月を経て木目が変色してしまっているのだ。

「古くからやっている店だと思っていたが」

「店構えがぼろいのは、前の建物をそのまんま使ってるからですよ。安く買い叩けたんでね」

「ああ、道理で」

「しっかしこんな閑古鳥《かんこどり》が鳴いてるような店に毎日来るなんて、旦那も物好きですねぇ。もう五日連続ですよ？」

　言葉通り店には甚夜以外に客の姿はなかった。ここしばらく通ってはいるが、開いてまだ十日という点を差し引いても客入りはあまり良くない。もっとも、だからこそ通っているようなものではあるが。

　甚夜は外見こそ人と変わらないが、その正体は鬼。かつては人として生きていたが、想い人を妹に殺されて憎悪から鬼へと転じた。そして鬼であることこそ、彼がわざわざ人気のない店を訪れる理由だった。

　江戸へ来てから既に十年以上が経っている。しかし、彼の外見は――鬼と人の間に生まれた妹がそうであったように――まるで変化はなく未だ十八の頃のまま。鬼の寿命は千年以上。ある程度成長したあとは、外見の変化はせいぜい爪や髪が伸びる程度でほとんど変わらない。今はいいが、長く江戸に留まればいずれは奇妙だと思う者も出てくるだろう。

故に甚夜は客入りの悪い常連のいない店を選んで利用し、そこも長くなれば二度と行かないよう気を付けている。怪しまれないためのせめてもの工夫といったところだ。

返答に困っていると、割り込む形でおふうが父を叱責した。

「お父さん、せっかくのお客さんになんてことを言うんですか」

「そう怒んな、おふう。ただの世間話だろう。で、実際どうなんです？　うちの蕎麦、うまいですか？」

蕎麦を一口啜る。別にまずくはない。十分いい味だ。しかし、江戸の都に数ある蕎麦屋の中で飛び抜けているわけでもなかった。

「……まずくはないと思うが。まぁ、普通だな」

「旦那もたいがい正直ですね……ま、下手の横好きで覚えた蕎麦ですから、当たり前っちゃ当たり前ですが」

苦笑いで返される。職人気質な店主なら追い出されるところだが、彼は随分とおおらかな対応だ。自分の作る蕎麦が特別うまいものではないという自覚があるのだろう。

「ああ、やっぱりな」とでも言いたげだった。

「それでも店を出した。何かわけでも？」

「ま、色々ありましてね。人に歴史あり、旦那も話したくない過去くらいあるでしょう？」

「違いない」

そう言われては、これ以上の詮索はできなかった。会話を適当なところで打ち切り、とりあえずは蕎麦を食べる。

「でも、怖いですね。辻斬りなんて」

「そう、だな」

数少ない常連だからか、おふうは割合気軽に声をかけてくる。返事は話を合わせただけでもなかった。人でありながら鬼を打ち倒す者もいる。事実、甚夜は人として生きていた頃、剣技をもって多くの鬼を斬り伏せてきた。だから辻斬りが人であることは、自身より弱い証明にはならない。

「甚夜君も気を付けてくださいね。夜道は危ないですから」

気遣わしげな視線は純粋に彼を心配しているようだったが、甚夜は「む」と唸《うな》った。

親しげに接してくれるのはありがたいのだが、彼女の口調に多少の引っかかりも覚える。外見は十八のままで止まっているが、甚夜の実年齢は三十一である。対しておふうは、正確な年齢は知らないがせいぜい十五かそこらといったところだろう。不愉快とは思わないが、十以上も年下に見える娘からここまで心配されるのはどうにもすわりが悪い。

「夜歩きを窘《たしな》められる歳でもないのだがな」

「そうやって背伸びしたがるうちは、まだまだ子供ですよ」

やんわりと否定の意を告げるも、おふうはくすくすと笑い軽く流してしまう。

全く女というのは、何故こうも男を子供扱いしたがるのだろうか。

——もう、仕方ないなぁ甚太は。お姉ちゃんがいないと——

やめろ。考えるな。

湧き上がる感情を一太刀の下に切り捨てる。

「馳走になった、勘定を」

眉一つ動かさず蕎麦を片付ける。

葛野を出て江戸で過ごすうちに覚えたものがいくつかある。例えば赤い眼を隠す業と、自身の心を隠す術。下らないことばかりが上手くなる。顔には出さず甚夜は自嘲した。

「へい、十六文になります」

懐からちょうどの銭を取り出せば、受け取った店主は枚数を確認しながら意外そうな声を漏らす。

「しかし、旦那は浪人って言ってた割に金回りいいですよね」

「まぁ、な。仕事はある」

「ちなみにどんな？」

「鬼退治だ」

「そりゃあ豪気で。次は竜宮城ですか？」

あまり信じていない様子だが、冗談を言ったつもりはない。

江戸にも鬼は少なからず存在する。当然その被害に遭う者もおり、力を持たぬ被害者の代わりに鬼を討ち払うのが今の甚夜の生業だった。時折商人や旗本など金を持った人間からの依頼もあり、案外と実入りは悪くない。何より鍛錬にも繋がるため一石二鳥である。

「はい確かに、ありがとうございやしたー」

銭を数え終えた店主が軽い調子でそう言えば、おふうも楚々《そそ》とお辞儀をした。

今夜はまだ依頼を受けていない。腹も溜まったし適当に夜の町を歩き、妖しげな噂でも集めるとしよう。そう考えながら踵《きびす》を返して出口へと二歩三歩と進んだところで、背後の店主が思い出したように言う。

「そういや鬼といえば、さっきの辻斬りなんですがね。死体には刀傷がないって話でして」

その言葉に足が止まった。

「なんでも、獣に引き裂かれたような無残な死体ばかりらしいんでさ。それに死体の数が合わないって話も聞きますね」

「数が？」

「へぇ。死体の数とここら一帯でいなくなった人の数が合わないとか。攫《さら》われたのか、神隠しにあったのか。そんなだから下手人は鬼じゃないかって噂が流れてるんですよ。鬼がやったってんなら、丸ごと喰われたのかもしれませんねぇ」

脅かすように店主は意地の悪い笑みを浮かべる。

しかし甚夜は表情を変えずに小さく呟く。

——それは面白い話を聞いた。

江戸橋は徳川家康がこの地に訪れて四十年ほど経ってから造られたもので、日本橋川に掛かる橋の中でも規模が大きい。昼間は町人や流れの商人がこぞって利用するが、黄昏《たそがれ》が過ぎて宵闇の響く今は人影もまばらである。

ここは辻斬りが出たという場所だった。辻斬りとはいうが、死体は獣が引き裂いたような無残なものだという。鬼が事を起こしたという噂もある。橋とは現世と幽世《かくりよ》を繋ぐ道。早春の頃。鬼が出るにはおあつらえ向きの場所なのかもしれない。夜ともなればわずかながら冬の冷たさが風に混じる。

甚夜は腕を組んで欄干《らんかん》にもたれ掛かりながら、周囲の気配に意識を向けていた。空を見上げれば朧月夜《おぼろづきよ》。しっとりと肌に触れる夜露は絹の心地良さで、淡く揺れる青白い月光も相まって実にいい夜だ。こんな夜に鬼を追うなど我ながら風情がない。表情こそ変わらないが内心、溜息を吐いた。

しばらく時間が経っても変化はなく、今度は欄干から背を離し歩き始めた。

現場に来ては見たものの、さすがに都合よく辻斬りは現れてくれないか。面倒ではあるが落胆はない。そもそもそう易々と馬脚を露《あらわ》すならば、とっくの昔に岡っ引きが捕まえているだろう。とはいえそれも普通の辻斬りならば、の話である。噂通り辻斬りの正体が鬼ならば、奉行所ではどうにもなるまい。できれば新たな被害が出る前に止めたいところだが、肝心の辻斬りがどこにいるかも分からない。結局は、何かが起こるまで待つしか術はなかった。

「まったく、ままならぬものだ」

この身は人ではなく鬼。だが人の理を外れても都合よく超常の力を得られるわけではなく、探し人は足を棒にして探さねばならない。異能はあるが決して万能ではないのだ。鬼であれ人であれ、現世とはままならぬものである。

ぼやいても仕方がないと気を引き締める。

さて、見回りでもしながら鬼を探すかと思った矢先。

……いやぁ…ぁ……。

掠《かす》れた女の悲鳴が聞こえた。

弾かれたように走り出し、声の方へ。

右に見える荒布橋《あらめばし》。その先、東堀留川《ひがしほりどめがわ》にかかる思案橋《しあんばし》へ辿り着く。

死体。死体。死体。

川の近くでありながらその空間は濃密な血の匂いで濁っている。それもそのはず。そこには三つの無惨に打ち捨てられた町人の死骸があった。

辺りを見回すも辻斬りの影はない。どうやら少しばかり遅かったらしい。

甚夜は死体の傍に寄り、片膝立ちになって顔を近付けた。粗雑に転がされた屍《しかばね》は目を背けたくなるほどにむごたらしいが、今さら臆するほど初心《うぶ》でもない。手早く三つ全てを検分する。

そっと死体に触れる。まだ生温かい傷口は鋭い切断ではなく抉《えぐ》り取ったように粗い。確かにこれは刀傷ではない。爪で引き裂かれた創傷だ。鬼が下手人というのも、ただの噂では終わらないようだ。

しかし、おかしい。

「男か」

転がっている死体は男のみ。だが、聞こえた声は確かに年若い女だった。

では、悲鳴の主はどこに消えた。

──鬼がやったってんなら、丸ごと喰われたのかもしれませんねぇ。

蕎麦屋の店主の話を思い出す。冗談めかした物言いだったが、彼は案外と真実を言い当てていたのかもしれない。

調べてもこれ以上得るものはないだろう。立ち上がり、その場を後にしようと一歩を踏み出す。

その刹那である。

ひゅっ。

すぐ近くで音が聞こえた。

宵闇に鳴る風切の音。聞き慣れた音だった。

意識よりも先に体が反応する。反射的に体を捌《さば》き音の方向とは逆に飛ぶ。

「ちっ」

一手、遅かった。

小袖が斬られて右腕から血が滲んでいる。

斬り付けられた。

深手ではないし動きにも支障はない。だが、それよりも問題なのは……。

なにが起こった？

甚夜は一瞬、本当に理解できなかった。

慣れ親しんだ音だった。刀を振るう度に聞いてきた音。それが急に聞こえたかと思えば、実際に自分は斬り付けられた。辺りを見回しても誰もいない。自分は今襲われているはずだというのに、肝心の襲撃者がどこにもいないのだ。

ひゅっ、と再び音が前方で鳴り、後ろに退くも胸元を斬られた。

やはり斬り付けられる瞬間まで敵の存在に気付かなかった。斬り付けられた今でも、敵の姿は見当たらず気配も感じない。

今度は音が鳴らなかった。音もなく鋭い痛みが肌を刺す。刃が背の肉に触れて体に侵入しようとしている。見えないが感触として分かった。

すぐさま痛みの方向とは直角に離れた。肉は多少抉《えぐ》れたが些事《さじ》に構っている場合でもない。一間は飛んだ後、辺りに視線を向けるもそこにあるのは静寂のみ。襲撃者など影も形も存在しない。だが、現実としてこの身は傷を負っていく。そして、下手人は鬼という噂。

つまり、

「……それがお前の力か」

辻斬りは異能を得た高位の鬼ということだ。おそらくは姿を消して気配を断つ力。

しかし物音は消せないし、鬼自体の膂力《りょりょく》もさほどでもない。素手で倒すほどの膂力がないからこそ刀を使うのだろう。ならば対策はある。正直好んで選びたい手ではないが、手段を選べるほどに強くもない。

「こうなれば生き残りがいないのは幸いだな。おかげで……」

使えるものは使う。当たり前の話だ。

一度眼を伏せる。瞬間、めきっと気色の悪い音が鳴った。甚夜の左腕の筋肉が隆起し、見る見るうちに赤黒い異形の腕となる。再度瞼《まぶた》を開けた時、彼の瞳は黒から赤に変化していた。

「隠す必要もない」

甚夜は鬼となり、されど襲撃者も止まらず。

皮膚に痛みが走る。だが、それはちくりと針で刺された程度の痛み。鬼となったこの身を貫くほどではない。

おそらく刀があるだろう場所を左腕で払う。ぺきん、と頼りない音を響かせて刀身が折れた。見えざる鬼の得物は数打ちで脆い。大量生産のみを考えられた刀では鬼の膂力に耐えきれない。

切っ先が地面に落ちる。傍目には刀が急に現れたようにしか見えなかった。

なるほど、消えるのは体に触れている部分だけ。ならば一度体を裂いて流血させれば、その力の意味もなくなるだろう。

右腕だけで刀を構えて腰を深く沈める。肌に何かが触れた瞬間、周囲を凪《な》ぎ払うためである。

「さて、辻斬り。仕切り直しだ」

これで既に相手が逃げていたらお笑いだが、と心の中で呟く。実際のところ甚夜には相手がいるかどうかも分からないのだ。この場から去っていたとしても知る術はない。

相手はどう出るか。

思考した瞬間、目の前の空気が揺らいだ。かと思えばそこに小柄な、五尺……甚夜よりも一回り小さい体躯《たいく》の鬼が姿を現した。

黒ずんだ肌。肩幅はあまりなく身体も細い。やはり膂力のない鬼らしい。特徴的なのは右目。左よりも大きく白目の部分まで赤く染まった、何を見ているか分からぬ無貌の瞳だ。右目の周りだけが歪《いびつ》で、まるで鋭角な意匠の鉄仮面のようだ。顔の半分が奇妙に盛り上がっており、そのせいで異形の眼球が余計に際立って見えた。

手には折れた刀がある。かの鬼が襲撃者で相違ないだろう。

「……私の名は甚夜だ。お前は何という。斬り捨てる前に聞いておこう」

わざわざ姿を現した理由は分からないが、とりあえず名乗りを上げて鬼にも問う。

以前、鬼の名を知らないまま斬り殺して後悔したことがあった。奪うならば背負う。せめてもの礼儀、彼の流儀である。

『俺は茂助《もすけ》です』

　意外にも素直に答えが返ってきた。高位の鬼にしては随分と庶民的な名だ。放つ気配も圧倒するような力強さはない。とはいえ姿を消す力は厄介だから油断していい相手でもない。

「そうか。その名、確かに刻んだ。安心して消えるがいい」

　名を噛みしめ、ぎりっ、と刀の柄《つか》を握り直す。そして、一足をもって間合いを詰めようと体重を前に倒した瞬間、

『いえ！　俺に争う意思はございません！』

　茂助が折れた刀を捨て、慌てた様子で両腕を突き出した。

「……ぬ」

　どうにも斬り掛かる機を逸してしまった。肩透かしを食らって、しかし飛び出すわけにもいかず、前傾姿勢のまま鬼を睨《ね》め付ける。

「戦う意思がないだと？　自ら襲い掛かっておいてよく言う」

『それは……貴方が辻斬りだと思ったからです。辻斬りは鬼だという噂が流れて、実際、鬼の匂いを漂わせた貴方が現場にいた。疑うなって方が無茶でしょう。ですが、貴方も俺を辻斬りだと言う。どうにもおかしな様子だった。だから』

「姿を現した、というわけか」

今のところ話の流れとしては不自然なところはない。茂助とやらに粗野な印象はなく、人斬りに身を落とすような輩《やから》とも思えなかった。だが、演技でないとは言い切れない。疑念は消えず、眉を顰《ひそ》めて甚夜はさらに問う。

「鬼が辻斬り退治をして何になる」

『とりあえずここから離れませんか？　誰かが来てはよろしくない』

改めて辺りを見回す。

転がる死体と異形の化け物。確かにこの状況では甚夜が辻斬りと思われても仕方ない。人の姿に戻ると血払いをして刀を鞘に収める。

それを「戦う意思はない」と取ったのか、鬼は異形に見合わぬ朴訥《ぼくとつ》とした笑みで言った。

『では、小さいながら我が家にご案内しましょう』

2

犬の遠吠えが聞こえる。夜はますます深くなり、つい先程見た時には月にかかる薄衣のような雲が流れていた。この部屋には窓がないため確認は取れないが、江戸の町並みは今頃青白く染まっていることだろう。

甚夜は四畳半ほどの部屋に座っていた。古い畳敷きに変色した壁。建てられてからそれなりに時間が経っているのが分かる。くすんだ色合いと室内の乱雑な様子に、本当にここで長く暮らしているのだと見て取れた。

「……まさか、こんな所に住んでいるとは」

感想には驚きと呆れが半々にこもっている。案内されて辿り着いた場所は、神田川からさほど遠くない場所にある裏長屋だった。長屋には表と裏があり、裏の方は比較的貧しい町人が暮らす集合住宅である。

「なに、鬼も長ずれば人に化ける術を身につけられます。中には人に成りすまして生きる者もいます。鬼は嘘を吐きませんが真実は隠すもの。それは貴方も同じでしょう？」

そう言いながら透明な液体で満たされた茶碗を甚夜の前に差し出す男は、継ぎを当てた小袖に髷《まげ》を結わっている。細身でどこか頼りなさげな印象を抱かせるいかにも町人といった風情のこの男こそ、先刻出会った鬼の茂助だった。

茂助は人に化けてこの長屋で生活をしているらしい。眼の色は黒い。さすがに高位の鬼、化け方も堂に入ったものである。

「どうぞ。毒なんて入っていませんので、ご安心ください」

「どのみち毒程度で死ぬ体でもない。頂こう」

茶碗の中に入っているのは茶ではなく酒である。

一口呑む。酒とは言っても水で薄めた安酒だ。蕎麦一杯十六文に対して、酒は一合で三十文ほど。裕福ではない町人にとっては高級品のため、庶民の呑む酒は水で薄めたものが一般的だった。

「改めまして。俺は茂助。見ての通りしがない裏長屋に住む町人です」

「そして、その正体は鬼か」

「ええ。これでも百年を経た高位の鬼と呼ばれる存在です」

その物言いに少しだけ違和感を覚える。高位の鬼という割には圧力というか、それに相応《ふさわ》しい空気がない。正直なところ今まで葬ってきた下位の鬼よりも茂助は弱く感じられた。

「しかし、それにしては……」

「あまり強くない、ですか？」

「ああ。まぁ、な」

一応気を使って濁したが、相手は実にあっけらかんとしている。

「それは当然でしょう。そもそも高位の鬼というものは、力量に関係なく固有の力に目覚めた鬼を指すのです。ですから、高位であっても膂力《りょりょく》や速さは下位の鬼に劣る者もいます。恥ずかしながら俺も、というわけです」

確かに以前出会った〈遠見〉を使う鬼女も、さして強くはなかった。戦闘に特化した力を持たぬ鬼もひとくくりに高位と捉えているらしい。

納得して一つ頷き本題へと移る。

「では、改めて確認するが、お前は辻斬りではない……こう言うのだな？」

「はい、勿論です。そして甚夜さん、貴方も」

黙って頷き茂助の眼を覗き込む。その瞳は揺らがずまっすぐにこちらを見据えており、動揺の欠片もない。これが演技だというのなら相当のもの。嘘は吐いていない。少なくとも甚夜にはそう思えた。

「分かった、信じよう」

「ありがとうございます」

「だが、先程の口振りでは辻斬りを追っていた……いや、話も聞かず斬り掛かったところを見るに殺そうとしていたようだが。何か理由が？」

た。

間髪を入れず強い言葉が返ってくる。なんと答えるか最初から決まっていたというよりも、それ以外頭にないのだろう。落ち着いているように見えて口調はひどく冷たかった。

「私怨《しえん》です」

「神隠しの噂はご存知でしょうか」

「確か、辻斬りによる死体の数と失踪者の数が合わないという話だったか。攫《さら》われたのか、あるいは神隠しにあったのではないかという噂が流れているのは知っている。私も先程女の悲鳴を聞いたが女の死体はなかった」

「はい。どうやら辻斬りに殺されるのは男だけ。女は軒並み攫われているようなのです」

茂助は当然のように攫われていると言った。女の失踪は神隠しではなく辻斬りの手によって行われていると彼は確信している。

何故知っていると甚夜が視線で問えば、茂助はぐっと唇を噛んだ。重苦しい沈黙がしばらく続き、頭を垂れるように俯いた彼は苦々しく声を絞り出した。

「俺の妻も攫われたんです」

濁った眼に握りしめた手、震える肩。端々《はしばし》に滲む怒りが、彼への疑念を完全に払拭する。茂助は辻斬りではない。隠し切れぬ憎悪は紛れもなく本物だった。

「あいつは人でしたが、鬼である俺を受け入れてくれた。そういう優しい女でした。ですがひと月前に姿を消し、その十日ほど後の晩に神田川で見つかりました。奉行所の役人の話では、体には乱暴された跡があったそうです」

男を殺して女を攫う。発見された妻には暴行を受けた跡。それが事実ならば、確かに神隠しではない。もっと別の薄汚い感情。下卑た欲望が透けて見えている。

「信じられませんか」

「いや、鬼は嘘を吐かないのだろう？」

「ええ、勿論です」

呷《あお》るように杯を空け、茂助は今まで以上に力強い口調で言った。

「お人好しで、てめえよりもよそ様を優先する、そういうやつだった。誰にでも優しくて鬼の俺を愛してくれて……決して、あんな死に方をするような女じゃなかった。なのに」

ぎり、と拳を握りしめる音が聞こえる。そうと思えるほどの激情が感じられた。

彼の気持ちが分かるなどとは言わない。しかし、惚れた女を殺された男の無念ならば、少しくらいは理解してやれる。だが、憐憫《れんびん》の情は湧かなかった。

「甚夜さん、俺は人に化けて暮らしてますが、決して人の全てが好きなわけではありません。人として生きるが故に、その醜さも知っています。ですが、それでも異形の俺を受け入れてくれた妻のことは愛していました。正直なところ、彼女を汚し奪った辻斬りが憎くて仕方がない」

込み上げるなにかを無理矢理抑え込み、血走った眼で歯を食い縛る。傍から見れば痛々しいとさえ思える姿だ。

けれど甚夜の胸中を過《よぎ》った感情は、今の状況とは不釣り合いなもの。抱いたのは憐憫ではなくかすかな羨望だった。茂助が羨ましいと思ってしまった。憎むべき相手として正しく憎むべき存在がいる。曖昧な憎悪しか持ち得ぬ惰弱な自分とは違う。彼の憎悪の正当性を羨み、そして嫉妬している事実に気付く。

それを洗い流すように酒を呑み干す。薄い酒だが喉を通る感覚は心地良かった。

「そう、か」

「ええ。ですから貴方は、この件に手出ししないで欲しい。俺は自らの手で辻斬りを葬りたいのです」

「それは……」

首を縦に振ることはできなかった。こちらにも辻斬りを、正確に言えば鬼を討つ理由がある。いくら怨みの深さを知っても素直に譲ってはやれない。

一呼吸置いた茂助は、出方を窺うようにちらりと甚夜の表情を覗いた。

「甚夜さんの目的はなんでしょうか」

「辻斬りが真に鬼であるならば、それをこの手で討つ」

本当はその先、討った後にこそ目的がある。だが、そこまでは言わなかった。

「……分かりました。では、共に探すというところでどうでしょう。お互い邪魔をせず、各々で辻斬りを探して情報は共有する。できれば辻斬りを殺す役は私に譲って欲しいですが」

彼なりの妥協なのだろう。それを否というのも気が引けた。

ゆっくりと頷き了承の意を示す。

「分かった。私はそれでいい。しかし茂助、お前は本当に仇を討つつもりか」

「私の心を疑いますか」

「違う。辻斬りを見つけたとして、殺せるかという話だ」

甚夜は若干、見つめる視線を鋭くする。

「鬼であれ人であれ、命を奪うことに躊躇《ためら》いはあるはずだ。憎悪に駆られて誰かを殺す、お前はその罪を負う自身を受け入れられるのか」

「それは」

「私はいい。とうの昔に血塗《まみ》れだ。だが、お前は違うだろう。もし殺しを忌避するならやめておいた方がいい。幸い、何の躊躇いも持たぬ下衆《げす》がここにいる。辻斬りの死を望むにしても、わざわざ己が手を汚す必要もあるまい」

茂助は息を呑んで何事かを考え込み、しかしすぐさま思い直したのか首を横に振った。弱気の虫を噛み潰すかのように、彼はぐっと顎《あご》に力を入れる。

「ありがとうございます。気を使ってくださって。ですが甚夜さん、俺も鬼の端くれです。俺は妻の仇を討《と》つと決めた。成すべきを成すと決めたなら——」

「そのために身命を賭す、か」

「はい。それが鬼という生き物です。私は妻を奪ったものを殺さなければ、まともに生きることさえできない」

答えは最初から分かっていた。彼の言う通り鬼とはそういう生き物なのだから。だが、それでも甚夜は言わずにいられなかった。憎しみに身を委ねる必要はないと。別に殺す必要はないのだと。

あるいは、それは自分に向けた言葉だったのかもしれなかった。

「ならば何も言うまい。……ただ、お前の願いは優先するが、私が先に辻斬りと出会ったとしても」

「はい、それも運。恨みはしませんよ」

そう言って茂助は笑って見せた。それが強がりなのか、気遣いなのかは分からない。ただ、憎しみを呑み込む苦さは知っている。

だから甚夜は黙し、ただ目を伏せた。

翌日から二人は夜が訪れるのを待ち、毎晩江戸の探索に出かけた。

と言ってもあてなどあるはずもない。辻斬りが行われた場所を巡るのが精々だ。

「辻斬り？　知らんねぇ」

「さあ、私も見たことはないですので」

「あんたら、いったい何もんだい？」

聞き込みもしてみたが結果は芳《かんば》しくない。

得る物もなく帰る日が三日ばかり続いた。

「今日も収穫はなし、と。上手くいかないものですね」

「仕方あるまい」

「ですね。地道に探すしかありませんか」

探索の途中で落ち合い情報を交換するが、茂助も同じようなもので事態に進展はない。

その後も手がかりは見つけられず、結局なんの収穫もないまま重い足取りで二人は茂助の家へ戻る。帰りつけば顔を突き合わせて酒を呑む。憂さ晴らしのつもりはないが、この夜会も三日ばかり続いていた。

仇はまだ見つからないが呑んでいる時まで持ち込む気はないようで、茂助は比較的穏やかな顔をしている。それとなく聞けば「同朋と呑むのはいいものです」と答えた。

なるほど、その気持ちは分かる。お互い人の中で暮らす鬼。隠し事もなく語り合える輩というのは貴重だ。甚夜自身、この関係が案外気に入っていた。

「……くぅ、沁みますなぁ」

茂助は旨そうに一息で茶碗を空にする。今日の酒はいつもの安酒ではなく、たまには良いものをと甚夜が持ち込んだ下り酒だ。

江戸近辺は醸造技術が発達しておらず、酒と言えばどぶろくのような濁り酒に近いものが主だった。そのため上方で製造されて江戸に運ばれた澄んだ酒は下り酒と呼ばれ、大いに持て囃《はや》された。一般庶民では滅多に呑めない高級品だが、以前の依頼がなかなか実入りのいい仕事であったため奮発して買ったのだ。

「いや、申しわけありません。こんないい酒を」

「なに、毎晩お前に奢らせるのも悪い」

せっかくのいい酒、一人で呑むのももったいないと持ってきたが正解だった。旨い。肴なんぞなくとも、これだけで十分すぎるというものだ。

しかし、こうも酒を旨いと思ったのは随分と久しぶりのような気がする。

夜の見回りは何の実りもなく終わったが、互いの表情に曇りはなかった。

「甚夜さんは何故同朋を討つのですか？」

思い出したようにぽつりと茂助が問うた。茂助が辻斬りを追うのは私怨だが、甚夜は

「辻斬りを」ではなく「鬼を」討つと答えた。それが引っ掛かっていたのだろう。

ぴたり、と淀みなく動いていた手が止まる。

何と答えるべきか。以前は人だったと答える？　鬼と人は相容《あいい》れぬもの。元々人であったと知ったならば、この穏やかな時間もなくなってしまうのではないか。

正直に答えていいものかほんの少し逡巡する。沈黙が転がり込み、しかしわずかな間を置いたあと重々しく口を開く。

「私は元々人だ。かつて想い人を鬼に殺されて憎しみをもって鬼に転じたが、今でも考え方は人に近い。人に仇なす鬼を討つのは、ある意味で当然だろう」

止まっていた手を動かし茶碗を空ける。この関係が気に入っていたからこそ、嘘を吐いて誤魔化すような真似はしたくなかった。結果、この夜会が終わったとしても仕方のないことだ。

「なるほど。ああ、どうぞ、もう一杯」

茂助は大して気にした様子もなく空になった茶碗に酒を注いだ。

意外だった。もう少し硬い反応が返ってくると思っていたのだが。

「随分簡単に納得するのだな」

「鬼は総じて我が強い。同朋で殺し合うなど珍しくもないし、そもそも見ず知らずの者を殺されて怒るほど善良でもないですしね」

見ず知らずよりは一緒に呑む間柄を優先しますよ、などと冗談めかして彼は言う。鬼でありながら人としての立場で鬼を刈る。嫌悪されてもおかしくないと思っていたが茂助は平然としている。そのような話は酒の肴でしかないとでも言いたげな軽い態度だ。

「しかし、私は元々人だ」

「過去がどうあれ今の貴方は鬼。ならば同朋に変わりはないでしょう」

「それはそうかもしれんが」

納得がいかず憮然《ぶぜん》とした表情になるも、それがおかしかったのか茂助は笑って酒を呑み干す。一度酒臭い息を吐き出した彼は、茶碗を握り締めたままやはり気安い調子で言った。

「閑古鳥《かんこどり》は他の鳥の巣に卵を産むそうです」

「閑古鳥……?」

「ええ。ですが、たとえ別の鳥の雛《ひな》が孵《かえ》ったとしても一度親鳥となれば必死に雛を育てるし、雛はその鳥を親だと思う。自分で産んでなくとも雛には変わらず、雛にとっても育ててくれるならばそれは親。鳥でさえ生まれなど気にせぬのに、私達がそれを憂慮するのもおかしな話だとは思いませんか?」

そう語る茂助は実に楽しそうだった。彼の茶碗に酒を注いでやると、朴訥《ぼくとつ》な笑みで返して旨そうに酒を呑む。それは茂助なりの励ましなのだろう。感謝を述べる代わりに甚夜もまた軽く笑った。

「生まれながらに鬼だろうと人から転じようと、それこそたとえ木の股から生まれてこようとも鬼は鬼。出自を問うて差異を付けるのは、人くらいのものでしょう」

「耳に痛いな」

人としての愚痴だった。それを許されたのが嬉しかった。

かすかに口元を緩め、くいと茶碗を傾ける。酒の味は変わらず旨いままだった。

「では、貴方が鬼を討つのは人を守るためということで？」

「まさか」

そこは即座に否定する。想い人を守れず大切な家族を傷つけた。そんな無様な男が守るなどと言えるはずがない。それは口にしてはいけない言葉だ。

「理由はいくつかあるが、まずは金のためだ」

「金、ですか」

「人は鬼を嫌う。ただ出たと言うだけで、それを滅そうとする。私はそういう者達から金をせしめて鬼を討っている……軽蔑《けいべつ》するか？」

「いえ、甚夜さんは意味のない殺しをする方だとは思えない。おおかた人に危害を加える鬼だけを討つといったところでは？　俺が生かされているのが良い証拠です。それにほら」

見せびらかすように、もう一口。大げさな身振りで酒を一気に呑み干し、うまい、とあからさまに嘆息する。

「その金で買った酒を楽しんでいる俺に、何か言えるわけもないでしょうに」

わざとらしい態度が妙におかしくて、二人して声をあげて笑った。

ああ、本当にこんなに旨い酒は、こんなに笑ったのは久しぶりだ。気分がいいと酒もすすむ。ひとしきり笑い終え、酒宴はさらに続く。

そろそろ持ってきた酒も尽きようという頃、茂助は何度目かの問いを投げ掛けた。

「いくつかというからには他にも理由が？」

「質問が多いな」

「俺は全てを話しましたからね。こちらも聞かせてもらわないと不公平じゃないですか」

そういうものなのだろうか。だが、他の者ならばともかく同じ鬼相手に隠すようなことでもない。

「……もう一つは力を得るためだ。私はある鬼を止めるために生きている」

思えば、この話を誰かに聞かせたのは初めてだ。酔いが少し醒めた。仕方ないとはいえ、己の弱さを直視するのはやはり嫌な気分になる。

「ほぉ。しかし止めるためとは？　殺すではなく？」

「殺すのか生かすのかは逢ってから決める。だが、どちらにしても最低限の力はいるからな」

「複雑なのですね」

「いいや、私が軟弱なだけだ」

かつて未来を見る鬼は、百年以上先の葛野の地に全ての人を滅ぼす災厄が現れると語った。遠い未来において鬼神と呼ばれる存在は鈴音という。想い人を殺した鬼であり、同時に大切な妹だった。

今まで、あの娘を止めるためだけに力を求めてきた。だが、鈴音をどうしたいのかが今になっても分からない。救いたいと願っても身を焦がす憎悪は捨てられず。殺したいと望んでも、かつての幸福が瞼《まぶた》にちらつく。葛野の地を離れてから既に十三年。歳月を重ねても未だに刀を振るう理由さえ見つけられぬ。そんな己の惰弱さに辟易する。

「茂助。お前は、妻の仇を討ったらどうする」

話を逸らすように茂助へ問いかけた。誤魔化しもあったが聞いてみたいというのも事実だった。形は違えど同じく愛しい人を奪われた。ならば彼が復讐の果てに何を見ているのか、それが知りたかった。

「特に何も」

肩透かしを食らったような気分だった。気負いなく紡がれた言葉は、嘘でも誤魔化しでもないと分かる。分かるからこそ彼の答えは意外だった。

「そもそも俺が人に化けて暮らしているのは、争うのが嫌いだからです。鬼として生きるのは面倒だ。何かにつけて人は鬼を討とうとするし、鬼は我が強いから同朋であっても意見の違いで殺し合う。そういうのが嫌だから俺は人として生きる道を選んだ。緩やかに、ただ日々を過ごせればと思っていました。……こんなことにならなければ、力を使って誰かを殺すなんて考えもしませんでしたよ」

投げやりに酒を呑む茂助は和やかな様子のまま、しかしほんの一瞬だけ顔を顰《しか》めた。きっと酒が苦いのだろう。そう思い深くは聞かなかった。

「日陰に隠れて誰にも気付かれず生きていければ、それで良かったんです。何事もなく毎日を過ごしたかった……できれば妻と一緒に。だから仇を討った後は、今まで通りひっそりと生きていくつもりです」

妻の墓を守りながらってのも悪くないかもしれませんね——冗談のつもりなのだろうが、浮かんだ表情には疲労の色が見て取れた。

「ままならぬものだな」

「全くです」

謝罪するのも失礼だ。だから愚痴のように零《こぼ》した。

沈黙。二人は黙って酒を呑む。お互い酔いは完全に醒めてしまっていた。

「ああ、そうだ」

視線は合わせず目を伏せたまま。気分が沈んでしまったのもあって、語る内容も暗くなる。

「先程の話だが、意味のないことをしないというのは買いかぶりが過ぎるな」

そうして乱雑に茶碗を呷《あお》る。

「私は、意味もなく妹を憎悪している」

喉を通った酒は血の味だった。

翌日、茂助と探索へ向かう前に腹ごしらえでもと日が落ちてから蕎麦屋『喜兵衛』を訪ねた。

「あら？　甚夜君、いらっしゃいませ」

迎えてくれたのは、いつも通りの綺麗な立ち姿で微笑むおふうだ。今日は杜若《かきつばた》を模した簪《かんざし》で髪をまとめている。

「かけ蕎麦ですか？」

「ああ、頼む」

「はーい。お父さん、かけ一つ」

「あいよ！」

元気よく答えた店主が忙《せわ》しなく動き出す。適当な席に座ると、おふうが傍らに立って客などほとんどいないというのに声を潜めた。

「ところで、辻斬りは見つかりましたか？」

前置きもない問いにぴくりと甚夜の眉が動いた。茂助のことについては、おふうには話していない。何故彼女は辻斬りを追っていると知っているのか。

「話してはいなかったと思うが」

「何を言ってるんですか。ご自分で言っていたじゃないですか、鬼退治が仕事だって。だったら鬼の噂を追うのも甚夜君の仕事のうちでしょう？」

訝《いぶか》しむほどでもなかったようだ。どうやら彼女は、以前語った冗談としか思えない甚夜の話を真実として受け取ったらしい。実際、真実ではあるのだが、それを額面通りに受け取るのは純粋なのか言葉の裏を見る聡明さか。あるいはただの世間知らずか。今一つ判断し辛いところだ。

おふうは軽く膝を曲げて視線を落とし、甚夜の回答を待っている。おそらく言うまでこうしているつもりなのだろう。

「いや。なかなか上手くはいかない」

諦めたように溜息を吐いて答える。そもそも進展はないため元から伝えられる内容はほとんどないが。

「そうですか……あまり気を落とさないでくださいね」

「端《はな》から易々と見つかるとは思っていないさ。何を成すにもそれなりの苦労や面倒はある。鬼退治にしろ商売にしろな」

店内は相変わらず客が少なく、甚夜の他には身なりの整った若い武士が一人いるだけ。この店も上手くいっているとは言い難い状況だ。

「あはは、相変わらず客足が悪くて」とおふうは苦笑しながら零すが、その雰囲気はどこか楽しげである。

「せっかくの看板娘が目に入らないとは、江戸の町も忙しないことだ」

「いやですねぇ、あまりからかわないでくださいな」

満更でもないのかおふうが頬を染め、ふうわりと口元を緩める。とはいえ曲がりなりにも店屋の娘、仕事ぶりはぎこちないがこの手のやりとりには慣れているようだ。さらりと流して後に引きずりもしない。

「お、旦那。なかなか手が早いですね」

食いついたのは、むしろ彼女の父親の方だった。狭い店内なので店主にも聞こえてしまったらしく、厨房から顔を見せて会話に加わる。何か物申すのかと思えば、何故か嬉しそうに笑っていた。

「おふう、美人だと思いますか？」

「……十人に問えば、八人は美人と答えると思うが」

あくまでも客観的な意見を述べただけだったが、店主は前掛けを外して厨房から出てくる。そのまま傍に寄ってきたかと思うとばしばしと甚夜の背中を叩く様は、いかにも上機嫌といった様子だ。

「そうですかそうですか、いやぁ、旦那は見る目がある！　どうです旦那？　なんならおふうを嫁にとってうちの店をやるっていうのは？　鬼退治もいいかもしれませんが、小さい店を夫婦二人でってのも悪かないと思いますよ？」

この男はいきなり何を言っているのか。別段親しくもないただの客に対して嫁だのなんだの、さすがに話が飛びすぎている。おふうは甚夜以上に付いていけないらしく、顔を真っ赤にして父親を怒鳴りつけた。

「お父さん！　いきなり何を言ってるんですか⁉」

「いや、お前の婿候補を探そうと」

「そんなの自分で探せます！」

店主は先程までの上機嫌から一転、今度は弱気な表情でおろおろとしている。

一度大声を出して多少溜飲が下がったのか、おふうはいくらか落ち着いた様子で父親を窘《たしな》めていた。

結果、甚夜は放置されている。かけ蕎麦はまだ来ない。

「だがなぁ、お前もそろそろ男の一人や二人作らんと。知ってるんだぞ。お前そういうお付き合い、今までいっぺんもないだろ？」

「そ、それはそうですけど。でも、時期が来ればちゃんと考えます。甚夜君にも迷惑でしょう？」

「いや、俺はただ、お前を心配してだな。俺もいい加減歳だし任せられる男を探してぇってのが親心だろう」

店主にとって甚夜は娘を任せられる男らしかった。特に評価されるような何かをした覚えもないため違和感しかない。だいたい甚夜は定職を持たない浪人である。そんな男に大事な娘を任せていいものだろうか。

「それはとても嬉しいです。でも、私には私の考えがあるんですから」

「そうかぁ。旦那なら、お前と似合いだと思ったんだがなぁ」

説教が一段落ついて、ぼやくように店主は言った。おふうは不満げな様子で俯く。顔を上げた時には、瞳の端にほんの少しの寂寞《せきばく》を浮かべていた。

「もう、お父さんは私を追い出すことばかり考えているんだから」

頬を膨らませるおふうの姿は普段よりも幾分幼く見える。彼女の物言いから察するに、この手の話は別に甚夜が初めてではないのだろう。案外若い男を見る度に婿にならないかと声をかけているのかもしれない。

「そういうわけじゃねぇよ。ただ俺は……」

「分かっています。お父さんが、私をいつも心配してくれていることくらい」

怒ったように見せても、そこにある愛情を感じるから決して冷たくはない。おふうは自分を嫁に出そうと急かす父親の行為を寂しく感じているだけである。対して店主の方は、娘が誰かと夫婦となって仲睦《なかむつ》まじく暮らす当たり前の幸福を願っている。

二人の喧嘩は、結局のところお互いを大切に想っているからこそ。じゃれ合いと何も変わらなかった。

「大丈夫、ちゃんといつかは家を出ますから。でも、もう少し貴方の娘でいさせてくださいな」

花が咲くようなとは、こんな笑顔をいうのだろう。そう思わせるくらい鮮やかで、しっとりと優しい柔らかな微笑みだ。

「すまねぇ……」

その温かさに打ちのめされたのか、店主がすごすごと厨房に帰っていく。父親が奥へ引っ込んだのを確認して、おふうは心底申しわけなさそうに頭を下げた。

「甚夜君、すみません、父が変なことを言ってしまって」

「いや、気にしてはいないが」

それに、いいものを見せてもらった。

厨房に戻った店主がようやくかけ蕎麦を作り始めてくれた。ちらりと盗み見た横顔からは内心を察することはできない。けれど父が娘を案じ、娘が父を慕っているのは明らかだ。親娘というのはこうあって欲しいと思う。あれなかった親娘を知っているからこそ、なおさらに。

「良い父親だな」

「はい、自慢の父です」

我がことのように喜ぶ彼女の笑みが眩しくて、甚夜はわずかに目を逸らした。まっすぐなものをまっすぐに見ることができないのは、歪んでしまった証拠だろう。それを思い知らされた気がして、花のような笑顔はほんの少しだけ痛かった。

「あの、聞いてもいいのかは分かりませんが」

「ん？」

「甚夜君のお父さんは違ったんですか？」

感情を隠したつもりだったが彼女にはお見通しだったらしく、心配そうにこちらを覗き込んでいる。

別に話す必要はない。誤魔化せばいい。そう思いながらも口は自然に動いていた。あるいは聞いて欲しかったのかもしれなかった。

「私には妹がいてな」

「妹さん、ですか」

「ああ……鈴音という。父は鈴音に辛く当たっていた。自分の子ではないと言って虐待し、最後には捨てた。だから私も鈴音と一緒に家を出た。まあ、昔の話だ」

父が鈴音を捨てた理由は伏せた。その事実に対して、「鬼を捨てるのは当たり前だ」と言って欲しくなかった。

「お父さんのこと、憎んでますか？」

「いいや。……正直に言えば、あの人の気持ちも分かるんだ。ただ……」

そうだ、今なら父の気持ちが少しだけ分かる。鈴音はおそらく鬼が母を無理矢理犯した末に生まれた娘だったのだろう。鬼に愛した妻を汚され、宿った化け物の子供に命まで奪われた。

父が鈴音を虐待してきたその意味を今さらながらに理解する。甚夜もまた白雪を、大切な人を亡くしたからこそ理解できるようになった。憎悪とは培《つちか》った愛情を塗りつぶす程に昏《くら》く淀んでいるのだと知ってしまった。だからもう、あの人を責めることはできない。何より、結局は自分も鈴音を見捨てたのだ。父をとやかく言う資格はないだろう。

「ただ？」

「なに、ままならぬと思っただけだ」

わずかに歪んだ表情。おふうが気遣わしげな眼で見ていたが気付かないふりをした。

脳裏を過《よぎ》ったのは茂助のこと。おふうと店主のこと。そして自分のことだった。愛した者を奪われ、それ故に憎しみに囚われる。お互いを想い合って、だからこそ言い争う。

そして、私は――

「綺麗にはいかないものだな」

まこと人の世はままならぬ。己の感情一つとっても容易ではない。誰かを愛し誰かを憎む。ただ生きて、ただ死ぬ。たったそれだけのことが、こんなにも難しい。

3

「こっちは全然だめですね」

　春の宵。つい、と夜空を見上げれば十六夜月《いざよいのつき》。雲をまとい朧《おぼろ》に霞《かす》む姿は風情だが、躊躇《ためら》いがちにそっと顔を見せる既望《きぼう》も趣《おもむき》深い。とはいえ浸っている余裕もなく、茂助が漏らした声には多少の落胆が混じっている。

　二人は荒布橋《あらめばし》で落ち合って互いに得られた情報を交換し合うも、進展はほとんどなかった。夜毎に江戸の町を見回っているが、未だ辻斬りは見つからない。

「そちらはどうでした？」

「駄目だな」

「見つかりませんか。やっぱり、探し方を変えた方がいいかもしれません」

　ここ数日は被害もなくある意味平穏ではあるが、辻斬りが野放しになっている現状は決して良いとは言えない。

　闇雲に探しても同じだが名案なぞ浮かび上がっては来ない。結局、非効率的であっても聞き込みをしながら足で探すしか取れる手立てはなく、二人して難しい顔を浮かべながら夜の探索を続ける。

「おや？」

しばらくすると不意に茂助が声を上げた。

「どうした」

「いえ、あそこ」

指差したのは堀のように整然と整備された神田川の近く、ちょうど草が生い茂り柳の立ち並ぶ場所だった。よく見ると柳の下には女性の姿がある。あれは……。

「おふう？」

薄桃の着物に身を包みすらりとした立ち姿が印象的な女は、柳に手を添えて愛《め》でている。月の光に照らされた姿は幽世《かくりよ》の景色を思わせて、普段の不器用ながらも明るい娘とは別人に見えた。

「知り合いですか」

「馴染《なじ》みの蕎麦屋の娘だ」

簡潔に伝えれば茂助は「女性の一人歩きはよくありませんね」と眉を顰《ひそ》める。

ここ数日は辻斬りの被害が出ていないとはいえ危険なことには変わりない。ここで見過ごして知人が犠牲になっては寝覚めが良くない。

「すまん、茂助」

「ええ」

こちらの心中を察して、笑顔で頷いてくれた。

一声かけて帰りを促すか、必要ならば送るくらいはしてもいいだろう。普段世話になっている店に多少なりとも恩を返すと思えばさほどの手間でもない。

「あら、甚夜君？」

不意に夜風が通り抜けて柳が揺れた。流れた風の行方を探すようにおふうの視線は地へと降りて、橋を渡って近付く甚夜と自然に目が合う。

月に柳、佇む娘。普段とは違う、淡く儚《はかな》げな消えてしまいそうなくらい緩やかな笑み。喜兵衛で見る彼女とは違いすぎる空気にほんの少し戸惑ってしまう。

「いい月ですね」

柔らかくゆったりとした口調は、月夜の風情によく似合っている。案外普段の明るく凛《りん》とした立ち姿はよそ行きで、この儚げに笑う繊細な少女こそがおふうなのかもしれない。そうと思えるくらいに淑《しと》やかな立ち振る舞いは彼女に馴染んでいた。

「甚夜君は、お一人で散歩ですか？」

いや、連れがいる。

返そうと思った言葉は途中で止まってしまった。傍らにいるはずの男が、いつの間にかいなくなっていたからだ。辺りを見回しても目の前のおふう以外に人影はない。

茂助はどこへと思うや否や、姿は見えないのに耳元で囁《ささや》きが聞こえた。

（すみません、俺はこれで失礼しますよ）

ぼそぼそと小さい、しかしからかいの色を帯びた声音。

甚夜にしては珍しく驚きに表情を崩した。ここまでされて気付かないわけがない。この男、わざわざ力を使って姿を消したのだ。

（その娘さん、送ってあげてください。ここで別れて辻斬りに襲われても困るでしょう）

何を勘違いしたのか言葉とは裏腹に声の調子は楽しげだ。完全に面白がっている。何反論しようにも、姿の見えない茂助に話しかけようものなら奇人扱いは免れない。何も言えず固まる甚夜をよそに、彼は足音を殺して去っていったようだ。隠れて覗き見るような悪趣味な真似はしていないと信じたい。にしても、まさかこんなくだらないことに力を使うとは。

「あの、どうかしましたか？」

「……少し、な。考えごとをしていただけだ。それよりも、おふうはこんな遅くに何をしている」

気持ちを切り替えて少しきつめに問い詰める。

甚夜の語調の強さに反しておふうの表情は穏やかだ。

「桜を見ていました」

緩やかに眼は柳へ流れ、もう一度静々《しずしず》と手を添える。まるで愛し子を撫《な》ぜるような優しさ。枝が揺れると葉が擦れて、ざわりと耳をくすぐる音が心地良い。

「これは柳だろう」

「違いますよ、ほら」

そっと触れたのは白い花。遠目では気付かなかったが、しな垂れた柳には五弁の真っ白な小花が咲いていた。

「雪柳《ゆきやなぎ》と言います。咲いた花の重さにしな垂れる姿が柳に似ているでしょう？　だから、雪柳。でも実際には、柳ではなく桜の仲間なんですよ」

寄り集まった白い花は、なるほど確かに綿雪が降り積もったようにも見える。雪と柳を思わせる桜。春の枝に冬をまとわせた婉然《えんぜん》たる姿には、なんとも不思議な趣《おもむき》があった。

「雪柳か……」

噛み締めるよう花の名を呟く。

雪柳は夜風に吹かれて揺れている。桜の仲間とはいうが見目はやはり柳。白い柳と表現した方がしっくりと来る佇まいだ。おそらく多くの者にとって、この花は桜ではなく柳だろう。

「桜には見えないな」

雪柳は己があり方を嘆いてはいないのだろうか。

ふと過《よぎ》った疑問。花の心に思いを馳《は》せるなぞ、情緒ある戯《たわむ》れの似合う男ではない。それでも雪柳を眺めながら甚夜はほんの少しだけ考える。

仲間の桜と同じ姿ではいられない。かと言って柳にはなれない。柳にしか見えない桜は、己をどう思っているのだろう。考えてもそれを知ることは叶わない。しかし、奥ゆかしくも美しい雪柳の姿にわずかな寂寞《せきばく》を感じてしまう。

「桜でありながら柳を模《も》し、柳に見えて柳ではなく。柳と桜、どちらにもなれない。……雪柳は憐れだな」

ちくり。柳の姿をした桜が憐れに思えて、無意識に言葉は零《こぼ》れた。

少しだけ胸に痛かったのは、きっと身につまされるから。柳に見えて柳ではない。人に見えて人ではない。まるでどこかの誰かのようだ。枝にはふわりと無邪気に咲いている白い花。物言わぬ白色に責め立てられているような気がした。

茫然と立ち尽くして柳の花を眺める。くだらない感傷と分かっていても陰鬱な気持ちを拭い去れない。

「でも、きれいでしょう?」

絹のようになめらかな優しい声だった。沈み込んでいた意識がゆっくりと引き上げられる。いつの間にかおふうの視線は甚夜に向けられていた。遅れて瞳を合わせれば、彼女は小さく頷き微笑む。

「柳ではないし桜として見られなくても、雪柳はとても可愛らしい花を咲かせるんです。何度散っても春になればまた咲いて。私には雪柳の心は分からないけれど、きっとこの子は我が身を儚《はかな》んではいないと思います。だって、自分が嫌いだったら毎年咲こうとは思わないじゃないですか」

それは甚夜にではなく雪柳に向けられたものだ。おふうはこの花が可愛らしいと言っただけ。それでも彼女の声が胸に沁《し》み入り、鬱屈とした感情は少しだけ薄れてくれた。

「だから憐れむ必要なんてありませんよ。桜であっても柳であっても、この子は春が来る度にきれいな花を咲かせるんですから」

たとえ己が何者かは分からなくとも、巡る季節の中で咲いては散り咲いては散り。いずれ散り往く定めと知りながら、生きた証を鮮やかに咲き誇る。

「それが花の生き方、か」

彼女の言う通り憐れむ必要はないのかもしれない。否、憐れんではいけない。雪柳はおそらく無様な彼よりも遥かに強い。それを憐れむなど傲慢にも程がある。

一つ頷いて納得の意を示す。

甚夜の雰囲気が変わったのを察したのか、おふうも力を抜いて口元を緩めた。

「でも、なんだか女の子みたいですね」

弾んだ声で彼女は言う。確かに花の心を想像して憐れむというのは、年頃の娘のような夢想だった。自覚があるため反論もできない。

　押し黙った甚夜が面白かったようで、おふうはくすくすと笑っている。気恥ずかしかったが彼女の笑い方があまりに無邪気だったから、苦笑しながらそれを受け入れた。

「送ろう。過保護な父親が心配する」

「ふふ、そうですね」

　ひとしきり笑い終えた後、二人は並んで歩き始めた。

　既に日も落ちて暗くなった刻限、江戸の町を歩いても商家は軒並み店じまいしており普段のにぎやかさは感じられなかった。

　風が吹く。春の風はやはり冷たく、しかし、夜は先程よりもいくらか暖かくなった。

「甚夜君には、少し余裕が必要なんだと思います」

　歩きだしてしばらく、ふと彼女はそう言った。目の端で盗み見た彼女の横顔は澄ましたもので、自分より年若い娘だろうに随分と大人びて感じられる。

「私はそんなに切羽詰まって見えるか」

「どちらかと言えば思い詰めている、でしょうか。時々、無理をしているように見えて」

　別に甚夜とおふうは個人的な付き合いがあるわけではない。店主は婿にならないかと言っていたが、あくまで彼らの関係は客と給仕に過ぎなかった。だというのにおふうは、甚夜の深い部分を正確に見抜いていた。

　彼女が鋭いのか自分が分かりやすいのか。これでも少しは感情を隠すのが上手くなったと思っていたのだが。

「ああ、そうかもしれん」

　嫌な気分にはならない。相手がこの娘だからなのか、むしろ素直に受け入れられた。

「私には成すべきことがあり、そのためだけに生きてきた。だから思い詰めていると言われれば、おそらくその通りなのだろう」

　思えば力だけを求めてきた。鬼を討つのも鍛錬に過ぎず、義心なぞ欠片もなかった。それを間違いだとは思わない。かつて妹は現世を滅ぼすと言った。ならばこそ、けじめは付けねばならない。事を成すには力が必要であり、他のものなぞ余分でしかない。

　おそらく彼女の指摘は正しい。無理をして思い詰めて、暗中を照らす標《しるべ》になると信じて甚夜は力を求めた。ただ、強くなりたかった。

「甚夜君の成すべきことが何かは分かりません。でも、たまには息抜きくらいした方がいいですよ。目的があるのは良いかもしれませんが、それに追われるのはつまらないでしょう？」

「……だが、私にはそれしかないんだ」

　想い人も家族も、自分自身さえ。全て失くしてしまった。残っているものなんぞ、淡い希望に縋《すが》って先送りした答えと、いつか抱いてしまった憎悪くらい。

だから強くなりたかった。強くなってけじめを付ける。そのためだけに生きてきた。

どこまでいっても、それが全てだった。

「悪いな。お前の忠告は聞けそうにない」

彼女の諫言《かんげん》はありがたい。しかし、つまらないと言われても、そもそも彼には日々の暮らしを楽しもうという発想がない。酒を呑めばうまいと思うし笑いもする。けれど憎しみは、いつだってちらつく。何一つ守れなかった男が生を謳歌するというのは間違っているように思える。

きっとこの先も、なに一つ変えられないまま無様な最後を迎えるのだろう。

「そう、ですか……」

無表情のままで声色もいつも通り。そんな甚夜に何を思ったのか、おふうは先んじて一歩二歩進み立ち止まり、道の端でしゃがみ込む。不思議に思ってそれを追えば、彼女の前には四弁の小花が集まり玉のように咲いた白い花があった。

「名前、分かります？」

話の流れを断ち切って、穏やかな笑みを浮かべながらおふうは問う。花の名など食べられる野草や薬になるもの以外はほとんど知らない。だから甚夜は首を横に振った。

「沈丁花《ジンチョウゲ》。秋に蕾《つぼみ》をつけて、冬を越して春に咲きます」

指先でそっと優しく花弁に触れる。少し顔を近づければ、ふわりと甘酸っぱい不思議な香が鼻腔をくすぐった。

「香りが強いな」

「いい匂いでしょう？　これは春の香り。沈丁花は春の訪れを告げる花なんです」

そう言って立ち上がったおふうは、今度は家屋の日陰でひっそりと自生する小さな花を指差した。道端に咲く細やかな花弁。郷愁をくすぐる佇まいには覚えがあった。

「あそこに見えるのは繁縷《はこべ》ですね。小さくて可愛らしいと思いませんか？」

普段は意識しなかったが、その花は確かに繁縷。江戸の町にも咲いているとは気付かなかった。それは数少ない甚夜も知る草花だった。

「繁縷なら私でも知っている」

「そうなんですか？」

「ああ。茎を煎《せん》じると胃腸薬になる。葛野……昔住んでいた集落ではよく使った」

おふうは意外そうな表情を浮かべた。甚夜は六尺近い巨躯《きょく》であり、細身ながら鍛えられた体が着物の上からでも分かるほどだ。胃腸薬を常用するような繊細な神経の持ち主には見えなかったのだろう。

「幼馴染がよく飲んでいた。箱入りで普段食べられないせいか、機会があると甘味を大量に食べる癖があってな。食べすぎで腹を壊しては繁縷の世話になっていた」

「なんというか……面白い人だったんですね」

「ああ、私はいつも振り回されていた」

ここではないどこかを眺めるように甚夜は目を細めた。

思い出されるのは幼かった頃。まだ白雪《しらゆき》と甚太でいられた幸福な日々だ。とても巫女とは思えない無邪気で好奇心の強い白雪にいつも振り回されて、傍らには鈴音がいて、甚太は二人の後始末に追われ……それでも彼らは素直に笑い合っていた。

だが、今はもう無理だ。あの頃のようには笑えない。

「ほら、〝それしかない〟なんて嘘ですよ」

おふうは、彼の憂鬱を拭うようにゆったりと微笑んだ。

「甚夜君は蕎麦が好きで花をきれいだと思えて、大切な思い出だってあります。今は成すべきことに囚われて周りが見えていないだけ。だから、それしかないなんて言ってはいけません」

何も言えない。口を挟んではいけない。そう思わせるだけの何かが今の彼女にはある。たおやかな佇まい。ほんの一瞬、甚夜はその微笑みに見惚れた。

「たまにはこうして足を止めてみてください。貴方が気付かないだけで、花はそこかしこで咲いています。見回せば、きっと今まで見えなかった景色が見えるはずですから」

おふうは花にかこつけて甚夜を慰めようとしてくれているのだ。その心遣いを嬉しく思い、しかしそれを無にしてしまうであろう己に嫌気がさす。

結局、甚夜には彼女の言うような生き方は、足を止めて幸福を探すことなどはできはしない。誰かへの想いよりも自分の生き方を優先してしまう彼は、何を言われても鈴音を止めるために力を求め続ける。

「そう言えば、花をゆっくり眺めたことなどなかったな」

しかし、鬼に成れども人の心は捨て切れぬ。この娘の優しさを一太刀の下に切り捨てるほど冷酷にもなれなかった。相変わらず中途半端な男だ。呆れて苦笑すれば、おふうも穏やかに目を細めた。

「他の花の名も教えてくれないか」

「はい、勿論」

そうして二人はまた歩き出す。

空には青白い月。

春の宵。辿る通い路。傍らの娘は数えるように花の名を歌い上げる。

胸に渦巻く淀んだ憎悪は消せない。それでも、もう少しだけゆっくり歩こうか。

そう思えた、柔らかな夜のことだった。

「送っていただき、ありがとうございました」

花を数えて歩く家路は思った以上に短く感じられた。

帰り着いた蕎麦屋の前で、おふうは深々と頭を下げる。

「いや、こちらも面白い話を聞かせてもらえた」

「それなら、また今度違う花をお教えしましょうか？」

「明るい時間帯なら頼む」

辻斬りの噂が流れているというのに夜歩きをしていたおふうを冗談めかして窘《たしな》める。

そういう物言いができたのは、先程の会話で少なからず余裕が生まれたからだろうか。

彼女の言う通り少しは足を止めて見るのも悪くないのかもしれない。

口元を緩ませる甚夜に対しておふうは不満げな表情を作った。

「お父さんといい甚夜君といい、私の周りの男の人は過保護が過ぎると思います。辻斬りが出ても、逃げるくらいならできますよ」

「そう言ってやるな。親というものは、たとえそうだとしても心配くらいはするのだろう」

「なら、貴方はどうして心配してくださるんですか？」

「さて、な」

ほんの少しのからかい混じりの問いだったが、明確な答えは返せない。何故なのかは自分にもよく分からなかった。

「悪いが、そろそろ行かせてもらう」

「すみません。引き留めてしまって」

小さく首を横に振り気にするなと示してみせれば、返すようにおふうも微笑みを浮かべた。

穏やかな心地で踵《きびす》を返して再び辻斬りの捜索へ戻る。足取りはいつもより軽かった。

「いや、いい娘さんですねぇ」

隣から急に声を掛けられて足がぴたりと止まる。首を横に向ければ、にやにやと笑いを浮かべている茂助がいた。

「茂助……お前、まさか」

「さーて、そろそろ行きますか」

甚夜が二の句を継ぐ前に、茂助はそそくさと逃げ去る。誤魔化すつもりもないらしい。この男、姿を消したまま一部始終を覗き見ていたのだ。

文句を言おうにも既に姿はなく、今一つ釈然としないまま夜の町を眺めるしかできなかった。

おふうと別れたあと、再び探索を続ける。

訪れたのは日本橋。しばらく界隈をうろうろと歩いていたが、辻斬りの痕跡さえ見つからない。とりあえず橋へ戻って真ん中辺りの欄干《らんかん》にもたれ掛かる。

昼間は騒がしい日本橋だが時間も時間なので人通りはまばらだった。一杯ひっかけた帰りなのだろう、赤ら顔の男が通るくらいのものだ。静けさが染み渡る。川の流れる音がはっきりと聞こえるくらいに穏やかな夜だ。揺れる月と心地よい風に、これは今夜もはずれかと息を吐く。

そうして立ち止まっていると、夜も深いというのに茜の着物をまとった若い女が一人、橋を渡っているのを見つけた。年の頃はおふうと同じくらいだろうか。こんな時間に一人歩きとは危なっかしい。横目で眺めていれば、女の方も通り過ぎる途中で甚夜に視線を向けた。

「あ……」

何故か女が目を見開き小さく声を漏らした。何を驚いているのだろうか。改めて女を見てかすかに眉を顰《ひそ》める。

あの女、どこかで会ったような気が。器量は良いが気の強そうな目付きに見覚えがある。いったいどこで。

思い出そうと頭を捻《ひね》る。瞬間、空気が唸《うな》りを上げた。

「あ、が？」

近くを歩いていた赤ら顔の男は橋を渡り切ることができなかった。突如として血飛沫《ちしぶき》が舞ったかと思えば体が崩れ落ち、それきり動かなくなった。

その体躯《たいく》には爪で抉《えぐ》ったような傷跡が残されている。男は断末魔さえ上げることなく一瞬にして絶命していた。

「……え？」

何が起こったか分からず女の方は目を点にしている。二拍は間を置いて橋の上にへたり込み、ようやく男の死を理解したのか悲鳴を上げた。

「い、いやあああ⁉」

その叫びをどこか遠くに聞きながら甚夜はそっと腰のものに手をやった。

意識が冷えて鋭敏になっていくのが分かる。

再び空気が唸るも、こちらの対応は迅速だ。襲撃者の存在に気付けたのは、音よりも先に濃密な淀むような殺気が漏れていたから。左足を軸にした最短の動作で音の鳴る方へ向き直ると、鯉口を切り一気に抜刀。

「ぐっ……」

だが、相手はさらに上。甚夜が刀を鞘《さや》から抜くよりも何者かの突進の方が速かった。

幸い抜き掛けの刀でも盾くらいにはなった。刀身で防ぎ、後ろへ下がって完全に抜き切る。反撃に移るつもりが、既に相手は間合いの外へ逃げた後だった。

「え、なっ、なに？　今の、なんなの⁉」

女は突然の事態に混乱しているようだが、今は構っている暇もない。警戒は維持したまま動揺する女に冷たく言い聞かせる。

「あまり動くな。死にたいなら別だが」

「わ、分かったわよ……」

まだ困惑はしているが、それなりには落ち着いてくれたようだ。ありがたい、下手な動きをされるとこちらもやりにくい。そう思いながら、甚夜は巻き添えを食わせぬよう女から距離を取った。

人目があるから鬼と化すわけにはいかない。八双《はっそう》に構え、次の襲撃へ備える。

ごう、と風切りの音を立てながら何者かが襲い掛かる。音が聞こえた方へ体を回し、袈裟《けさ》懸《が》けの一刀を振るい──間に合わない。途中で軌道を曲げて受けに入る。肉薄する襲撃者。振るわれた鋭利な爪。鍔《つば》でいなして半歩下がり、返す刀で斬り上げる。しかし、手応えはかすか。傷を与えたとはいえわずかに掠《かす》った程度だろう。

待ち構えて攻撃を予測し、的中し……なおも振り遅れた。

その事実に甚夜は目を細める。

──速い。それ以外の感想は出てこなかった。人では為し得ぬ、あまりの速さに理解する。姿を確認することはできなかったが、間違いなく襲撃者は鬼だ。そう簡単に悟れてしまうほどの動きだった。

四間は離れた場所に鬼は降り立った。改めて見据えれば異形は唸り声を上げている。四肢《しし》を持つ人型だというのに、四つん這いでこちらを睨みつける鬼。獣のあやかしという表現が最も分かりやすいだろう。浅黒い体毛に覆われた鬼は犬と人の合いの子のように見えた。

濁った赤の瞳は虚ろにこちらを眺めている。どうやら女を襲う気はないらしく、濃密な殺意は甚夜にのみ向けられていた。

「今度こそだな」

鋭い爪で男を襲う。女は殺さない。

今度こそ当たりだ。奴が件《くだん》の辻斬りに相違ないだろう。

「お前は……」

言葉は途中で途切れた。名を問うどころか舌打ちする暇さえなく鬼が迫る。

脳天へ向けて幹竹《からたけ》に振るうも、鬼は速度を保ったまま横に飛んだ。

躱《かわ》された。甚夜は逆手に持ち替えると鬼の動きに合わせて一歩を踏み込み、体を回転させながら追うように剣戟《けんげき》を繰り出す。

宙では身動きがとれない。それ故の一手、しかし鬼は甚夜の予想を覆す。何もない空を蹴った鬼が軌道を変えてさらに疾駆する。

条理を無視した挙動だが、あまりの速さに驚きが追い付かない。

鬼は止まらない。その先には――

「ひっ」

先程の女がいる。

やられた。こちらへの攻撃は囮《おとり》。鬼は男を殺して女を攫う。狙いは初めから女の方だった。

目論見《もくろみ》を知ったところでもう遅い。ここからでは間に合わない。

鬼はその手を女に伸ばし――だが空を切る。女は何故か、誰かに突き飛ばされるようにして鬼から逃れていた。周りには誰もいないというのに。

「茂助……！」

女を助けたのは見えない誰かだ。姿を消す力――いつの間にか、茂助はここへ来ていたらしい。すんでのところで女を救ってくれたのだ。

助かった。安堵に軽い笑みが零《こぼ》れるも、すぐさま表情を引き締める。そして身を低く屈《かが》め地を這うように駆け出す。

鬼も状況が理解できなければ固まるものなのか、動こうとしていない。

それならそれでいい。名を聞けないのは残念だがここで斬り捨てる。

『う、うう……』

走りながら刀を水平に構えて左足で地面を蹴り、一気に距離を詰める。

放ったのは絶殺の意を込めた横薙ぎの太刀。横一文字に振るった刀は——何も斬ることはなかった。

『あああああっ』

既に鬼はこちらの間合いから抜け出ていた。

劣勢を悟ったのだろう。背を向け、雄叫《おたけ》びを上げながら鬼は走り去る。あの速度で逃げに専念されれば追い縋《すが》ることなど叶わない。一瞬で見えなくなった背中に甚夜は奥歯を噛み締めた。

「あれは追えんな」

表情は変えないが内心は無念で満ちていた。江戸に来てから既に幾度も鬼と立ち合ったが、こうまで後手に回ったのは久々だ。

ふぅ、と息を吐き熱のこもった体を冷ます。逃がしたのは痛いが後悔しても仕方ない。ゆっくりと納刀して冷たい夜の空気で肺を満たせば、少しは心も落ち着いてくれた。

(甚夜さん)

耳元で声が聞こえた。姿を消したままの茂助だ。まだ女の目があるから鬼としての姿を見られるのを嫌ったのだろう。甚夜も女には聞こえぬよう小声で返す。

「すまん、逃がした」

(いえ、俺もあそこまでの相手とは思ってませんでした)

茂助の身体能力は決して高くない。正面からぶつかればまず負ける。それを思い知り、苦渋の呻きを漏らしている。

（とりあえず逃げてった方へ俺は行きます。ねぐらくらいなら見つけられるかもしれません）

「無理はするなよ」

（分かってます。追いつけるかも分からないし、見つけたとしてもすぐに戻ってきますよ。俺だって命は惜しいですから。甚夜さんは、そこの娘さんをお願いします）

「ああ」

空気が流れた。茂助がこの場を離れたせいだろう。

甚夜は鬼の逃げ去った方へ視線を向ける。

茂助ではあの鬼には勝てないが、姿を消したままならねぐらを見つけて逃げ帰るくらいはできるはずだ。問題は、仇敵を前にして冷静でいられるか。無謀と知りながらも挑むような真似をしないかだ。信じたいがやはり不安もある。一応、追うべきか。

「ねえ、ちょっと」

不満そうな女の呼びかけに思考を遮られる。横目でそちらを見れば、先程の女は地面に座り込んだままじっと甚夜を見詰めていた。

「どうした」

「……のよ」

声が小さくて聞き取れなかった。わずかに眉を顰《ひそ》めれば、悔しそうに恥ずかしそうに女はもう一度ぼそぼそと呟く。

「だから……立てないのよ。ちょっと手を貸して」

自身の醜態に頬が赤く染まっている。無表情のまま甚夜が手を差し出すと、それを支えによたよたと立ち上がる。見たところ怪我はない。恐怖に体の力が抜けていただけのようだ。

「ありがと」

「いや」

「そういう素っ気ないとこ、なんかすごく懐かしいわ」

その物言いに少し違和感を覚え、改めて女の顔を見た。

確かに、どこかで見た覚えが。

「もしかして覚えてない？」

怪訝《けげん》そうな顔をした女の目尻が少し吊り上がる。しかし瞳には不安が揺らいでいて、その頼りない雰囲気に数年前の一件を思い出す。

「……奈津殿か？」

須賀屋店主、重蔵の一人娘だ。当時の面影が少なからず残っていた。

間違ってはいなかったらしい。奈津の表情が幾分か柔らかくなる。

「なんだ、忘れてたわけじゃないのね」

「いや、思い出すのに時間がかかった。前はもう少し幼かったしな」

以前会ったのは十三の時だったか。三年を経て奈津は背が少し高くなり、輪郭もかすかに丸みを帯びて女性らしい佇まいに変わっていた。

「そう、三年も経ってるから仕方ないとは思うけど。でも、あんたは全然変わってないわね」

当然だ。この身はたとえ百年経とうとも老いることはない。指摘されても動揺さえしなくなった。歳を取ったせいか人から離れたせいかは分からないが。

「あまり老けん性質《たち》だ」

「世の女の人の大半を敵に回すわよ、それ」

言いながらも足に力が戻っていないのか、まだ少しふらついている。

近付いて少し支えてやる。男に触れられたからか、照れたような顔で小さくもう一度「ありがと」と言った。

「いつも夜歩きをしているのか？」

「そんなわけないじゃない。今日はお使いの帰りよ。ご贔屓《ひいき》にしてくれるお客様の所に届け物をしてきたんだけど、すっかり遅くなっちゃって」

「親の手伝いか」

「そういうこと。親孝行ね」

記憶の中の奈津は小生意気な娘といった印象だった。しかし、目の前でくすくすと笑う姿は、かつての余裕のなかった少女とは違って見える。

「奈津殿は変わったな」

「そう？」

「なんというか、笑い方が自然になった」

以前はありがとうと素直に言えなかった。今ではさらりと口にできる。

些細ではあるが成長したのは外見ばかりではない、ということなのだろう。

「ま、私だっていつまでも子供じゃないわよ」

「いえいえ、まだまだ子供ですって」

「ひぃ!?」

急に声を掛けられて驚いた奈津が、飛び退くように甚夜から離れる。何事かと身を竦《すく》ませる彼女には、いつかの面影がちゃんと残っていた。

「お嬢さん、随分遅いんでお迎えに上がりましたよ」

「ぜ、善二？　脅かさないでよ！」

「普通に声掛けただけなんですけど……なんかあったんですか、ってお前。もしかして甚夜か？」

一拍遅れて甚夜の姿を確認し、驚きに目を見開く。善二の表情は再会の喜びに満ちていた。

「善二殿、久方ぶりだな」

「おお、本当に久しぶりじゃないか。どうしたんだ、いったい？」

「鬼に襲われたところを助けてもらったのよ」

そっぽを向いたままの奈津がそう言えば、いやに神妙な顔つきで善二は彼女の肩に手を置いた。

「鬼……？　お嬢さん、またですか？　前も言いましたが、旦那様はちゃんとお嬢さんを大切に想ってます。ですから……」

「今回はそうじゃなくて！　甚夜もちゃんと説明しなさいよ！」

かつての鬼がまた現れたと思ったらしい善二は、ひどく重苦しい空気をまとっている。

二人の遣り取りに呆れながらも、甚夜は言われた通り現状を説明する。

「辻斬りの噂は知っているか」

「へ？　ま、一応は」

「辻斬りの正体は鬼……私は今、そいつを追っている。奈津殿が襲われたのは単なる偶然だ」

ようやく納得したのか、善二は大きく安堵の息を吐いた。

「ほぉ。お前、相変わらず訳の分からないことに首突っ込んでんだな」

「……訳分かんなくって悪かったわね」

「あ、いや、そうじゃなくてですね」

「別にいいけど」

「ですから、決して今のはお嬢さんを馬鹿にしたつもりじゃ」

確かに今の言い方では、以前の事件も「訳の分からないこと」になる。相変わらず失言の多い男であった。

拗《す》ねる奈津に機嫌をとろうと慌てふためく善二。三年経った今でも力関係はさほど変わっていないらしい。微笑ましい二人に多少なりとも肩の力が抜け、そうすると今度は鬼を追った茂助が気になってくる。

「迎えが来たなら私は行かせてもらうが」

二人の言い争いを無視して声を掛ける。茂助の帰りが遅い。もしかしたら彼は……。過《よぎ》った想像が正しかったとすれば、あまり時間を無駄にはしていられない。

「そう、今日はありがと。そういえば、あんた今どうしてるの？」

「変わらんさ。気ままな浪人だ。今は深川にある喜兵衛という蕎麦屋によくいる。鬼にまつわる厄介事があるなら来ればいい。多少は安くしておくぞ」

「金はとるんだな」

「当たり前だ。私にも生活がある」

小さく笑う二人に背を向ける。歩き出そうとした瞬間、「あ、そういや。甚夜、ちょっと待て」と出ばなをくじかれた。

立ち止まり半身になって善二へ視線を送れば、彼は真剣な表情で口を開く。

「お前、谷中《やなか》の寺町は知ってるか？」

甚夜は無言で頷く。寺町は江戸の外れに位置し、名前の通り寺院が集中して配置されている。そのせいか、幽霊やら魍魎《もうりょう》やらが出るという怪奇譚《かいきたん》の多い場所でもある。

「そこに瑞穂寺《みずほでら》ってのがあってな。随分前に住職が亡くなって廃寺《はいじ》になってるんだが、お客さんから聞いた話じゃ夜な夜な女性の声が聞こえるらしい」

女性の声。攫われたのは女性だけ。少し引っかかる話だ。

「この話、結構よく聞くんだ。……中には鬼が住み着いたっていう噂もある」

廃寺──女をかどわかしてことに及ぶなら、落ち着ける場所がいる。女が声を出してもいいように人が寄り付かず姿を隠せる場所。寺町なら条件としては見合う。辻斬りかは分からないが、少なくとも女を攫う何者かがそこにはいるのだろう。先程の鬼が逃げて行った方角とも合う。

「鬼を追ってるってんなら、こんな噂でも役に立つかと思ったんだが……どうだ？」

「ありがたい、面白い話を聞かせてもらった」

「そいつは何よりだ」

これは案外当たりかもしれない。

ようやく掴んだ尻尾に甚夜は表情を引き締めた。

◆

走りに走った茂助が辿り着いたのは、江戸の外れにある寺町だった。

「方向は合ってると思うんだが」

谷中の寺町一帯はその名の通り寺院が多い。夜の闇に浮かび上がる情景はいやに不気味で、怪異の噂が多いのも納得できる雰囲気である。

しかし、この辺りは人通りが少ない。辻斬りにしても獲物を探すには不都合な場所だ。

これは外れだったかと考えた矢先。

……あああぁぁ……。

夜に響く誰かの悲鳴を聞いた。

「近い」

呟くと共に、茂助は姿を周囲に溶け込むように消した。

力を行使して足音を殺しながらも声を辿る。焦る気持ちを抑え、ただ歩みを進める。

その時、びゅう、と風が通り抜けた。

否、それは風ではなく闇の中、女を片手で抱えて疾駆する鬼だった。すれ違いざまに見たのはぐったりとした年頃の女を抱えた、犬と人の合いの子のような鬼。間違いなく先程見た鬼だ。爪先からは血が滴《したた》り落ちていた。逃げながら誰かを殺し、女も攫ってきたようだ。

――あの鬼が、俺の仇だ。

茂助は背筋を通り抜けるぞわぞわとした感覚にそれを理解した。

走り抜けた鬼の消えた先を睨みつける。狭い路地の突き当りにはうらぶれた寺があった。そこは随分前に住職が亡くなったため廃寺となり、そのまま放置されている場所だった。名前は確か、

「瑞穂寺……」

やっと見つけた。

あそこが、己の憎悪の行き着く場所だ。

4

鬼は様々な方法で生まれてくる。

鬼が戯《たわむ》れに人を犯した結果生まれる鬼。憎悪や嫉妬、絶望など負の感情を持って人から転じた鬼。想念が寄り集まって凝固し、無から生ずる鬼。その出自は多岐にわたり、しかし一様にそれらは同じ鬼とくくられる。そんな中で、茂助は鬼の父母を持つ純粋な鬼として生まれてきた。

父母と共に過ごした記憶はあまりない。鬼は同朋を大切にするが、同時に総じて我が強い。父であるより母であるより、己であることの方が大事だという者がほとんどである。故に子が生まれても、自身の生き方が制限されるならば簡単に捨てるのが鬼だった。茂助の両親もまたそういう鬼らしい鬼で、名前すら付けずに彼を捨てた。

不満はない。それが鬼なのだと理解していた。だから憎みはせず、ただ自分にはそういう生き方はできないとも思っていた。人に化けて生きる道を選んだのは、要するに鬼としての生き方が肌に合わなかったからだ。争ってまで通すほどの我を持ち合わせていなかった茂助にとっては、揺らがぬ己に囚われた鬼より状況によって容易《たやす》く変節する人である方がまだ生きやすかった。

人の目からも鬼の目からも隠れ、大きな喜びはなくとも小さな幸せを得ながら誰に目を付けられることなくひっそりと、ただ穏やかに生きて穏やかに死んで往きたい。

願ったのは、ただそれだけ。

人に化けて彼は生きる。茂助という名前はその時に自分で付けたものだ。

町人として裏長屋に住まい、貧しいながらものんびりと過ごす毎日は気に入っていた。一所に留まれば自然としがらみは生まれる。邪魔くさいとは思うが、それも仕方ないだろう。怪しまれない程度に近所と交流し日々を過ごしていく。

そんな折、茂助は一人の女と出会った。同じ長屋に住んでいた娘で、仲のいい家族に囲まれた屈託ない笑いを浮かべる女だった。女は朴訥《ぼくとつ》とした穏やかな茂助の人柄を気に入ったらしい。顔を合わせるうちに親しくなり、さりげなく独り身の彼を気遣ってくれた。

茂助もまた邪気のない彼女に魅かれていった。次第に二人は親密さを増し、二度目の春が訪れる頃には恋仲となっていた。

傍から見ても微笑ましい二人の姿を長屋の皆は祝福する。だが、茂助には罪悪感があった。人の姿をしていても正体は鬼。今こうして笑い合う瞬間さえ自分は彼女を騙している。その引け目は彼を長らく苦しめた。

そんなある日、茂助は女に自身の正体を明かすと決めた。彼女を妻に迎え入れたい。

それならば騙したままでいいはずがない。人の目からも鬼の目からも隠れひっそりと生きることを願った彼が、初めて見せた気概だった。

求婚を前にして、茂助は女に自身の正体を語って聞かせた。

もし拒絶されても恨みはすまい。人と鬼は分かり合えぬもの。たとえ上手くいかなかったとしても、それは当然と諦められる。覚悟を抱いて彼女に全てを明かし、しかし返ってきたのは予想外の反応だった。

——それで？

なけなしの勇気を振り絞り打ち明けたというのにあんまりな返答である。もう少し何かないのか。もうちょっとこう真面目な対応というか、深刻な感じの。ちゃんと鬼である事実を受け入れてもらえたのに、女の言葉が大雑把すぎて今一つ実感が湧かない。

それを伝えれば何を言っているのだと笑った。そして、何でもないことのように女は言う。

——私が好きになったのは最初から鬼でも人でもなく、あんただよ。

その姿はやはり邪気がなく、緊張していた自分が馬鹿みたいだと茂助は笑い、それがおかしかったのか女もまた笑った。

こうして二人は夫婦になった。

だからと言って劇的に毎日が変わるわけでもない。相変わらず彼は穏やかに、ひっそりと日々を過ごしていく。ただ、傍らにはいつも妻がいる。当たり前に過ぎ往く歳月はほんの少しだけ柔らかくなった。大きな喜びはなくとも小さな幸せがここにはある。退屈ではあったが穏やかな日々はこれからも続いていく。

鬼でありながら人として生きる道を選んだ茂助の願いは、確かに結実した。

そう、退屈ではあったが穏やかな日々はこれからも続いていく。

続いていく、はずだった。

瑞穂寺の境内は放置されていたせいで荒れ放題だった。草木は野放図に伸びて、寺社仏閣の神聖さは感じられない。

春の夜は空気が冷たい。吹く風に雑草が撫《な》でられてざあっと鳴った。

随分と物悲しく聞こえる。草木以外に音を出すものがないという事実は、打ち捨てられた場所の寂寞《せきばく》をより強く感じさせた。

じゃり、と静寂に響く。踏み締めた砂が音を立てたのだ。茂助は瑞穂寺に消えた鬼を追い、既に敷地まで入り込んでいた。その姿は頼りない町人ではなく黒ずんだ肌と異形の右目を持った鬼となっていた。既に力は使っている。姿を消し、足音を殺して本堂へと進む。

握り締める短刀は新しく購入したものである。前の刀は甚夜に折られたが、今度は簡単に砕けぬよう大枚を叩《はた》いた。短刀は葛野という土地で鍛えられたもので、鬼をも断つという触れ込みだった。それが真実かどうかはこれから分かるだろう。

本堂に近付くとわずかながらに女の声が聞こえる。心には微塵《みじん》の動揺もなかった。もとより義侠心で動いていたわけでもない。女が鬼に襲われて死体が一つ増えるくらい、正直に言えばどうでもよかった。大事なのは今この場であれを殺すこと。それ以外は心底どうでもいい。甚夜にはすぐ戻ると伝えたが、仇敵を目にした今、そんな約束はどこかに吹き飛んでしまっていた。

土足のまま本堂を歩けば板張りの床が軋《きし》んだ。足音を殺しても木の板が鳴るのは止められず、しかし憎い仇は気にも留めない。

鬼は獣に似た姿をしていた。人と犬を掛け合わせたような奇妙な体。二足歩行をするためか、腕と足は獣のそれではなく人に近い。浅黒い地肌も相まって全身が沈み込む闇色で染まり、影がそのまま浮かび上がったのではないかという出で立ちである。

ぺちゃ……ごりっ……。

水音のような家鳴りのような、気色の悪い音。それが咀嚼《そしゃく》する音だと気付いたのは、赤眼の獣の腕に頭部の無い豊満な女の死骸があったからだ。

生々しい赤い肉から血が滴《したた》っている。もう一口。今度は首から胸にかけてが消えた。起点を失くした腕がどさりと床に落ちる。鬼は一片たりとも残す気がないのだろう。落ちた腕を拾い骨ごと平らげた。

——だが、そんなことはどうでもいい。

いったい、どれだけの時間探していたのだろう。長いような短いような。けれど、こうして憎い仇を目にした瞬間、過程はどうでもよくなった。

変わらず鬼は女を貪《むさぼ》り喰う。

——どうでもいい。

短刀を構えて近付く。

『はやく……帰らなきゃ……』

鬼はぶつぶつと呟いている。

何を焦っているのか。悲壮感さえ漂わせ、鬼は一心不乱に血と臓物をまき散らしながら女を喰っている。まるで親に怒られて嫌いな野菜を食べる子供のようだ。

——どうでもいい。

——なにもかも、どうでもいい。

お前か、お前が妻を殺したのか。

茂助の目にはただ憎悪の色だけがあった。あの鬼が何故辻斬りをしたのか、女を喰らうのか。理由なぞ関係ない。重要なのは妻を汚して奪った事実。それが茂助にとっては全てだった。

もう限界だ。憎悪に突き動かされて姿を消したまま一直線に走り出す。

奴はまだ食事を続けている。後頭部を串刺しにして頭蓋《ずがい》を砕き、中に詰まった肉を掻き回してやる。逆手に持った短刀を振り上げ、あと一歩で間合いに届くというその時。

鬼が振り返った。

憎むべき宿敵を前にして忘れていた。茂助の力では姿を隠せても発する音までは消せない。激昂《げっこう》したままに走り出して、気付かれないわけがないのだ。

向けられた赤銅の瞳にすっと血の気が引いた。足が竦《すく》み思わず立ち止まってしまう。

落ち着け。まだだ、まだ大丈夫だ。鬼は襲撃を察知したのではなく、ただ音がしたから振り返っただけ。なら位置を移動して斬りかかれば問題ないはずだ。

幾分冷静になった頭で次に取るべき行動を考える。

振り返った鬼が動かない。それがいい証拠だ。やはり、こちらの居場所を把握できていない。今度は足音を立てず、ゆっくりと背後に回ろう。

そうして一歩を歩き、ぎしりと床が鳴って鬼の姿がぶれた。

『がっ……⁉』

次の瞬間には鬼の姿は消え失せ、茂助の脇腹から胸までが深く抉《えぐ》り取られていた。臓器をいくつも持って行かれ、その傷は心臓にまで達している。膝が折れ、がくりと床に崩れ落ちた。

鉄錆の味が口内に広がった。痛すぎて笑ってしまいそうなのに、痛みが遠い。揺れるように霞《かす》むように視界が濁る。

助からない。血を失くし冷たくなっていく体に、ゆっくりとそれを理解する。

茂助には鬼の姿が消えたように見えた。しかし、実のところ大したことはしていない。鬼はただ一直線に走り抜けて爪を振るっただけ。消えた茂助の姿が見えていたのではなく、ただ音のした辺りを攻撃してみたら当たったというだけの話だ。だが、茂助の目には鬼が消えたとしか見えなかった。それほどまでに鬼は速かったのだ。

力を維持できなくなり、血を流して伏す異形の鬼の姿が晒される。

体からは白い蒸気が立ち昇った。

遠からずこの体は消え去るだろう。いや、それよりもあの鬼に殺されるのが先か。

このまま殺されるのか。妻の仇も討てないまま。

死への恐怖よりも後悔の方が勝った。もっと冷静になれていれば違う結末もあったのかもしれないのに。そう思っても、もはや取り返しはつかない。このまま無様に殺されるしかない。

悔しさに歯を食い縛るが、いつまで経っても鬼はとどめを刺そうとはしない。いったいどうしたのだろう。不思議に思い顔を上げると、鬼は転がる茂助には目もくれず食事の続きをしている。

ぐちゃぐちゃ。

腹にたっぷり詰まった臓物を頬張り、細っこい足を齧《かじ》りごくりと飲み込む。肉の一片すら残さず女の死体を完食し、満足がいったのか鬼は茂助の横を通り過ぎて本堂から出て行った。その背中を黙って見送ることしかできない。

どの道放っておけば消える身、わざわざ殺すまでもないと思ったのか。それとも殺す価値すらないと捨て置かれたのだろうか。

『はは、情けねえや』

力なく茂助は笑う。

確かに、ここは憎悪の行き着く場所だった。

身に余る憎悪の行く末は己が身の破滅。

ただ、それだけのことだ。

◆

「……ここか」

多少遅れて甚夜もまた瑞穂寺に辿り着いた。

うらぶれた寺だった。薄月の照らす境内はいやに静かで、落ち着いた風情だというのに薄気味が悪い。一種独特の雰囲気を醸し出す廃寺を、神経を研ぎ澄ましゆっくりと歩いていく。

もしも辻斬りがいるのならば広く場所の使える本堂だろう。

当たりを付けて目的の場所を目指す。

板張りの床を土足で踏めば古い建物特有の軋《きし》む音。長い間手入れされていない床には うっすらと埃が積もっており、そのおかげで分かる。ところどころに見られる足跡。つまり、ここは誰かが定期的に使っているのだ。

鯉口を切る。いつどこから襲ってきても対応できるように意識を周囲に向け、少しずつ進む。そうして本堂に入った瞬間、肌にべったりと張り付く濃密な空気を感じた。

嗅ぎ慣れた匂い。死体の発する独特の鉄錆と硫黄が混じり合った香だ。飛沫する肉の脂に気分が悪くなる。本堂を見回せばところどころに血の跡。床には力なく伏す異形の鬼が。それは、同じく辻斬りを追っていた茂助である。鬼の姿に戻った彼は左半身を抉《えぐ》り取られ、ただ打ち捨てられていた。びくびくと体が痙攣《けいれん》している。白い蒸気は立ち昇っているが、まだかろうじて意識は保っているようだ。

駆け寄りはしなかった。茂助を抱え起こす、その瞬間を狙った罠が張られているかもしれない。いつでも抜刀できるように力を込めて一歩ずつ距離を縮める。

どうやら罠の類はないらしい。何事もなく茂助の傍まで辿り着くが、表情には出さないものの苦々しい気分だった。昔ならばこういう時、何も考えずに飛び出して抱え起こしていたはずだ。しかし今は違う。罠を警戒して、血を流し伏す者の傍に寄ることさえ躊躇《ためら》ってしまう。そんな己の変化に嫌気がさす。

「茂助」

小さく呼びかける。

荒い息。異形の鬼は体を転がして何とか仰向けになり、虚ろな瞳で甚夜を見上げた。

『いやぁ、情けない姿を晒したようで』

強がり笑ってみせても、すぐさま茂助の顔は苦渋に歪む。

妻の仇を討つことだけを考えてきた。ただそのために生きた。だというのに仇を討てず、自身もまた辻斬りの手によって死に往く。どれほどの悔恨かなど想像するのもおこがましい。

「辻斬りか」

『はい。ここで女を貪《むさぼ》り喰ってやがった。あのくそ野郎……あいつが妻の……仇です』

声を出すのも苦痛なのだろう。それでも憎々しげに虚空を睨み、恨み言を口にする。

だが、甚夜はそれを聞いて強い違和感を覚えた。

貪り喰っていた。その表現は、なにかおかしい。奇妙な引っかかり。喉につかえるようですっきりとしない。いったい、この違和感は……。

『すみません、甚夜さん。一つだけお願いが』

ひと際強くなった語調に飛んでいた意識を取り戻す。今は考えるよりも茂助と向かい合ってやらねばなるまい。

「聞こう」

白い蒸気が立ち昇っている。声も弱々しく死はそこまで近付いている。復讐に生きた男の最後の言葉だ。聞き洩らさぬよう体を屈めて顔を近づける。

届いたのは、今にも泣き崩れそうな悔いに満ちた嘆きだった。

『どうか、どうか、妻の仇を』

そう言って、手にあった短刀を甚夜へ差し出す。

甚夜もまた憎悪に身を委ねた一人。志半ばで果てる茂助の気持ちは、たとえ想像することさえ罪深いとしても感じ取れてしまう。出会ってから期間は短いが気の合った相手……いや、友人だ。末期《まつご》の願い。それくらいは叶えてやろう。

甚夜は茂助の体に左手で触れた。

「ああ、分かった。だが、代わりにお前の力を貸して欲しい」

死に逝く身に何をと疑問に思ったのかもしれない。ほんの一瞬だけ間が空き、しかし茂助は迷いを感じさせず、まっすぐに返してくれた。

『勿論です。せっかくの友の頼み、俺が役に立つならなんにでも使ってください』

甚夜は静かにこくりと頷く。

「お前の願い、確かに聞き届けた」

右手でしっかり短刀を握る。無表情に無感動に、そう告げた。

5

始まりは血溜まりと男どもの死骸。明確な意識を得た時には、既にこの身は鬼だった。

それから、ずっと探していた。

誰かを。誰を？　分からない。でも、ずっと探していた。

探す途中で男を見つけた。殺した。男は男というだけで殺さなくてはいけないのだと思う。だから見つける度に殺してきた。理由は分からないけど、殺さない理由もない。

それに殺すと気分がすっとするから、この行為は間違いではないんだろう。

男は死ぬべきだ。きっと、あいつ等を殺すために鬼として生まれてきたんだ。

そうやって昨日も男を殺した。なのに、すっとしなかった。もやもやする。いらいらする。余計な感情を振り払うようにまた町に出かけた。

そして、ずっと探してる。

誰かを。誰を？　分からないけど誰かをずっと探している。

早く行かなきゃ。帰らなきゃ。

帰る？　どこに？　何も分からない。

でも、一つだけ知っていた。

　このままじゃ帰れない。だから今夜も女を攫《さら》った。女は生かしたままねぐらに連れていく。食べるためだ。おいしいとは思わない。けど女は食べないといけない。だって、鬼の体にはこれが足りない。

　いっぱい集めていっぱい食べて、早く帰らなきゃ。

　攫った女を連れて廃寺《はいじ》まで戻ってきた。広い本堂に女を落とす。遊女なのだろうか。随分と派手な着物を着ている。確か、夕凪《ゆうなぎ》とか呼ばれていたような。

　名前なんてどうでもいい。早く食べよう。いっぱい食べて帰るんだ。

　どこに？　それはやっぱり分からないけど。とにかく帰りたい。男を殺すのも女を食べるのもそのため。はやく帰るんだ。はやく、誰よりも何よりも疾《はや》く、どこかへ、あそこへ帰らなきゃ。

　そのために、今はまず攫ってきた女を早く食べないと……。

「既に見つかったねぐらに戻る。獣の姿をしていると思えば頭の方も獣並みか」

　邪魔をするように、鉄の声が突き刺さった。

　虚を衝《つ》かれて目を見開いて振り返るが、そこには誰もいない。

　気のせい？　まさか。確かに声が聞こえた。今、この本堂には何者かが入り込んでいる。

　ひゅっ。音が鳴った。気付けば腕が斬られていた。

『あ…おぉ……』

いきなり腕が落ちた。

なんで？　分からない。痛い。何が起こっている？

辺りを見回す。誰もいない、そう思ったのにいつの間にか人影がある。

何故か心が浮き立つ。よく分からないが、多分殺し損ねた男をもう一度殺す機会が巡ってきたからだろう。嬉しくて影を睨《ね》め付ける。

そこには、太刀を構える鬼がいた。

◆

……そこには、女を喰らう鬼がいた。

甚夜は冷徹に眼前の化生《けしょう》を見据える。廃寺の本堂は埃臭さだけではなく鉄錆の匂いで満ちている。鬼は食事の最中であり、その隙を突いてまずは一太刀の下に腕を断ち斬った。しかし痛みを感じているのかどうか、ほとんど動揺は見られない。ただ、振り返った鬼がこちらを敵と認識したことだけは察せた。

『ああああっ』

四肢《しし》に力を込め、弾けるように鬼が襲い掛かる。

鬼は常軌を逸した速度で床を壁を天井を、何もない空中すら蹴って縦横無尽に本堂を駆け回りながら爪を振るう。あまりにも速い。純粋な速度を競えば甚夜では敵わず、どれだけ時間を費やしても触れることさえできないだろう。

「やはり速い。空中さえ足場にできる力……なかなかに厄介だな」

だが尋常の勝負、真っ向からの殺し合いならば話は別だ。事実、そこまでの速さを誇りながら鬼は一度たりとも甚夜を捉えられない。それどころか見当外れの場所に突っ込んでは誰もいないところに殴りかかり、空振りしたと分かればまた駆け出す。ひたすらに無意味な暴走を繰り返していた。

「だが、今度は二人掛かりだ」

こちらの声に反応し、またも放たれる一撃。今度は近距離にまで迫るが肝心の攻めが大雑把すぎる。掠《かす》りさえせず、むなしく空を切るに終わった。

けれど、それは仕損じたというわけでもない。当たらなくて当然、鬼にはそもそも甚夜の影も形も見えてはいない。今の彼には茂助の助力が、姿を消す力があるのだ。

『あぁ、あぁ……！』

呻《うめ》きの理由は苛立ちか混乱か。動きを止めたままの鬼と正対した甚夜は力を解き、改めて姿を現す。

袖口から見える異常に隆起した左腕。化生の証たる赤目。晒すのは人ではなく鬼としての容貌だが、今までとわずかに違う。顔の右側は黒い鉄仮面で覆われたように形を変え、白目まで赤く染まった異形の右目が余計に際立って見える。それは鬼と化した時の茂助の特徴だった。

『お前も…喰った……？』

女を喰らう鬼が問うと同時に濃密な殺意を振りまきながら突進してくる。目には際限ない憎悪が、研ぎ澄まされた殺意が宿っている。

それでも届かない。ほんのわずか立ち位置を変えるだけで激情は向かう先を見失う。他者を凌駕《りょうが》する速さも見えぬ相手には意味がない。猛攻をやり過ごし、立ち止まった瞬間を狙い澄まして今度は鬼の足を斬り落とす。

『え、あ、ああ……!?』

それは、初めて見せた動揺だったかもしれない。鬼は駆け出そうとするが突んのめり、床に転がる足に気付いて驚愕を露わにした。帯びる色味は痛みよりも悲哀が近い。何故、どうして足がないのだと異形の面が慟哭《どうこく》と共に歪んだ。

「〈隠行《おんぎょう》〉……それがお前を討つ力の名だ。憎しみに囚われなければ、茂助の刃はお前に届いていたのだろう」

甚夜は感情を一切乗せず、宝刀夜来《やらい》を振るう。抵抗はなかった。鬼は命よりも足の方が大事だとでも言うように、逃げるどころか身動き一つしない。

『あぁ』

か細い悲鳴は、まるで女子供のようだ。

袈裟懸《けさが》け。鈍色《にびいろ》の刃は異形の体躯《たいく》を斬り裂き、先程までの狂騒が嘘に思えるくらい呆気なく鬼は倒れた。


床に転がる鬼を見下ろし、甚夜は〈隠行〉を解く。

静けさを取り戻した廃寺に鬼が二匹。傍目からはどちらも化け物だ。そう思えば勝利を誇る気にはなれなかった。だいたいからして二人掛かりで得た結果ならば、誇示したところで滑稽なだけだろう。

人であった頃も鬼となった後も幾度となく化生と戦い斬り伏せてきたが、あの速度は厄介だった。しかし、今の甚夜には姿を消して気配を隠す力がある。厄介ではあるが相手はただ速いだけ。戦いに慣れているわけでもなく、こちらの位置が分からなければ打つ手立てはない。この結果は至極当然だと言える。

先程までの戦いで寺の本堂は埃が舞い上がり、床や壁、天井までも踏み抜かれて見るも無残な状態だった。血払いをして愛刀である夜来を鞘《さや》に収める。白い蒸気を発しながら伏せている鬼を見下ろし甚夜は問うた。

「もし私の言葉が分かるなら、一つ教えてくれ」

息も絶え絶えという状態で鬼は体を起こす。赤い瞳がこちらに向けられる。そこに憎しみはなく、虚ろで焦点が定まっていない。抗おうという気概は感じられなかった。

「私は初めに聞いた。此度《こたび》の辻斬りでは『死体の数が合わない』と」

辻斬りに殺された者は引き裂かれたように無残な死体で発見される。だが、死体の数と行方不明者の数が一致しない。いなくなったものは攫われたのか、もしくは神隠しにあったのか。実際はともかくも、失踪者が見つからないからこそ犯人は鬼という噂が流れたのだ。

「だが、茂助は言った。『妻の死体が発見された』と」

それを踏まえれば、発見されたというのはいかにもおかしい。たとえ攫われたとしても、後に見つかるのであれば『死体の数は合っている』。店主と茂助の言は矛盾していた。だが、どちらかが嘘を吐いたとも考え辛い。騙しても店主に利はないし、鬼は嘘を吐かない。であれば、これはどういうことだろう。

「茂助が言うには、お前はここで女を喰っていた。ならば、お前が騒動の元凶であることは間違いない。間違いないが……」

そもそもこの鬼は女を喰っている。女の死体が残るはずはない。だが、現実として茂助の妻は性的暴行を受けて死体として発見された。つまり、誰も嘘を吐いていないと仮定して矛盾なく解を導くならば。

「世間を騒がせた辻斬りと茂助の探していた仇は、別の存在と考えるのが自然。さて、お前は何者だ？」

この鬼は茂助の妻を殺していない。

茂助の妻が攫われたのはひと月前で、発見されたのはその十日後。しかし、辻斬りの噂が流れたのはごく最近だ。とすれば最初にいた「男を殺して女を犯す辻斬り」はいつの間にか消え、「男を殺して女を喰らう辻斬り」、即ちこの鬼が犯行を引き継いだと考えた方がしっくりくる。では、最初の辻斬りはどこに消え、そしてこの鬼はどこから現れたのか。

しばらくの間、甚夜は鬼の返答を待った。沈黙は続き、どれくらい経っただろう。

『から……だ………』

鬼は弱々しく呟いた。

『から…だが……ないと』

出てきたのは意味の通じない音吐《おんと》。知能が低いのか、要領を得ない呻きだけを上げている。

そしてまた口を噤《つぐ》み、再び沈黙の時間が訪れた。これ以上問い詰めたところで何も得られないだろう。

「最後に名を聞いておこう」

一つ息を吐き、答えるかどうかは分からないが今一度問う。

『は……つ……』

「はつ……。それがお前の名か」

たどたどしく、それでもなんとか鬼は答えた。

胸に刻み込む。奪うなら背負う。踏み躙《にじ》った命ならば抱えて往くのがせめてもの礼儀だ。転がる鬼の首を左手で掴み、そのまま視線の高さまで片腕で持ち上げる。

『あ……』

無貌の瞳はただ甚夜を見詰めている。そこには憎しみも恐怖も見て取れない。それが辛かった。これから行うのは辻斬りよりも遥かに下衆《げす》な所業だ。憎んでくれた方がよかった。

「先程お前は問うたな。喰ったのかと」

甚夜の表情は変わらない。何も感じていないわけではないが、それでも感情を外には出さない。これは己が成すと決めたこと。ならば苦渋の念を外に漏らすのは逃げだ。自分も苦しいのだから許してくれと言いわけをするに他ならない。だから、決して表情は変えなかった。

「その通りだ。お前が女を喰うように、私は鬼を貪《むさぼ》り喰う」

本当は途中から気付いていた。茂助の仇ではないと分かっていながらも斬ったのは、この瞬間のため。

『がっ……⁉』

どくり、と。左腕が心臓のように脈を打つ。白い蒸気を上げながら消え往く鬼は、刀傷とは別の痛苦に悶《もだ》えた。

「お前の力……私が喰らおう」

『あがっ……ぎゃ』

喰われている。鬼はそれを理解したようだ。しかし、抗う術などあるはずもない。

「〈疾駆《しっく》〉……一時的な速力の向上。発動の瞬間は空中であっても蹴って走り出すことができる。なるほど、使いやすそうだ」

鬼の持つ知識が甚夜の中に入り込んでくる。異形の左腕が持つ力は〈同化〉。他の生物を己が内に取り込み、同一の存在へと化す力。それ故に、〝繋がっている間〟は喰らわれる者の記憶や知識に多少なりとも触れることになる。鬼の記憶が断片的にではあるが左腕から伝わってきた。

どうやら生まれてからまだ間もない鬼のようだ。普通、百年を経た鬼は固有の力を得る。だが、稀に生まれながら異能を備えたものも存在すると、異形の左腕の持ち主が言っていた。

記憶はさらに入り込む。

そして、辿り着く。この鬼が何者かという答えに。

まず飛び込んできたのは、眩暈《めまい》を起こすほどの恐怖だった。

二人の男に女が襲われている。服を破られ、口を押さえられ。なす術もなく犯された。肌に触れる手の感触。貫かれる痛み。聞こえる男の笑い声。人ではなく女ではなく、欲望を満たすための道具として使われる。最後には命を奪われて川へ捨てられた。

そこで終わり。

否、この鬼が人であった頃の記憶が終わった。

胸を穿《うが》つ絶望、湧き上がる憎悪。死んだ体だけを置き去りに、女の想いは鬼となった。

「そうか、お前は」

元々は男に犯され殺された一人の女、正確に言うならば彼女の遺した恨み。死に往く女の絶望と憎悪が凝固して生じた鬼だ。

彼女は男を殺す。憎しみに囚われ自我を失った彼女にとって、自分を犯した男も関係のない他の男も同じに見えていたのだろう。自分を犯して殺した男を探し、見つける度に殺してきた。探して見つけて殺してまた探す、それをずっと繰り返してきた。

『探さなきゃ』

そして女を喰らう。

一種の帰巣本能だったのかもしれない。肉はなく心のみが鬼と化した。彼女は人に、打ち捨てられる前に戻りたかった。しかし、残されているのは想いだけ。肝心の体がない。それでは戻れない。

彼女は考えた。ならば代わりを集めればいい。年若い女を見つけて攫い、体内に取り込むことで足りない肉を補おうとした。食べて食べて、食べ続けていればいつか失った女の体をもう一度取り戻せると、そんな妄執に囚われてしまったのだ。

『帰らなきゃ』

だから、男は殺し女を攫って喰った。

鬼の心は「帰りたい」という想いで満たされていた。どこに帰りたかったのかは分からない。だが、鬼となった身では帰れないと知っていたのだろう。帰るために憎むべき男を殺し、女を喰らって元の姿を取り戻したかった。

これが男を殺して女を喰らう辻斬りの正体。

つまり、この鬼は——

「お前はただ、帰りたかっただけなのだな」

——かつてあった幸福に。いつかは、もう一度帰れると信じていた。

「そんなこと、できるはずがないだろうに」

失ったものは失ったもの。たとえどんなに願ったとしても戻らない。当たり前の摂理だが、この鬼はかつての幸福を求め続けた。

それが悲しくもあり、同時に羨ましくもあった。いっそ彼女くらい壊れてしまえた方が楽だったのかもしれない。胸に宿るのは憐憫《れんびん》か、それとも羨望か。自身でも把握しきれない感情が甚夜の胸中で渦巻いている。

『……なんで？』

気付けば赤の瞳が揺れている。

『あなたは……なんで？　鬼を食べて、それで……どうする……の？』

それは皮肉ではなく純粋な疑問だったのだろう。自分は人に戻るために喰い続けた。ならば、この男は何故鬼を喰うのか。彼女には、甚夜が理解できない化け物に見えているのかもしれない。その眼にはわずかな悲しみの色がある。

『あ…あぁ……』

だが、それも長くは続かなかった。鬼の意識はすぐにでも消えようとしている。苦悶の表情で、それでもうわ言のように呟く。

『早く……はやく…探さなきゃ……帰らなきゃ……』

あのひとの、ところへ。

最期に辿り着かない望みだけを遺し、鬼は完全に消え去った。

本堂に残されたのは甚夜一人。

右手を眺める。肌の色が浅黒い鉄錆のような褐色に変化していた……恐らくは全身がこうなっている。今の鬼を取り込んだためだ。また一つ取り返しのつかないところへ踏み込んでしまった。

寒々しいまでに静寂が横たわる本堂。それがいつかの情景と重なったせいだろう。古い記憶が蘇る。

『人よ、何故刀を振るう』

今もなおその問いに返す答えはなく、歳月を重ねる度に斬り捨てたものだけが増えた。

「どうするのか」

憎悪は、まだこの胸にある。それでも鈴音を許したかった。人として彼女を止めたい。だからこそ止めるだけの力を欲した。そのために他者の願いを踏み躙《にじ》り、次第に身体は鬼へと変わっていく。刀を振り下ろす先は、斬るべきは未だ見つからない。

「本当に、私はいったいどうしたいのだろうな」

自嘲の笑みが漏れた。

白雪。

こんなことばかり繰り返して、本当に答えを見つけられるのだろうか。

問うたところで返す者は誰もいない。

気付けばいつも一人だった。

数日の後、甚夜は茂助が住んでいた裏長屋を訪ねた。

右手には酒瓶がある。手土産に買ってきた下りものだ。別に意味があったわけではない。ただ、何となく彼の住居を訪ねるならば酒が必要だと思った。

長屋の一室の引き戸を開ければ、狭い室内は以前のままで放置されている。あまりに以前と同じせいで、少し経てば茂助が「おや、甚夜さん。いらっしゃい」と朴訥《ぼくとつ》な笑みで現れるような気さえした。

「おや、お兄さん。茂助さんの知り合いかい？」

驚愕して振り返る。まさか本当にと思ったが、声をかけてきたのは茂助とは似ても似つかぬ女だった。年の頃は三十半ばか。でっぷりと肉のついた恰幅のいい母親といった印象である。

「ああ、一応は」

「ここ数日帰ってきてないんだけど、どこに行ったか知らないかい？」

真実を告げるわけにもいかず目を伏せる。それを「知らない」という返答だと取ったのか、女は唸《うな》って息を吐いた。

「そっか……お初《はつ》さんが亡くなってから、随分沈んでたからねぇ。やけになってなきゃいいけど」

「はっ？」

「え? ああ、知らなかったのかい。お初さんは茂助さんの奥さんの名前だよ。二人は長屋でも有名なおしどり夫婦だったんだ」

そう言えば妻の名前は聞いていなかった。しかし、〝はつ〟。どこかで聞いた覚えがある……などと、とぼけても誤魔化せない。その名はあの鬼と同じだった。

「お初さんは、そりゃあもう茂助さんにべた惚れでねぇ。世間話をしてる途中でも『早く茂助の所に帰らなきゃいけないから』って切り上げて帰っちゃうような娘だったんだよ。それなのにあんなことになっちまって……。あ、ごめんね。変な話を聞かせて」

「いや」

あんなことというのは、犯されて殺された事実を指しているのだろう。

はつ。犯され殺された女。嫌な符合だ。

そして思い出す。

探さなきゃ。帰らなきゃ。何度も鬼は繰り返していた。

鬼が探していたのは自身を犯して殺した男だと思っていた。しかし、もしかしたらそれは間違いなのかもしれない。本当は探していた者も帰らなくてはならない場所も、同じだったのではないか。

あの鬼が本当に探していたのは憎い誰かなどではなく――いや、詮ない話だ。真実がどうあれ、結末は変わらない。失われたものは失われたもの。過去に手を伸ばしたとて成せることなど何もない。

「ところで兄さん、それは？」と手にした酒瓶を指して、女は不思議そうに小首を傾げた。

「酒だ。本当は茂助と呑みたかったのだが」

誤魔化しでなく本心だった。結局、ここに訪れたのはそういう理由だ。自分で思っていた以上に茂助との関係が気に入っていたらしい。わずかな未練を満たすためにわざわざこんな場所まで来る程度には、彼と呑む酒は旨かった。

「そうだな……初殿の墓前に供えてやって欲しい」

気付けばそう口走っていた。

「へ？　別にお初さんは、お酒が好きでもなかったはずだけど」

「いいんだ」

甚夜は首を横に振り、ほとんど無理矢理に酒瓶を押しつける。

誰も茂助の最期を知らない。弔われることもないだろうから、せめて妻の墓に好物を預けておこう。異形の腕に体と力を喰らわれた鬼の想いがどこへ行くのかは分からない。だが、もしもの話だ。もし彼の想いがまだ現世に留まっているとするならば、いつかきっと妻の下に辿り着くはずだ。

帰らなきゃと初がずっと思い続けていたように、茂助の想いもまた彼女の傍へ還ってくるだろう。

「せっかくの下りもの、喜んでくれるといいのだが」

くだらない感傷だ。そんな夢想で救われるのは、茂助でも初でもなく己のみ。理解しながらも甚夜はそれを止めなかった。夢想ではなく願いだったのかもしれない。せめてそうであって欲しいと。想いくらいは、いつまでも妻の傍にあって欲しいと強く願った。

「悪いが頼んだ」

「え、ちょっと」

小さく落とすように笑い、甚夜は踵《きびす》を返す。そうして振り返らずに裏長屋から離れた。歩き出せば春の陽気に目が眩《くら》む。暖かい日差し。冬の名残はいつの間に姿を消して、穏やかな春の日が江戸には横たわっていた。

「では、な。茂助」

口ずさむように別れを告げる。

短い期間の交友だったが悪くはなかった。月を肴に呑む時は思い出すこともあるだろう。かつて私には酒を旨くしてくれる呑み友達がいたのだと。

◆

宵闇に闊歩《かっぽ》する二つの影があった。

「おい、もうそろそろほとぼり冷めたろうし、次はどうするよ？」

「ん、ああ、もっと若いのを狙ってみるか？」

にやにやといやらしい笑みを浮かべながら二人の男は言葉を交わす。それは、どれも不穏当なものばかりである。

彼等は以前、女を攫い無理矢理に犯した。だが、岡っ引きには捕まらず今も普通に生活を続けていた。

「しかし馬鹿が多いな。なんでも今回の件は鬼が犯人で、女が消えるのは神隠しっていう噂が流れてるらしいぜ」

「そりゃあいい。つまり、俺らが何をしてもそれは鬼のせいってことだろ？　全く鬼さまさまだな」

「ちげぇねぇ」

下品な笑い声が上がる。

悪辣《あくらつ》な行いを顧みない下種《げす》。いつの時代にも、こういった輩《やから》はいる。

「結局どうすんだ」

「俺は前の感じが良かったけどなぁ。やっぱ旦那持ちが良いよ」

「けっ、趣味悪ぃなぁ」

「いいじゃねぇか。身持ちの堅い女を無理矢理ってのがいいんだよ。なんつーか征服感があるっての？　その点、前の女は最高だった。最後まで旦那の名前を呼んで抵抗したからな。『もすけ、もすけぇ』……って……」

見せびらかすように悪事を語るも、途中で途切れてしまう。言い終えるより早く、彼の首が斬り落とされて地に転がったからだ。

「え？」

びゅうと風が通り抜けたかと思えば、隣を歩いていた男の首が落ちた。辺りを見回しても誰もいない。なのに首は鋭利な刃物で斬り落とされている。

人は理解できないものを恐怖する。男もまた理解できない何かを前にして、恐れ戦《おのの》いていた。

「う……うわぁっ…………あ？」

悲鳴を上げようとしたが、それも遅い。気付けばその男の体もいつの間にか斬り裂かれている。

「茂助、お前の願いは確かに果たしたぞ」

仰向けに倒れた男は途切れる間際、鉄の声を聞いた。

どすり。

胸には短刀が墓標のように突き立てられた。

江戸の町を騒がせた辻斬りは、この二名の被害者を最後にぴたりと止まった。

結局、犯人は分からず仕舞い。被害に遭って姿を消した者達も見つからず、何の解決も見せずに辻斬り騒動は幕を下ろした。この事件は鬼や神隠しの噂もあり、犯人が最後まで分からなかったため一種の怪談として取り扱われた。

江戸後期の書物『大和流魂記』には、今回の件がわずかながら記されている。姿の見えぬ辻斬りが人々の首を斬り落としていく「寺町の隠行鬼《おんぎようき》」という怪談は、後の世まで長く語り継がれていくことになる。その真実を誰にも知られぬまま。

そして、また時は流れる。

春は終わろうとしていた。

幸福の庭

1

ぽぉん……ぽぉん……。
音が響く。
それが毬《まり》をついているのだと気付いたのは、童女の数え唄が共に流れてきたから。
辺りは黄昏《たそがれ》に沈んでいる。
遠くから聞こえてくる音を頼りに歩けば、辿り着いたのはうらぶれた屋敷。
ぽぉん……ぽおぉん……。
音が大きくなった。
距離が近づいたのだろう。
耳をくすぐる童女の声。

心地よいようで、それが空恐ろしくもある。
……ひとつ　ひがんをながむれば
……ふたつ　ふるさとはやとおく
唄に誘われ門を潜り、幽鬼《ゆうき》の如き足取りで庭へ。
辿り着く場所。見渡せば小さな池、水仙の咲き乱れる艶《あで》やかな庭。
気品ある馥郁《ふくいく》とした芳香。
濃密な花の香りにくらりと頭が揺れる。
ぱちゃん、と水音を奏でた。池の鯉《こい》が暴れたのだろうか。
……みっつ　みられぬふぼのかお
……よっつ　よみじをたどりゆく
ゆらりと光が揺れた。庭先を白い小さな光が舞っている。
あれは蛍《ほたる》？　それとも人の魂？
彼岸の情景を眺めるような現実感のなさ。

ここは既に現世ではないのかもしれない。

……いつつ　いつかはとおくなり

……むっつ　むかしをなつかしむ

昔ながらの武家屋敷は花が咲き誇っているのに朽ち果てた印象を受ける。鮮やかな灰色に染められた庭。その中心で童女は毬《まり》をついている。

黒髪を短く整えた美しい娘だった。張り付いた表情のせいか、まるで人形が動いているようだ。童女は庭で一人毬をつき数え唄を歌う。幼い娘の遊びとしては別段不思議ではない。しかし娘がまとう愁《うれ》いを帯びた空気が、それを奇妙に思わせる。娘は笑っていない。遠い眼で唄を口ずさんでいた。

ぽぉん、ぽぉんと響く音に鼓動が重なる。

寂寥《せきりょう》の庭。幽世《かくりよ》の美しさ。

胸に宿る感情は形を持たない。

体が動かなかった。この眼は娘に囚われている。

奇妙な、否、不気味とさえ呼べるはずの景色。だというのに逃げようという気持ちは微塵《みじん》もない。あるいは、一目見たその瞬間に魂魄《こんぱく》を奪われてしまったのか。

……ななつ　なみだはかれはてて

……やっつ　やがては——

毬をつく音は未だ絶えていないが、数え唄は途切れた。

何故、続きを歌わないのだろう。不思議に思ったのも束の間、やけにはっきりと舌足らずな幼い声が耳元で聞こえた。

『続きはないよ』

だってもう、帰る道はなくなった。

◆

嘉永《かえい》六年（1853年）・秋。

鮮やかな乱花を過ぎ、むせ返る炎天を越え、辺りは秋の色に染まっていた。時折吹く風に木の葉がくるりと舞ってはどこかへ流れ往く。

訪れた季節は抒情詩《じょじょうし》のように趣《おもむき》深い。もっとも日々の生活に追われる町人には、秋の風情に足を止める暇などない。相変わらず江戸の町は喧騒に溢れ、賑やかしく人々が行き交っていた。

その中で憂鬱そうな面持ちでのったりと歩く男が一人。

三浦家嫡男・三浦直次在衛《みうらなおつぐありもり》は大いに悩んでいた。

直次は今年で十八になる。三浦家は貧乏旗本であり、直次は未だ若輩ではあるものの表右筆《ゆうひつ》として登城している。表右筆は機密文書を取り扱う奥右筆とは違い、朱印状や判物の作成、他は幕臣の名簿管理といった重要度の低い文書の整理が主な役目である。

まとう着物は糊《のり》がきいており装いには一分の乱れもない。月代《さかやき》をつるりと剃り上げて銀杏髷《いちょうまげ》を結わった、見た目にも生真面目な性格がにじみ出た武士だった。

直次は仕事仕事で女性関係こそ寂しいが、それ以外は順風満帆と言ってもいい生活を送っている。父母は穏やかに年老い、兄弟のない直次は問題なく家督を継ぐこととなるだろう。

前述したように三浦家は旗本ではあるが小禄であり、さほど裕福ではない。だが、普通に生きる分には家禄だけでも食いっぱぐれる心配はなく、彼の人生は既に安泰だと言っても良かった。

しかしながら、直次は大いに悩んでいた。戸惑っていたと言い換えてもいい。傍から見れば恵まれている環境にありながら、その環境にこそ違和を感じている。

兄弟のない直次は問題なく家督を継ぐ。

彼は三浦家の嫡男だった。

そして自身が嫡男である事実こそが、直次の悩みの種だった。


昼食時、蕎麦をきれいに食べ終え奈津は一息を吐いた。

とん、と食卓の上に新しい湯呑が置かれる。

「はいよ、お茶のお代わり」

「ありがと、親父さん」

わざわざ厨房から出てきて茶を持ってきてくれた店主に礼を言ってから、奈津は店内を見回す。蕎麦の味はそれほど悪くないが、昼時だというのに客は誰もいない。どうしてこうも人気がないのか、不思議になるくらいだ。

「お客さん、全然いないわね」

「はは、そこは言わないでくだせぇ」

蕎麦屋『喜兵衛』は相変わらず閑古鳥《かんこどり》が鳴いている。以前より多少は客が増えたとはいえ、繁盛しているとは言い難かった。もっとも店主は大して気にしていないらしく、それを指摘されてもからからと笑ったかと思うと一転、悪戯をする子供のような表情を作る。

「しかし残念でしたね。旦那がいなくて」

「別に、あいつに会いに来たわけじゃないけど」

「そうなんですかい？　入って来た時には、あいつまだ来てないのって言ってたじゃないですか」

「いっつもいるのに今日はいないから気になっただけ」

「はぁ。ま、それならそれでいいんですが。なんせ旦那はうちの婿候補ですんで、いくらお奈津ちゃんでも譲れませんしねぇ」

　その物言いに奈津の目がかすかに動く。

「もしかして、おふうさんとそういう？」

「いんや、二人とも憎からずは思ってるはずなんですがねぇ」

「そう……」

　安心ではない。そもそも不安がる必要もなく、漏れた息に他意はなかった。

　しかし、店主はそう思わなかったらしく面白がって奈津を見ている。反応すればからかわれるだろうし、取り合わずゆっくりと茶を啜《すす》る。この話題を続けられても困ると、今度は奈津の方から話を振った。

「そう言えばおふうさんは？」

「出前ですよ。なんか京から来たっていうお客さんが近場の宿にいるんですが、時折出前を頼むんでさぁ」

「ふうん、少しはお客さんも増えてきたのね」

「つってもそのお方もいつか帰るわけですし、なかなか上手いことはいきませんよ」

「客商売はそういうものでしょ？」

「ま、そうなんですがね」

奈津も幼い頃から苦心する父や小忙《こぜわ》しく働く善二を見てきたから、人間相手の商売の難しさはよく分かった。

しばらく世間話を交わしていると戸口が開き暖簾《のれん》が揺れた。

「ただいま帰りました。……あら、お奈津さん、いらっしゃいませ」

店に入って来たのは薄桃の着物を着た小柄ですらりとした女。椿《つばき》の簪《かんざし》で髪をまとめた彼女は、蕎麦屋の店主の一人娘、おふうだった。

「うん。こんにちは、おふうさん」

「最近はよく来てくださいますねぇ」

座ったまま軽く礼をすれば、おふうが緩やかな笑みで返す。奈津よりも背は低く見た目も幼いが、その笑みはどこか大人びている。その割に不器用な彼女とは、それなりに親しくさせてもらっていた。

「おふう、お帰り。平気だったか」

「いつまでも子供じゃないんですから、そんなに心配しないでくださいな」

「馬鹿言うな、子供じゃなくたって心配なのは変わらん」

店主の憮然《ぶぜん》とした顔におふうは照れたように頬を染めて笑った。彼女はそのまま出前用の岡持ちを店の奥に片付け、着物の上に前掛けをつける。そうして仕事に戻ろうとした時、奈津とおふうの視線が意図せず重なった。

「お互い、過保護な父親を持つと大変ね」

「ええ、本当に」

にっこりと笑い合う。性質《たち》は違えど似たような父親だ。お互い通じるものがあるのだろう。

「さり気なくひどいこと言われてるな、俺」

「そんなことありませんよ、お父さんは私の自慢ですから」

「へへ、そうか？」

仲のいい親娘を眺めればなんとも穏やかな心地になる。邪魔をするのも悪い気がして、奈津は銭を卓に置いて席を立った。

「じゃ、お勘定ここに置いておくわね」

「あら、いいんですか？　まだ、彼は来ていないみたいですけど」

「親父さんと似たようなこと言わないでよ」

彼等の意見は決して外れてはいなかった。そもそも奈津がこの店を使うようになったのは、確かに件の男、甚夜の存在があってこそ。今日も彼の顔を見に来たというのが本当のところだ。

つい先日、奈津は三年ぶりに甚夜と偶然再会した。相変わらずの仏頂面が懐かしかった。このまま再び会えなくなるのも寂しいと、彼が贔屓《ひいき》にしているという店を訪ねた。それが喜兵衛の暖簾を潜った最初である。

そういった経緯から奈津はたまに喜兵衛へ訪れるようになった。

以前は生意気な盛りで、自分の護衛を買って出てくれた男にまともな対応を取れなかった。あれから少しは大人になって、今なら穏やかな気持ちで喋ることができる。それが嬉しかった。

「それじゃ、また」

これ以上からかわれるのも恥ずかしい。そそくさと逃げるように玄関へ向かい、しかし前を見ていなかったせいで暖簾を潜ろうとした誰かにぶつかってしまった。

「あっ、と……すみま」

謝ろうとして相手を見たところで奈津は固まった。腰の刀に結わった髷《まげ》、糊《のり》のきいた召し物。男はまだ年若いが、その装いは明らかに武士のものだったからだ。

「これは、お武家様。申しわけありませんっ」

一歩下がり深々と頭を下げる。いくら裕福な商家の娘とはいえ奈津は町人、武士とは身分が違う。性質の悪い武士ならば、無礼打ちと言って町人なぞ斬り殺してしまうことさえあった。自身の失態に肩を震わせて必死に奈津は謝罪する。

「いえ、私も前を見ていませんでした。こちらこそ申しわけない」

返ってきた言葉を意外に思い顔を上げれば、逆に困ったような表情で男の方が小さく頭を下げる。

身分が上であるはずの武士、しかもこちらからぶつかってしまったというのに謝られて、奈津はどうすればいいのか分からなくなってしまった。

「はは、大丈夫ですよ、お奈津ちゃん。このお人は三浦直次様といって、お武家様なのに人が良すぎるってんで有名ですから」

妙に疲れたような笑みを浮かべてはいるが、確かに怒ってはいないようだ。直次は親しみのある店主の接客が心地よいらしく、時折ふらりと店に足を運ぶのだとおふうが付け加えて説明してくれた。

既に顔なじみで親娘に緊張はない。言葉遣いといい物腰といい、人が良いというのは間違いないのだろう。

「やめてください店主殿。とにかく私は気にしておりませんので」

「は、はい。本当に申しわけありませんでした」

再び深く頭を下げて、今度こそ奈津は店を後にした。

◆

直次は大して気にせず、先程の娘と入れ替わりで席に着く。元々ぶつかった程度で怒る気質ではないが、なにより今は余裕がなかった。

「かけ蕎麦をお願いします」

「はい、お父さん、かけ一丁」

「あいよっ」

注文をすると厨房へ戻った店主が小忙しく動き始める。反対に直次はほとんど動かず暗い顔で俯いて溜息を吐いた。

「どうしたんです、溜息なんて吐いて」と、茶を出しながらおふうがこちらを覗き込む。思った以上に沈んで見えたらしい。彼女は随分と心配そうにしていた。

「あ、いえ……少々悩み事と言いますか」

直次は誰に対しても敬語を使う。近頃は身分制度も崩れ始めており、町人であっても商いを営む者は下手な武士よりも裕福である。とはいえ依然武士の特権意識は強く、それを鼻にかけて町人を見下す武士も多い。しかし、どうにも直次はその手の強い態度が苦手だった。母には威厳を持てと叱られるが、おかげで気安く接してくれる人もいるのだから別に悪いことばかりでもなかった。

「悩み事ですか？」

「ええ、少し」

気遣いはありがたいが公に吹聴できる内容でもなく言葉を濁す。察してくれたのか、おふうは踏み込むことなくただ悲しそうに俯いた。

「おふう、できたぞ」

「あ、すみません」

おふうが慌てて蕎麦を盆に載せて運ぶ。不器用ながらに蕎麦屋の仕事は慣れてきたようだ。今ではほとんどまごつかず、音が立たぬようそっと丼を卓に置く。

「どうぞ、かけ蕎麦です」

「ありがとうございます」

礼は言ったものの今一つ箸が伸びない。湯気の立つ蕎麦をぼんやりと見詰め、もう一度溜息を吐いた。

「どうしたんですか、直次様。食が進まないようですが」

他に客がいないのを確認してから、店主が出てきてこちらに声をかけた。

気のいい男だ、落ち込んでいる直次が見ていられなかったのだろう。喜兵衛にはそれなりに通っている。蕎麦の味はそこそこだが、身分は違えどかしこまり過ぎず大らかな接し方をしてくれる店主の人柄が好ましかったからだ。

この人ならば信頼できる。そう考えた直次はしばらく間を置き、意を決して胸に抱えたものを晒す。

「……店主殿、少し聞いてくださいますか」

その真剣さを汲んでくれたのだろう。店主は驚くそぶりも見せずにこくりと頷いた。

「まあ、俺でいいならそりゃ聞きますが」

「よかった。……実は、私には兄がいるのですが」

「ちょいと待ってください」

出だしから店主が待ったをかけた。それを不満には思わない。なにせ直次自身、今の言葉がおかしいと自覚していた。

「いやいや。馬鹿言っちゃいけませんよ。直次様は三浦家の嫡男《ちゃくなん》。兄なんているわけがないでしょうに」

嫡男とは一般的に正室の産んだ男子のうち最も年長の子を指す。ならば兄などいるはずがない。全くもって店主は正しく、だからこそ直次は大いに悩んでいた。

「ですが、私には確かに兄がいたのです」

字《あざな》を定長《さだなが》、諱《いみな》は兵馬《ひょうま》。二つ年上の自分とは違って快活な兄が、確かにいたのだ。冗談でも妄想でもない。直次には兄がいた。それは間違いない。間違いないはずなのに。

「なのに、父母は言うのです。お前に兄などいない、お前が三浦家の嫡男だと。私は頭がおかしくなってしまったのでしょうか」

直次は悲嘆にくれるが、いないはずの兄がいるのだと言われても相手はどうしようもないだろう。実際、店主も困ったような表情を浮かべるだけだった。

「直次様、そんなに思い詰めないでくだせぇ。ほら、蕎麦も伸びちまいますぜ」

ああ、やはり。

散々探してきた。けれど誰に聞いても今の店主と同じような態度が返ってくる。直次は言葉を失くし、湧き上がる悔しさに奥歯を噛み締めた。

兄がいなくなったのは、冬が終わり今年の春を迎えた矢先のことである。流れるように春は過ぎ去り夏の陽射しが身を刺すようになって、今では憂愁の秋が町の至るところに溢れている。その間、方々を探したが足取りは掴めない。それどころか兄の痕跡さえ見当たらなかった。

見も知らぬ者に問えば「そんな男は知らない」。兄を見知った者に聞けば「兄などいたか?」程度。母に至っては「貴方が長男です」と頑として譲らない。

何故、誰も兄を覚えていないのか。

「おふうさん」

「は、はい」

「私には兄がいるのです。三浦定長という男をご存じないでしょうか」

一縷《いちる》の望みだった。だが、彼女はその可愛らしい顔を曇らせて俯いた。

「……すみません」

申しわけなさそうに彼女はただ謝った。

ある程度予想はしていたものの、返ってきた答えに愕然となってしまう。本当に自分はおかしくなってしまったのだろうか。兄など妄想で頭の中にしか存在せず、周りの方が正しいのでは。

沈み込むように項垂《うなだ》れるその姿があまりにも哀れに見えたのか、気遣わしげにおふうが言う。

「あの、三浦様。差し出がましいようですが、よい人を紹介しましょうか?」

「よい人、ですか?」

「はい。もしかすれば三浦様のお力になってくださるかもしれません」

直次が多少活力を取り戻して顔を上げて見れば、おふうは表情を少しだけ柔らかくしている。

「ああ、確かにこいつはあの旦那の領分か。いえね、そういう不思議な話に好んで首を突っ込むお客さんがいるんですよ」

店主も娘の言に心当たりがあったらしく、大きく頷きにやにやと面白そうにしていた。

直次は右の親指で軽く唇を擦った。考えごとをする時の癖である。

不思議な話に好んで首を突っ込む……世には陰陽師や退魔師と呼ばれる妖異を討つ者達がいる。件の人物はその手の類なのだろうか。

「それは陰陽師のような方なのでしょうか。あやかしを祓《はら》うことを生業としている」

問いは店主の爆笑によってかき消された。おふうも口元を隠しながらくすくすと笑っている。自分はそんなにおかしな質問をしただろうか。ひとしきり笑った店主は楽しそうに説明を続ける。

「いんや、ただの浪人です。ああいえ、夜叉だのなんだの言われてもいますね」

「浪人……」

「ええ、鬼が出るって噂や怪異の類を聞きつけてはそれに関わって、次の日には平然と蕎麦を食べに来るんです。聞いた話じゃ、刀一本で鬼を討つ凄腕だそうで……いや、刀を抜いたとこなんて見たわけじゃないですが」

刀一本で鬼を討つ剣士——ああ、そう言えば聞いたことがある。乱れた世相の故か、近頃江戸では「夜な夜な鬼が出る」とまことしやかに囁《ささや》かれていた。それに付随して、もう一つ噂があった。曰く。江戸には鬼を斬る夜叉が出る。ふらりと現れる夜叉は町人の味方で、刀一つであやかしを斬り去っていくという。

「まぁそれは良いんですけど、どうにもその人は怪異を解決してくれるらしいんですよ。勿論、金は取りますが。俺もお客さんやおふうから聞いただけですから、実際どんな感じなのかは分かりませんがね」

噂は、ただの与太ではなかったらしい。しかし、にわかには信じきれない突飛な内容に直次は戸惑ってしまう。それを払拭するように、今度はゆったりと微笑むおふうが続けた。

「少し取っ付き難そうに見えますがいい方ですよ。あれで可愛いところもありますし。相談してみてはいかがでしょう」

「たぶん今日も来ますよ。毎日かけ蕎麦ばっかり食ってます……ああ、ほら噂をすればってやつです」

店主の視線を追って振り返れば、ちょうど店の暖簾がはためいた。

入ってきたのは六尺近い、いやに鋭い目つきが印象的な偉丈夫《いじょうぶ》だった。年の頃は直次とさほど変わらない。着物は小綺麗だが髷《まげ》は結わずに総髪にしている。といっても頭の上で結わず、肩まであるだろう長さの髪を後ろでひとまとめに縛っただけの雑な髪型だ。厳めしい顔つきも相まって粗野というよりは無骨という印象を受ける。腰には鉄鞘に収められた本人に負けず劣らずの無骨な太刀をはいていた。

見るからに浪人といった容姿だが、それ以上に目を引いたのは彼の歩みだ。直次とて武士の端くれ、剣術の嗜《たしな》みはある。故に分かった。ぶれのない歩みは何十年と剣を振ってきた老練の剣士を思わせる。

武術の基本は歩法である。そして、この男の正中線《せいちゅうせん》は無造作に歩いているだけだが決して揺らがない。おそらく相当できるのだろう。

「あの方は」

直次は大男の発する気配に圧された自分を理解した。それを誤魔化すように問えば、おふうは実に柔らかい微笑みを浮かべた。

「甚夜君……件の夜叉様です」

◆

甚夜がいつもの通り喜兵衛に立ち寄ると今日は珍しく客がいた。といっても一人だけ。客入りが増えてきたというほどではない。ありがたいことに、もうしばらくはこの店を使えそうだった。

「かけ蕎麦を」

「あいよ、旦那は相変わらずだねぇ」

店主は笑った。三日と置かずこの店に来ているが、その度にかけ蕎麦を食べている。向こうからは妙な客に見えているのだろう。

「そんなにうちのかけ蕎麦が気に入ったんですかい？」

「いや、別に」

「相変わらず歯に衣着せねぇ人ですね。もう少しこう、気遣い的なもんを」

「……ああ。この店の蕎麦は普通だが、それなりに気に入っている」

「でしょうね」

最初から期待はしていなかったようだ。下手くそな世辞に店主が苦笑いしている。自分でも失敗したと思う。こういった気遣いの類はどうにも苦手だった。

「あいよ、かけ一丁」

店に入った時点で作り始めていたようで蕎麦は早く上がった。

「はい、お待たせしました」

「随分手慣れてきたな」

「当然ですよ、私も日々成長していますから」

思えば少し前、まだ春の最中にはおふうは蕎麦を一つ運ぶだけでも手一杯だった。今では慣れたもので、配膳程度ならまごつかなくなった。彼女は満足そうに幾度も頷いている。意外と不器用なことを気にしていたらしい。

「そういう甚夜君はどうですか？」

「秋は木犀《もくせい》の頃だ。甘い濃密な香りを漂わせ、これからの季節に美しい花を咲かせる」

「はい、その通りです」

おふうの物言いは、まるで手習所《てならいどころ》に通う子供を褒める師匠のようだ。実際甚夜は教え子のようなもので、その認識はあながち間違いでもない。

ここ最近、甚夜はおふうから花の名について教わっていた。以前、春の夜に「少し余裕が必要だ」と言われた。そのせいだけでもないが、意識的に多くの事柄に触れようと心掛けている。花について教えを受けるのもその一環である。

「覚えてみるとなかなか面白いな。自然と道端の花にも目が行く」

「でしょう？」

おふうがたおやかに微笑をたたえる。儚《はかな》げで透明な、雪柳を愛《め》でていた夜と同じ笑みだ。近頃は店の娘としての姿だけではなく無防備な素顔を見せるようになった。そろそろ付き合いも長い。多少は慣れてくれたのだろう。

「それにしても、最近は少し穏やかな顔つきになりましたね」

「そうか？」

「ええ」

自覚はないが、彼女が言うならそうなのかもしれない。だとしても憎悪は胸の奥で燻《くすぶ》っている。刀を振るう理由さえ分からないまま、ただ力だけを求めてきた。歳月を重ねても未だ答えは見つからぬ。生き方なぞ曲げられるはずもなく、あの頃から何も変わらない己がいる。

「とりあえず春夏秋冬の花は終わりましたから、今度は花にまつわる説話をお教えしますね」

しかし、目の前の少女はあの夜のように、花の知識にかこつけて甚夜を慰めようとしてくれている。彼女の変わらない優しさに報いるくらいはしてもいいだろう。そう思えるだけの余裕が今の甚夜にはあった。

「私が覚えられる量で頼む」

表には出さないが、それなりに寛いだ心地だった。江戸に来て随分と経った。生き方は曲げられないけれど、温かいと感じる心はまだ残っている。ならば、いつか鈴音を許せる日が来るのかもしれない。憎悪に淀む胸には小さな希望があった。

「そうだ、甚夜君。少しお話、というかお願いがあるのですが」

「話の途中で失礼します」

おふうを遮ってずいと前に出たのは先程の先客。店内で何度か見た人物で、確か三浦某といったはずだ。顔は知っていても話をしたことはない。甚夜が怪訝《けげん》な目を向けると、男は深く頭を下げて弁解する。

「ああ、すみません。私は三浦直次と申します。あの……いきなり不躾《ぶしつけ》ですが、貴方は不思議な話や鬼が出ると言う噂にばかり首を突っ込んでいる、と聞いたのですが」

噂されているのは知っていた。どこかからそれを聞きつけて依頼を頼む輩《やから》は案外多い。今回もその類だろうと甚夜は隠さず答える。

「確かに。鬼を討つのが私の生業だ」

「では、貴方に依頼すれば怪異を解き明かしてもらえるのですね」

顔を明るくして興奮で語気を強める若い武士に、甚夜はわずかに眉を顰《ひそ》めた。相手の態度が不快だったわけではなく、彼が少しばかり思い違いをしていたからだ。

「それは少し違う」

えっ、と直次は短く呟き表情が固まった。多少の罪悪感はあったが、間違った認識は直しておかねばならない。

「期待を持たせたようで悪いが、私にできるのは鬼を討つまでだ。怪異の原因が鬼であったなら、なるほどそれが解決にも繋がるだろう。だが『怪異を解き明かす』こと自体は私の領分ではない。あまり期待されても困る」

別に怪異を引き起こすのは鬼だけではなく、また鬼が引き起こした怪異であっても既に起こってしまった現象を戻せはしない。結局、いつまで経っても刀を振るうしかできぬ。甚夜は顔には出さず自嘲した。

「そうです、か……」

直次が見るからにがっくりといった様子で肩を落とす。そうして彼は卓の上にいくらかの銭を置いて覚束ない足取りで店を後にした。蕎麦は手付かずのまま残されていた。

しばらく店内は沈黙が占拠していた。誰もが直次の背が消えた後の暖簾を見詰めている。そんな中、おずおずと店主は口を開く。

「旦那。すいませんが、直次様の力になってやってくれませんかねぇ」

数少ないこの店の常連である直次は、店主とそれなりに親しい。そういう相手の沈んだ姿はやはり痛ましく感じられるのだろう。去っていった彼と同じように浮かない顔をしていた。

「どうもあのお方は馬鹿な兄貴がいなくなったせいで、大層思い悩んでるみたいなんでさ。正直、かなり心配で」

「あの、私からもお願いします」

おふうもまた両の掌を合わせて祈るように懇願する。

「三浦様は……大切な人を失って、とても不安定になっているのだと思います。ですからどうか……」

それ以上言葉は続かなかった。

彼女は何を想っているのだろうか。花のような笑顔は曇り、瞳は愁《うれ》いを帯びている。親娘には同情以上の何かがあるように感じられた。もしそれが彼らにとって譲れぬものであるというのならば、断るのはちと酷だろう。普段世話になっている身。ここいらで恩返しというのも悪くないかもしれない。

「分かった」

目を伏せて短くそう答えれば、二人は喜びに頬を緩める。

「ありがてぇ。すいません、手間をかけちまって。ああ、三浦家は南の武家町でさぁ。あの辺りでも古い屋敷ですから、結構すぐに見つかりますんで」

「甚夜君……本当にありがとうございます」

少しばかり感謝が心苦しい。実際に解決できるかは別問題だというのに、親娘は安堵し切っている。そう期待されても困るのだが。

「なに、普段世話になっている分の恩返しと思えば、そう手間でもない。しかし随分と彼に入れ込んでいるのだな」

「数少ない常連ですしねぇ。できりゃあ元気になって欲しいってのが人情でしょう」

茶化すような物言いは、本音を誤魔化すためか。

店主は肩を竦めながらも照れくさそうに笑っていた。

2

まだ覚えている。

優しい父とよく笑う母。

私は庭で毬《まり》つきをしていた。

「本当に毬つきが好きですねぇ」

この毬は父が買ってきてくれたもの。父は武士らしい厳しい人だったから、あまり笑ったところを見た記憶はない。それでも顔を赤くして毬を渡してくれた。だから口数は少ないけれど、ちゃんと私を想っていてくれるのだと分かる。

びゅうと風が吹いた。

まだ一月、空気は冷たいけれど透き通っていて気持ちがいい。庭ではたくさんの水仙が風と遊ぶように揺れている。

この庭を手入れしたのは母だ。専属の庭師を押し退けて「この花を植えます」と言い切った強引さに、父も目をぱちくりとさせていた。母は花が好きで私にも色々なことを教えてくれた。そんな母が作ったこの庭は、私にとっても大切な場所だった。

父の毬と母の花。冷たい風も暖かく感じられる。私は満ち足りていた。目に映る全てを好きだといえるくらいに。

そう、ここは幸福の庭。幼い私が過ごした陽だまり。

でも、忘れてはいけない。歳月は一定の速さでは流れない。苦痛の時間は長く留まり、幸福の日々は無情なまでに早く往く。

そう、いつだって。

大切なものこそ簡単に失われていくのだ。

——彼岸を眺むれば、故郷はや遠く。

◆

「あんた、昼間っから何やってるの？」

三浦直次が喜兵衛を訪れた翌日。正午を少し過ぎた頃、甚夜が深川にある茶屋で休息を取っていると、通りがかった奈津に声を掛けられた。

「見ての通り休んでいる。お前も食うか？」

日が暮れる頃には直次に会うために南の武家町へ向かう。それまでの時間つぶしのつもりで寄った茶屋だが、磯辺餅が置かれていたので思わず頼んでしまった。

表の長椅子に腰掛け、秋の晴れやかな日和を眺めながら餅を味わう。久々に食べたがやはり旨い。餅は蕎麦以上の好物だった。

「別にいらないけど……暇なのね」

「そうでもない。仕事が入った」

「ふうん……」

甚夜の仕事とは鬼の討伐である。鬼に良い思い出がないからだろう。奈津が若干顔を顰《しか》める。それでも悪し様《あざま》には言わないあたり、気遣ってはくれているようだった。

「もしかして、お餅好きなの？」

特別態度に出したつもりはないが、普段よりも機嫌がよさそうに見えたのかもしれない。磯辺餅を黙々と食べ続ける甚夜に奈津が問う。

「ああ。私は元々たたら場の育ちでな。子供の頃は餅なんぞ滅多に食えなかった」

「だから今になって好きなものをってこと？　……蕎麦よりも好き？」

「まあ、な。思い出もある。今でも好物はと聞かれれば蕎麦よりも磯辺餅だな」

茶を啜《すす》り懐かしさに目を細める。随分と昔、何も言わないでも餅を出してくれた茶屋の娘がいた。もう会うこともできないが、今頃はどうしているだろうか。

ふと振り返る遠い日々に、ほんのわずか口元が緩む。それを意外そうに見詰める奈津は「へぇ」と曖昧な返事をして甚夜の隣に腰を下ろし、店の娘に茶と磯辺餅を頼んだ。

「いいのか？」

どこかへ行く途中のように見えたが、座り込んでしまって大丈夫なのだろうか。

一瞬何を言われたのか分からなかったようだが、察した奈津は微妙な表情で答える。

「え？　あー、別に。喜兵衛に行くつもりだったけど、なんかめんどくさくなったから
私もお餅をお昼代わりにしようかなって」

「奈津殿がそれでいいのなら」

「じゃあ、そうするわ」

最近は奈津や善二もたまに喜兵衛へ来る。まだまだ流行っているとは言い辛い店だ。

客が増えたと店主は喜んでいたが、残念ながら今日は閑古鳥《かんこどり》が鳴くらしい。

奈津が軽い笑みを浮かべて運ばれてきた餅と茶を受け取る。

ありがとうと自然と言えるようになったのは、彼女が大人になったからだろう。

「うん、久しぶりに食べるとおいしいわね」

一口一口、奈津は小さく餅をかじる。以前、須賀屋の庭で同じように並んで握り飯を
食ったことがあった。あの時の余裕のない娘が、肩の力の抜けたいい女になった。歳月
の流れとは本当に不思議なものだ。

「そう言えば、善二殿との祝言はまだなのか？」

大人になったのならそういう話も自然と出てくる。雑談程度の軽い気持ちで話題を振
ったのだが、予想外だったのか餅を喉に詰まらせてむせ始める。

「……いきなり何よ」

茶で無理矢理流し込んだ奈津が、人心地ついたところで甚夜を睨む。

「確かもう十六。頃合いだろう」

女の適齢期は十五、六。奈津くらいの歳ならば浮いた話や見合いの一つ二つはあってもおかしくない。甚夜としてはごく当然の問いのつもりだったのだが、どうにも奈津は随分と立腹のようだ。

「そもそも善二とってのがあり得ないわよ」

あからさまに不機嫌な態度で言い捨てる。

意外だった。てっきり恋仲だと思っていたのだが。

「そうなのか？　重蔵殿としても、彼となら安心できると思うが」

「善二は……そうね。兄みたいなものだから。それに、お父様は見合い話こそ持ってくるけど、嫁入り自体は私の好きにしていいって言ってくれてるの」

店の今後を考えたら大店《おおだな》や武家に嫁がせた方がいいのにね。

照れたような笑み。素直ではない言葉には、父親に対する感謝と愛情が透けて見える。それが甚夜には嬉しい。奈津が父親を慕っていることが、あの人の家族であってくれることが嬉しかった。

「そう言うあんたは所帯を持たないの？」

「定職を持たん浪人に嫁ぐような物好きは少ないだろう」

「そう……うん、それもそうね」

怒りもいくらか薄らいだのか、奈津の口元は多少緩んでいる。足を少し揺らしながら空を見上げる彼女は妙に楽しそうで、甚夜も寛いだ心地で茶を啜る。

「じゃあ、お互いしばらくは一人身ね」

「そうだな、肩身の狭いことだ」

「ふふ、ほんとに」

大真面目に頷いて見せればくすくすと奈津が笑う。

実際のところ嫁を取らなかったからといってうるさく言う家族なぞ甚夜にはいないのだが、それを口にするような真似はしない。せっかくの時間を壊したくはなかった。

「でも、そろそろ真剣に考えないといけない歳よね……そういえば、あんたっていくつなの？」

「三十一だ」

「嘘⁉ 善二より上⁉」

当然と言えば当然だが、奈津は驚きに目を見開く。甚夜の容姿は十八の頃から変わらない。彼女の反応も無理はなかった。

「え、ほんとに？」

「嘘は吐かん」

「ええ……私の倍近く？　そりゃ老《ふ》けない性質《たち》とは言ってたけど。なんか秘訣でもあったりするの？」

「さて、な」

まさか鬼だからと答えるわけにもいくまい。ここらが切り上げ時か。懐から取り出した銭を長椅子の上に置いて店の娘へ声をかける。

「勘定は置いておくぞ」

「もう行くの？」

「ああ、仕事だ」

「……また鬼？」

無言で頷いてから立ち上がり、甚夜はぐっと口元を引き締めた。

何故か奈津の顔が陰り、少し躊躇《ためら》いながらも問う。

「ねぇ、なんで鬼退治なんてしてるの？　あんたくらい剣の腕があったら、もっと違う仕事もあると思うんだけど」

「それは買い被りだと思うが」

「話を逸らさないでよ」

怒ったように振る舞っても分かる。わざわざ危ない真似なんてしなくてもいいのに――そこにあるのは純粋な憂慮だ。だから、これ以上誤魔化すことはしなかった。したくなかった。

「……私にもよく分からん」

けれど答えなんてあるはずもなく、零《こぼ》れ落ちたのは頼りない笑み一つ。堅苦しい普段の態度からはかけ離れた愁いを帯びた弱音だった。

「時々、自分でも分からなくなる時があるんだ。何故こんなことをしているのか」

「何よそれ」

「事実だから仕方がない。だが敢えて言うならば……多分、私にはこれしかないんだろう」

——人よ、何故刀を振るう。

あの時の問いに返せる言葉は未だ見つからないままだ。

「そう……なんか、ちょっと安心した」

奈津が安堵の息を吐いた。予想外の反応に眉を顰《ひそ》めるが、彼女は安らいだ様子で微笑んでいた。

「甚夜って普段冷静だし、浮世離れしたところがあったから。正直、よく分かんないやつだと思ってた。でも、悩んだり弱音吐いたりもするのね」

「むしろ迷ってばかりだよ」

「だから、安心した。あんたも普通の人だったんだ」

嬉しそうに足をぶらぶらとさせている。子供じみた仕草なのに、その横顔は晴れやかに見える。

「奈津殿」

不思議な感覚に名を呼べば、訂正するように彼女は言う。

「奈津でいいわよ。いい加減付き合いも長いんだし、いつまでも殿じゃ他人行儀でしょ」

「……奈津が、それでいいのなら」

気を抜いた、甚夜が初めて見る表情だった。名を呼ばれたのが嬉しかったのか、奈津は満足そうに頷く。

「うん、今度からはそう呼ぶこと。それじゃ私もそろそろ店に戻るから」

「そうか」

「あんまり悩みすぎないようにね。眉間の皺《しわ》がとれなくなるわよ」

気楽な慰め。それで何が変わるわけでもない。しかし、嫌な気分ではない。

素直に礼は返せなかったが、そういう偏屈さを奈津が笑う。甚夜も小さく笑みを落として二人は茶屋を後にする。

飲んだお茶のせいだろう。胸が熱を持っていた。

「さて」

体も温まった、そろそろ行くとしよう。

向かう先は三浦某の屋敷があるという南の武家町。いやに足取りは軽かった。

◆

江戸の町は、その八割を武家屋敷が占める。城の周りには堀が張り巡らされているが、それをぐるりと囲うように武家町が形成されており、三浦家は城の南側の武家町に居を構えていた。古くはあるが、江戸を襲った幾多の地震にも耐え抜いた屋敷だ。

蕎麦屋『喜兵衛』を訪れた翌日、直次は日が落ちてから外出しようと準備を整えていた。無論兄を探すためである。

不安や恐れは拭えないが無理矢理に体を動かす。打刀《うちがたな》と脇差《わきざし》を腰に携え、草鞋《わらじ》を履いて母屋を出る。

「在衛、また今日も行くのですか」

疲労の色を消せないまま門を潜り、出かけようとしたその時、後ろから呼び止められた。声の主は直次の母である。

「何度も言っているでしょう。三浦家の嫡男は貴方です。兄などいはしません」

直次が夜毎町へ繰り出すのを嫌っているためだろう、物言いには棘があった。

売り言葉に買い言葉。苛立ちに彼の語気も荒くなる。

「兄上は確かにいました」

「聞きましたよ、兄を探すのに遊郭や貧民窟にまで足を踏み入れているそうですね。武家の人間がいったい何を考えているのです」

「兄が見つかれば出入りをやめます」

この問答もいつものことである。母は存在しない兄を探す直次に諫言《かんげん》を重ねていた。家柄を重んじ世間体を気にする人間だったからだ。

三浦家では、父よりも母の方が厳格な旧態然とした「武家の者」であった。義を重んじ、勇を為し、仁を忘れず、礼を欠かさず。徳川に忠を尽くし、有事の際には将軍の意をもって敵を斬る刀とならん。ただ忠を誓ったもののためにあり続けるのが武家の誇りであり、そのために血の一滴までも流し切るのが武士である。それが母の教えだった。

旗本とはいえ三浦家はさして裕福ではなく、家柄も決して高くない。それでも武家に生まれたのならば忘れてはならぬ武士のあり方だ、と母は息子にも厳しく教えてきた。そんな母にとって、家督を継ぐべき直次が遊郭やら貧民窟に通っている事実は、到底耐えられるものではないのだろう。そういう母から勤勉に学んだのが直次であり、兄である定長はどちらかと言えば母を苦手にしていた。

――家があって人がいるんじゃない。人がいて家があるんだ。

定長はよくそう言っていた。家を重んじる武家が多い中、その物言いは非常に珍しい。

兄は良くも悪くも我の強い人間だった。家のために幕府のためにというその考えは理解する。だからといって自分の意思を曲げることはしたくない――快活で奔放な性格は、生真面目な直次にとってある種の憧れさえ感じさせるものだった。

母からよく学んだ直次は、家を重んじる古くからの武士に近い感性を持っている。武家の人間たる者、名誉を守るために動かねばならない。母の言い分は十二分に理解しているし彼自身もそう思っていた。

「いもしない兄を探すのは、もうやめなさい」

それでも今回ばかりは従えない。直次は自分にはできない生き方をする兄に、尊敬の念を抱いていた。だからこそ母の言葉に頷くわけにはいかない。

兄が何故いなくなったのか。どうして誰も覚えていないのか。真実を知るまでは、たとえ武士に有るまじき行為をしたとしても。それは直次が初めて見せた反骨であった。

「失礼します」

「在衛！」

背に浴びせられる怒声を無視して門を潜る。

秋の月は雲に隠れ、辺りは夜の闇に包まれていた。雲の切れ目から漏れるわずかな星明かりを頼りに歩みを進める。

さて、今宵はどこへ探しに行こうか。つらつらと思索をしながら、とりあえずは武家町を出ようと橋へ向かう。するとその途中、六尺近い大男と出くわした。

「今から探しに行くのか」

驚きに目を見開いてみれば、闇の中で佇む男は昨日初めて口をきいたばかりの浪人だった。

「貴方は」

「甚夜。しがない浪人だ」

全く表情を変えない男は、鉄のように揺らぎのない声でそう名乗った。

◆

店主らの願いを受けた甚夜は、三浦家へ向かう途中だった。

すると宵闇に一人、強張った表情で歩く男の影。それが件の武士であると確認し、挨拶もそこそこに声をかけた。直次は驚いているようだが気にせず話を続ける。

「話は聞いた。なんでも兄を探していると」

「は、はい。ですが」

「兄などいないと周りは言う、か」

確かに普通ではない。人の理をはみ出る怪異。原因は分からないが、鬼が関与している可能性はある。ならば答えは一つしかない。

「此度《こたび》の怪異、やはり首を突っ込ませてもらうことにした」

頼まれたからだけではない。もしも鬼の存在があるならば力を得られるかもしれないという打算があった。

直次にとっては意外だったらしく、小さな動揺が見て取れた。

「よろしいのですか？」

「ああ。ただし、必ず解決できるとは約束できない。そこは納得してくれ」

「ええ……！　構いません。いえ、私の言葉を信じてくださる。それだけでも救われた思いです」

彼はまさしく感極まったという様子だった。

兄を探し続けるも周りは兄などいないという。その不安はいかほどのものか。本当は周りが正しくて、自分は狂ってしまったのかもしれない。そんな風に考えたこともあったのだろう。直次は信じてくれる者がいるという安堵からか柔和な笑みを浮かべた。

「さて。早速で悪いが、三浦殿の兄が消える前の様子を教えて欲しいのだが」

「分かりました。では屋敷へ……いえ、母がうるさく言うでしょうから別の場所に」

腕を組んで悩む直次に、甚夜は軽い調子で言った。

「ならば、ちょうど良い所がある」

甚夜が案内した場所で、二人は向かい合って椅子に腰かけていた。

「そう言えば、甚夜殿は浪人と仰っていましたね」

「ああ」

「腰のものは数打ちではないとお見受けしますが、元は武家の出ですか？」

「いや、違う」

直次が怪訝《けげん》そうにこちらを見る。それもそのはず、そもそも苗字帯刀は武士のみに許された特権であり、武家でないと言うならば苗字の公称も帯刀も許されない。つまり、勝手に帯刀をすれば罪人ということになる。直次の不躾《ぶしつけ》な視線は、そのまま彼の疑念を表している。それを拭わねば話にならないと甚夜はまず昔語りから始めた。

「私が以前住んでいた土地は、山間にあるたたら場でな。古くより怪異や山賊に晒されていた歴史があるため、自警の意味も兼ねて帯刀を許された役があった」

江戸時代、領地を治める藩主が、例外的に武士以外に帯刀を認める事例は少なからずあった。新田開発の援助や藩への献金など幕府に貢献した一部の商人には褒賞として名字帯刀が許されていたし、たたら場のように幕府にとって重要性の高い場所でありながら警備に人員を割けない場合にも帯刀が認められた。巫女守《みこもり》もその事例の一つである。

「私もまたその役に就き、公儀より直々に帯刀を許されている」

ただし随分と昔にではあるが——そこまで詳しく話す必要はない。友人の言葉を借りれば鬼は嘘を吐かない、されど真実は隠すもの、というところである。

納得したのか直次も剣呑な雰囲気を収めた。

「もしや故郷は葛野ですか?」

ずばりと言い当てられ、表情にこそ出さないものの内心驚いた。

「よく分かったな」

「いえ、たたら場というのと、その鉄鞘を見てよもやと思いまして」

甚夜が以前住んでいた葛野は、江戸から百三十里ほど離れた所にある産鉄地だ。同時に刀鍛冶でも有名で、葛野の太刀は鬼をも断つと謳われている。その特徴は鉄造りの鞘と頑強さを主眼に置いた肉厚の刀身。まだ日の本が戦国の頃にはこういった造りの刀も稀にあったが、江戸に至るまで一貫して戦うための刀にこだわり続ける土地は珍しい。

刀剣の知識を持つ者にとっては、葛野の名を導き出すのも容易だろう。

「お恥ずかしながら好事家《こうずか》なもので。貧乏旗本の息子が道楽をと思われるかもしれませんが、刀剣の類を見聞するのが趣味なのですよ」

ぽりぽりと頬を掻きながら照れた笑いを浮かべる。

「葛野の刀は飾り気のない鉄造りの鞘が特徴と聞きますが、甚夜殿のものは鞘の造りが丁寧ですね」

「これは、元々集落の社《やしろ》に奉じられていた御神刀だ。故あって譲り受けた」

「ああ、御神刀であるならば、見た目にも気を使って当然ということですか。銘はなんと？」

照れ笑いは最初だけで、余程甚夜の刀に興味があるのか次々と突っ込んで話を聞いてくる。真面目そうな外見とは裏腹に案外押しが強い。好事家というのは皆こうなのだろうか。

「夜来という」

「夜来……成程、『やらい』ですか。葛野の太刀は鬼をも断つという。追儺《ついな》を『おにやらい』と言いますが、案外そこから来ているのかもしれませんね。あるいは、その刀自体に鬼を祓《はら》ったという伝説でもあるのか……そういう説話はないのですか？」

「聞いたことはないな。集落の長は、嘘か真か千年の時を経ても朽ち果てぬ霊刀とは言っていたが」

「ほう、それは」

必要以上に大きな反応だった。かと思えば今度はぶつぶつと何事かを呟いて、意を決したように甚夜の目をまっすぐに見やる。

「ところで抜いて見せてくれたりは」

「せん」

にべもなく切って捨てる。ついでに冷めた視線を送ってやった。

お前は兄を探したいのではなかったのか。

意を察したようで、直次はばつが悪そうに表情を歪める。生真面目そうではあるが、自分の趣味となると周りが見えなくなる性格らしい。

「すみません。さすがに話が逸れすぎました」

「構わない。だがそろそろ始めてくれ」

深々と頭を下げる直次に話を促せば、重々しい頷きが返ってきた。

「では。既にご存知の通り、私は兄……三浦定長を探しております」

ようやく本題に入り、直次の顔は見るからに強張った。声も一段低い。

甚夜も居住まいを正し向かい合う。

「いなくなった兄を、私はずっと探しているのです。いくら探しても兄は見つからない。いえ、誰も兄を知らないのです」

「誰も知らない?」

「はい。奇妙な話ですが、父も母も知らないと言うのです。三浦家の嫡男は私だと。定長などという男は知らない、そんな奴は息子ではない。周りに聞いても朧気《おぼろげ》に記憶している者もいましたが、結局は似たような答えが返ってきます。兄をはっきりと覚えているのは、私以外おりませんでした」

誰も覚えていない兄。確かに奇妙な話だ。

空気が重くなった。再び直次は口を開こうとして、かと思えばまたも話は中断される。

「なぁ……旦那方よぉ」

ようやく本題、というところで今度は傍から声が掛かった。いかにも「どうすればいいのか分からない」といった戸惑いを顔に浮かべて男は言う。

「なんでここで、そんな重要そうな話してんですか？」

男は蕎麦屋の店主。

詰まるところ、二人が話し合いの場に選んだのは蕎麦屋『喜兵衛』である。

「ああいや、屋敷でこの手の話をすると母がうるさいもので。そうしたら甚夜殿がここでいいだろう、と」

「いや、いいんですがね。密談をするのは人のあまり来ない場所って相場が決まってると思うんですが」

店主の視線が甚夜へと向く。

「この店は人など滅多に来ないだろう」

「結構辛辣ですね、旦那……」

店主は立ち眩《くら》みでも起こしたように手を顔に当てている。毎日閑古鳥《かんこどり》が鳴いているのは間違いないとしても、率直に言われるのはまた違うらしい。

「お、お父さん、しっかり」

「お、おう。そうだな、いずれ旦那は義理の息子になる男。ここはやっぱ、いい関係を保たねぇとな」

その話、まだ続いていたのか。そうは思ったが触れるのも嫌なので軽く流す。どのみち店主は後でおふうに説教を食らうだろう。

後でもなにも既に説教は始まっていた。相変わらずな親子であった。

「それは冗談として、二人とも随分と三浦殿を心配していたようだからな」

だからここに連れてきた——ぼそりと言えば、今度は説教を止めたおふうが優しげな眼で甚夜を見た。

「どうかしたか？」

「いえ、ただ甚夜君が冗談を言えるようになったのが嬉しくて」

彼女にとっては気遣いを見せたことより、甚夜の物腰に余裕が出てきたことの方が嬉しいらしい。そうまで心配してくれるのはありがたいが、外見はともかく実年齢は既に三十一。この歳で子供扱いされるのはちと反応に困る。姉が弟の成長を喜ぶような生暖かい視線は、やめて欲しかった。

「まあいい。まずは、三浦殿の兄について教えて欲しい。消えたのはいつ頃のことだ」

「え、ええ。兄がいなくなったのは今年の春先、一月の終わり頃でしょうか」

「となると、以前あった辻斬り事件よりもひと月ほどは前か。……では、いなくなる前の様子は？」

「正直に言うと、特に変わった様子はなかったのです。どこか特別な場所に出かけたというわけでもなく、気付けばふっと姿を消してしまい……あ、いえ。確か、兄はいなくなる少し前に言っていました。『娘に逢いに行く』と」

唇を親指でいじりながら直次は思考に没頭する。

さすがに店主ら親子もこうなっては声を出さず、沈んだ面持ちで様子を眺めていた。

「それと……もう一つ。兄の部屋に花がありました」

「花？　それはどんな」

「申しわけない、花には疎《うと》いもので名前は分からないのです。ただ、強い香りがしました。なんと言いましょう、茎のある、細い葉の、黄色い中心に白い花弁の付いた小さな花です。兄は花を愛《め》でるような人ではありませんから、妙に気になりまして」

言葉からその花を想像する。最近はおふうから色々と花の名を教わっている。その中で似通った印象の花は——

「水仙……か？」

確認の意を込めておふうを見るとかすかに頷いてくれた。水仙の特徴は品のいい香りと、ほっそりした葉にすらりと伸びた茎。白い花といい直次の説明と一致している。ただ、小さいというほどではなかったはずだ。

「しかし小さい、小さいか……」

「あ、いえ。小さいというのは私の主観ですが」

自分の判断に迷いが生まれたのか、直次は自信がなさそうに付け加える。

「白いというなら沙羅《さら》に十薬《じゅうやく》、くちなし。色々とありますから、聞いただけでは正確なことは言えませんねぇ」

おふうが補足するように、他の花である可能性も否定はできない。結局、想像で語るには限界があり、実物を確かめなければどうしようもないだろう。

「三浦殿、その花はいつ頃見つけた？」

「兄がいなくなった直後に。私の他は部屋に立ち寄りませんので、去り際に兄自身が置いたのではないかと」

彼以外の家族は兄の存在を覚えていないという。部屋を訪ねる理由もなく、兄と入れ替わりに置かれた花はいかにも怪しい。ただ甚夜は、直次とは別の理由で件の花を訝《いぶか》しんでいた。

「その花はまだ置いてあるか」

「残念ながら、なにぶん春頃の話ですので。ですが何かの証になるかと、枯れる前に花弁と葉を紙に押して保管してあります」

「そいつはありがたい」

枯れるということは花自体は普通のもの。また直次が語る内容の通りならば、印象はやはり水仙が近く、だとすればおかしな話になってくる。

「ならば一度こちらに持ってきて……いや、悪いが三浦殿の屋敷に案内してもらいたい」

怪異への取っ掛かりを見つけ、自然、甚夜のまとう空気が鋭利なものに変わった。

ただ、できれば水仙でない方がいい。そう思えば、過《よぎ》った推論を直次に伝えるのは躊躇《ためら》われた。

3

「あらあら、あんなにはしゃいで」

花の満ちた庭で毬《まり》をつく。

水仙の芳香に酔いしれた。

冬の冷たささえ暖かく感じている。

「お父さま、見て見て！」

「ああ、ちゃんと見ている」

「あの娘、毬つきが上手になったでしょう？」

父は母と共に縁側で私を眺めていた。

細められた瞳には優しさがあって、それが嬉しくて私はずっと毬をついている。

そんな私の姿がおかしいのか母はくすくす笑っていた。

穏やかな午後は少しだけ時間の流れが速い。夢中になって遊べば夕暮れはすぐにやってくる。ほら、遠くから橙《だいだい》色が近付いてきて、落日はもう目の前だ。

「あれ？」

でも、おかしいな。

空にはまだお日様が出ている。なのになんで橙色の空が見えるんだろう。

そして、私は自分の間違いを知る。

まだ夕暮れの時間じゃない。あの橙は夕日ではなく炎だ。

遠くで黒く高く煙を上げる炎。鳴らされる鐘。騒がしく行き交う声。

「千代田城《ちよだ》が……」

父の言葉に江戸の中心たる城を見やれば、天守閣が炎に包まれ焼け落ちた。

熱気の満ちた空気はすぐそこまで近づいている。それが未曾有《みぞう》の大火事だということにようやく気付いた。

早く逃げなくては。そう思った時には、季節の風に煽《あお》られて炎が屋敷を襲っていた。

見る見る広がっていく火の手は、まるで生き物だ。木が爆《は》ぜる音を響かせて私の家が燃え盛る。

怖い。思わず父の下に走り出した。

怖い。すぐにでも父に触れていたかった。母に慰めて欲しかった。

走って、走って。あともう少しで辿り着ける。そう思って手を伸ばした瞬間、炎が大口を開けて猛《たけ》り父母を飲み込んだ。

「………え？」

一瞬、何が起こったか分からなかった。

遠く、近く。悲鳴が聞こえる。

橙色に滲むその景色は夕暮れのようで、灰を燻《いぶ》す空気に呼吸が苦しい。

ここに落日の時は来た。

おかあさま。

おとうさま。

さっきまであったはずの穏やかな時間は過ぎ去った。父の厳しくも温かく見守る視線。母の優しげな笑顔。そんなもの、もうどこにもなくて。代わりに目の前には、炎に包まれ、それでも私に手を伸ばす亡者が。

父と母がすぐ傍で笑っていたのに。

人が人でなくなった。

あまりの恐怖に叫んでも、上がったのは声にならぬ声。

逃げなきゃ、逃げなきゃ。思うのに足が震えて動かない。

視線の先では屋敷の柱が燃え尽きた。支えを失くして崩れ落ちる屋敷が雪崩《なだれ》のように襲い掛かる。悲鳴すら掻き消す轟音《ごうおん》を聞きながら私は——

そこで終わり。

こうして、幸福の庭は終わりを告げた。

——見られぬ父母の顔、黄泉路《よみじ》を辿り逝く。

◆

あくる日、甚夜は三浦家へ向かうことになった。

直次との約束の刻限は夕方。まだ正午に差し掛かったところで、時間に余裕がある。昼のうちは特に用件もなく食事をとっていなかったため、とりあえずは喜兵衛に足を運んだ。

「あ、甚夜」

「……奈津」

店には先に奈津が来ており、のんびりと茶を飲んでいる。呼び捨てはまだ少し慣れない。たどたどしい言い方に奈津が苦笑し、手招きされるままに同じ卓へついた。

「かけ蕎麦を」

「はい」

いつも通りの遣り取り。しかし、厨房の店主はいつも通りとはいかぬえらく神妙な顔つきだった。

「……旦那、いつの間にお奈津ちゃんの呼び方を変えたんで？」

「ああ、幾日か前に、少しな」

曖昧に誤魔化せば、今度はおふうの方に向き直り深刻な雰囲気で訴えかける。

「おふう……お前も、もうちょっと頑張らんと」

「お父さん、何を言ってるんですか……」

どうやら甚夜を婿にという話は店主の中では継続しているらしい。そこまで買ってもらえるのはありがたいが、理由はやはり分からなかった。

「随分と仲良くなったんですね」

「別に、そういうわけじゃないけど」

女二人が和やかに話しだす。それ自体はいいのだが、目の前でやられるとどうにも居心地が悪い。話題が自分であればなおさらだ。少し聞きたいこともあり、割り込むような形でおふうに声を掛ける。

「おふう」

「はい?」

「三浦殿とは親しいのか?」

「三浦様ですか? 親しいと言うほどではありませんが、時折来てくれますから話すくらいは。どうしたんです?」

きょとんとした様子でおふうが聞き返した。

別に大した意味はない。世間話代わりに直次の人となりを問うてみただけだ。そう付け加えれば、少し迷ったようなそぶりを見せて間を置いてからおふうは答える。

「そうですね……。私にも丁寧な接し方をしてくださいますし、生真面目で優しいお方ですよ」

「それって、この前のお武家様？」

「はい。そう言えば、お奈津さんも一度お会いしましたね」

「会ったというかなんというか。でも確かに、お武家様なのに腰の低い人だったわ」

二人が語る人物像は似たようなものだ。甚夜が受けた印象もそう変わらない。真面目で丁寧。物腰の柔らかい武士からぬ男というのがぴったりと来る。

「ま、刀が目の前にあると別ですがね」

補足するように店主が言う。ついと視線を向ければ、いかにも面白そうに笑っていた。

「いえね、直次様は大層な好事家《こうずか》で、刀剣に関しては目の色を変えるんですよ」

甚夜は内心納得する。兄の捜索を依頼しに来ておいて、夜来に興味津々といった様子だった。真面目そうな外見とは裏腹に、趣味のこととなれば案外押しが強かった。

「あの人の刀好きは相当でしてね。そうだ、旦那。ちょいと待っててください」

そう言って店の奥に引っ込み、がさごそと何かを漁ったかと思えば布に巻かれた何かを持ち出してくる。

「見てくださいよ、これ」と布を取り去れば、中から出てきたのは金属でできた棒状の小物。しっかりと手入れされた、傍目にも大切にされていると分かる品だ。

「へえ、笄《こうがい》?」

初めに声を上げたのは奈津だった。

笄は髪を掻き揚げて髷《まげ》を形作る時に使う結髪《けっぱつ》用具の一つである。頭が痒《かゆ》い時に髪型を崩さずに掻くなど、女性の身だしなみに欠かせない装身具だ。根付《ねつけ》や櫛《くし》などの小間物を扱う須賀屋の娘にとっては見慣れたものなのだろう。

この笄は、男性の場合は刀と共に持ち歩く場合が多い。目貫《めぬき》・小柄《こづか》と合わせて三所《みところ》物《もの》と呼び、刀装具として武士の間で流行していた。

といっても江戸時代には刀剣装具について厳しい格式があり、小柄や笄をつける身分の武士は上級の者に限られていた。加えて大名家や旗本の正式の拵《こしらえ》には、必ず金工の名門として知られる後藤《ごとう》家で作られた金具を用いるのが普通である。

「まあ、三浦家も一応は旗本ですんで、こういうのも必要なんでしょうがね。んで、ついでと言っちゃなんですが俺にもこの笄をくれたんです。人に贈るもんまで刀関係なんですよ、あのお人は」

目の前にあるものは、金属製ではあるが後藤家の作ではない。随分と古く表面はくすんでおり、大した装飾もされていない簡素なものだ。浮彫《うきぼり》は藤を象《かたど》っている。

「作り自体は繊細だし、藤の浮彫にも品がある。造った人は結構な腕ね」と感心したように奈津が言う。

「そうですかい？　ったく、ご自分は刀が好きだからいいかもしれませんが、蕎麦屋の店主にこんなもんどうしろってんでしょうね」

笄を褒められたからなのか、苦笑しながらも優しげな表情を隠せていない。

「本当に。好きに喋らせたらお堅い話か刀の話かのどっちかですよ。母親にも、在衛、いい加減になさいなんて叱られて」

遠い目をしながら優しげに息を吐く。ただの店主と客の関係かと思えば、随分と親しいようだ。だからこそ直次の落ち込みようが、店主には耐えられなかったのだろう。

それはそれとして気になる点が一つ。

「母親とも付き合いがあるのか？」

「え？　ああ、ちょいと見たことがあるくらいですけどね。まあ、おっかないお人で普段から結構うるさいみたいですよ」

確か、直次自身も同じようなことを言っていたか。もう少し深く聞こうとも思ったが、この場には奈津がいる。彼女の前で母親の話題を続けるのは憚《はばか》られた。

甚夜の胸中を察したわけではないだろうが、店主は何かを思いついたように目を大きく開いてずいと前に乗り出してきた。

「そうだ、旦那。この笄《こうがい》、もらってくれませんか」

いきなりの提案に面を食らう。奈津もおふうも呆気にとられていた。

せっかくの贈り物を他人に譲ろうなど、あまりに失礼だろう。なにより店主を見れば笄を大切にしているのが分かる。にもかかわらず実に穏やかな態度でそれを手放そうとするのだから、正直なところ困惑した。

「それは三浦殿からの贈り物だろう。受け取れん」

「いいんですよ、刀装具なんて、俺が持ってても意味ありませんし」

「しかし」

「どっちにしろ、これは俺にはもう必要ないんです。だから、どうかもらってやってください。頼んます」

深く頭を下げられる。

店主が何を考えているのかは分からない。しかし、微動だにせず懇願するその姿はきっと何を言っても無駄なのだろうと思わされた。

「……これは、預かっておこう」

あくまでも持ち主は店主だと言外に匂わせる。それでも十分満足したらしく、店主は快活な笑みを見せた。

「いや、ありがとうございやす。助かりますよ」

「すみません。父が無理を言って」

申しわけなさそうにおふうも頭を下げる。

もらうつもりは全くなかった。納得はいかないが、いつまでも問答をしていても仕方がないので受け取ったにすぎず礼など言われる理由はない。

「預かるだけだ」

「はい。それでも、ありがとうございます」

おふうが重ねて口にする感謝は純粋で、だから店主を問い詰めることもできなかった。

結局、彼が何をしたかったのか分からないまま話題は途切れ、甚夜は蕎麦を食べ始めた。

味自体はいつもと変わらないはずなのに、あまり旨いとは思えなかった。

◆

直次が仕事を終えて江戸城から戻ってきた頃には、既に日が傾いていた。

兄を探す目的があっても仕事では決して手を抜かないあたりは、彼の生真面目さが表れている。

帰路はかなりの早足だ。それもそのはず、今日は人を待たせている。同じ右筆《ゆうひつ》の武士からは「女と逢瀬か?」などとからかわれもしたが、残念ながら待ち人は女ではなく男、それも筋骨隆々とした偉丈夫《いじょうふ》。艶っぽい要素など欠片もなかった。

つらつらとくだらないことを考えながら城門を潜り外堀にかかった橋を渡れば、相変わらずの仏頂面で甚夜が待っていた。

「では、案内を頼む」

挨拶もなく短く言って、その後は押し黙る。どうにも彼は昨日から何か引っかかることがあるらしく、表情は変わらないがその雰囲気は妙に硬かった。そのせいか、直次もまたどこか緊張した面持ちで家路を辿る。四半刻も経たぬうちに見えてきたのは、敷地こそ広いが古めかしい三浦家の屋敷だった。

「着きました。どうぞ」

先に門を潜って促せば、甚夜は屋敷の外観を見回してから軽く一礼して後に続いた。物珍しさというよりは、なにかを探すような所作だ。

正面には母屋、右手には普段は誰もいない離れがある。左側に生い茂る椿《つばき》の木を通り過ぎれば、この屋敷唯一の自慢ともいえる広い庭に行き当たる。造りとしては珍しくもない普通の武家屋敷で、住人からすれば今さら見るものもない。

しかし甚夜にとっては違ったのか、一瞬だけ足を止める。だが別段何を言うでもなく、直次に続いて母屋へと入った。

「直次。……おや、お客人ですか？」

玄関を潜ったところで思わず固まってしまった。迎えてくれたのは背筋の伸びた厳しそうな女性、直次の母である。説教でもしようと思って待ち構えていたのか強い語気だ。

しかし甚夜の姿を認め、多少なりとも声は落ち着いた。

だがそれも一瞬で、彼の容貌を確認すると訝《いぶか》しげな視線に変わる。察した直次が弁解をしようとするも、それよりも早く甚夜自身が口を開いた。

「失礼。突然の来訪、ご容赦ください。甚夜と申します」

浪人然とした大男の第一声は、意外にも丁寧な挨拶だった。礼をもって接するならば礼をもって返さねばならぬ。直次の母もまた丁寧にお辞儀をした。

「これはご丁寧に。直次、甚夜様はどのようなお方で？」

それでも母は、まだ胡散臭そうな目で見ている。

甚夜は態度を崩さぬまま、やはり直次よりも先に答えた。

「葛野より参りました」

「葛野というと、刀鍛冶の？」

「はい。鉄師の集落です」

出自が明らかになったため母の態度も幾分か和らいだ。それを好機と見て、間髪を入れず直次が補足する。

「母上、甚夜殿は最近知り合った同好の士で、今日は一晩呑み明かそうとお呼びしました」

語った内容は嘘だが、一応は納得したのか母は「そうでしたか」と短く返した。

直次は刀剣の類には目のない好事家《こうずか》、そして葛野といえば刀鍛冶で有名な産鉄の集落である。趣味の合う友人を家に呼んだのだろうと勘違いしてくれたようだ。

「それでは部屋に籠《こも》りますので心配はなさらず」

突かれてぼろが出ないよう、直次はそそくさと玄関から立ち去る。甚夜も一礼して続こうとしたところで温かな声に足を止められた。

「甚夜様、ありがとうございます」

振り返れば、細かな事情を知らないはずの母が静かに頭を下げて感謝を示している。その意味が直次には分からない。甚夜も同じようで、仏頂面は相変わらずだがかすかに眉だけが動いた。

「私はなにか、礼を言われることをしたでしょうか」

「息子は近頃思い悩んでいるようで、暗い顔ばかりしておりました。ですが今日はしばらくぶりに明るい様子を見ました。母として、これに勝る喜びはありません」

直次は驚きを隠せなかった。最近は兄の探索に関して諫《いさ》められる機会が多かった。そのせいで反感も抱いていたが、母の方はちゃんと息子を案じてくれていたらしい。それを知ると、途端に妙な気恥ずかしさが湧いてくる。

「私の都合でもありますので、お気になさらず」

「じ、甚夜殿。早く参りましょう」

甚夜がまっとうな応対をすれば、余計に自分が子供じみていると感じられて、たまらず直次は話を断ち切り先に行くよう急かす。背後で優しい溜息が聞こえ、さらに顔が熱くなった。

「いい母親だな」

逃げるように入った自室で腰を下ろして向かい合うと、甚夜はまず母に対する感想を漏らす。表情は読み辛いが世辞ではないように思えた。

「いえ、お恥ずかしい限りです。ところで、先程は随分と堂に入った喋り方でしたが」

先程のやりとりを掘り返されてはかなわないと話題を変える。ただ、質問自体は誤魔化しのためだけでもない。浪人という割に対応がしっかりしており、そこは純粋に不思議だった。

「昔取った杵柄《きねづか》だ」

「昔ですか」

「あまり気にするな。それより、件の花を見せてもらいたい」

「ええ、分かりました」

適当に話を流されたが、直次としても無理に聞くつもりはなく指示に従うことにした。

失踪した兄の部屋に置かれていた白い花は枯れ始めてから紙に押したため多少見目は悪いが、形を判別する程度なら問題はない。

「どうぞ」

事前に用意していた押し花を渡すと、甚夜はいやに真剣な様子でそれを確かめる。表情はみるみるうちに厳しいものへと変わった。

「……水仙、だな」

苦々しく絞り出すように彼は言った。水仙など大して珍しくもない花だ。しかし甚夜は必要以上の衝撃を受けているように見える。

「甚夜殿、その花は何か特殊なものなのですか？」

「いいや。ただ、思っていたよりも小さい」

畳敷きの部屋は綺麗に整っており、行灯《あんどん》の放つ光が橙色に染め上げている。壁に映る偉丈夫《いじょうふ》の影がわずかに揺れた。

改めて甚夜を見れば、いつの間にか平静さが戻っていた。

「三浦殿、もう一度聞かせて欲しい。定長殿の部屋で花を見つけたのは、いなくなった後、春頃で間違いないな？」

「は、はい」

「そうか。あと一つ、定長殿は消える前、娘に逢いに行くと言ったのだろう？」

「その通りです。ですが」

そんな質問に何の意味があるのか。

聞こうとして、しかし遮るように言葉が被せられる。

「私は、その娘こそが鬼ではないかと思っている。そして、定長殿は現世とは隔離されたどこかに連れ去られた。水仙の花は」

「その鬼の住処に咲いていた、ということですか？」

重々しく甚夜は頷く。

彼の発言に直次は同意できなかった。いなくなったとはいえ、現世とは隔離されたどこかに連れ去られたというのはさすがに飛躍しすぎている。その上、理由が花だけでは納得できるわけがない。

「しかし花など、どこにでも咲いているものでしょう」

「そうだな。だから定長殿の部屋を見せて欲しい。あるいはまだ手がかりが残されているやもしれん」

目は真剣そのものである。決して冗談を言っているのではないのが感じられたから、しばらくの沈黙の後、口を開いた。

「分かりました。では、ご案内します」

直次は表情を引き締めて立ち上がる。何故か甚夜は座ったままだった。

「すまないが、先に行ってくれないか？」

「は？　いえ、ですが」

「なに、すぐに後を追う。三浦殿は部屋で待っていてくれ」

「それでは場所が分からないでしょう」

「構わん」

兄の部屋を見せて欲しいと言った本人が、これである。

何がしたいのか理解はできない。だが、不思議と疑う気にはなれなかった。

自分には兄がいる。どれだけ言葉を尽くしても、誰もそれを信じない。父母でさえ兄などいないと断じ、直次の葛藤に耳を傾けてはくれなかった。けれど甚夜だけが、兄の存在を信じてくれた。ならば疑いはしない。彼を信じることで報いよう。どうするかはもう決まっていた。

「それは、怪異を紐解くのに必要ですか」

「ああ、おそらくは」

毅然とした態度は適当なことを言っているようには思えない。おそらく、只人《ただびと》には分からずとも意味はあるのだろう。

「分かりました。では、先に行きます」

そうして部屋を出て、しっかりとした足取りで廊下を歩いていく。

心中には微塵《みじん》の不安もなかった。

そんな直次の姿を眺めながら甚夜が、聞こえるか聞こえないかという小さな声で呟く。

「私の姿があると何も起こらないかもしれんからな」

兄、定長の部屋へ一人で入る。調度品はしばらく使われていないが、定期的に掃除されているようで埃は積もっていない。

兄はよく外を出歩いていて、ここには寝に帰るだけの生活をしていた。彼の人となりを示すようなものは少ない。件の花が置かれたのも一度だけ。主を思わせるものは遠く、色の薄い室内はひどく寂しげに感じられた。

「そう言えば」

ちゃんと兄の部屋が残っている。なのに何故父母は兄などいないと言ったのか。今さらだがその奇妙さに気付く。これはいったい……と、そこまで考えて直次は鼻をひくひくと動かした。

何か、いい香りがする。

「この香り……」

かすかに漂う馥郁《ふくいく》たる香り。いつかこの部屋で嗅いだものだ。

そう、これはあの白い花の香り。確かあの男が言っていた花の名は——

「水仙……？」

それに思い当たった時、ひと際匂いが濃密になり、あまりの香気にくらりと頭が揺れた。

「あ、れ……」

立ち眩《くら》みだろうか。目の前が滲む。頭の中が攪拌《かくはん》される。

この感覚はなんだ？

分かるはずもなく為す術もなく。

直次は、その場に崩れ片膝をついた。

――ひとつ　ひがんをながむれば

遠く。

数え唄を聞いたような気がした。

4

死んだと思っていた。でも意識は確かにあって、自由に動く手足もある。助からないと思ったが、どうやら私は生きているらしい。

自分の命に疑問を抱きながらも、崩れた屋敷から這い出る。死んでいた方が良かったかもしれない。そんなことを考えてしまう。辺りを見回しても何も残されていなかった。家は潰れて庭の花も燃え尽き、当然、毬《まり》もなくなっていた。

廃墟となった屋敷に、私は一人佇む。何もかもなくなってしまった。父を亡くした。母を亡くした。家を失くした。なんで私だけ生き残ってしまったのだろう。

失意に塗《まみ》れ、かと言って何もないこの庭にいるのも嫌で屋敷を後にする。

南の武家町は全焼だった。未曾有《みぞう》の大火事は収まったが、後に残ったのは瓦礫《がれき》だけ。これでは町とは呼べない。生まれ育った景色は見る影もない。思い出ごと根こそぎ奪われたような感覚だ。

当てもなく歩く。

しばらく進んで奇妙なことに気付く。集まった野次馬が私を見て震えている。

どうしてだろう？

疑問に思う。いや、疑問に思うというのなら、なんで瓦礫に押し潰されて炎に焼かれたはずの私は生きているのか。

「おい、あの娘の眼」

「赤いぞ……」

「まさか」

「間違いない」

誰もが恐怖を孕《はら》んだ声で、嫌悪に満ちた瞳で言う。

ざわめきに晒されて私は思い知った。

人は嫉妬や憎悪、絶望など負の感情をもって鬼へと転ずるもの。

ああ、そっか。

父を亡くした。母を亡くした。家を失くした。思い出ごと根こそぎ奪われた。

それだけじゃない。私は……。

──あの娘は、鬼だ。

私は、私さえ失くしてしまったんだ。

だから逃げた。

もう何も見たくなかった。

それから、いったいどれくらいの月日が流れただろう。江戸から逃げ出した私は、各地を転々とした。まるで水面を漂うように生きる。ゆらゆらと当てもなく、ただ流されるままに。

もう帰る道は失くしてしまった。あの庭に戻ることは決してできないのだ。

思い返すのは泡沫《うたかた》の夢。光に満ちた暖かい陽だまり。父がいて母がいて、無邪気に笑えた幸福の日々。瞼《まぶた》にはまだ色鮮やかな景色が焼き付いていて、戻れないと知っているからこそ幸福の庭が美しく思えた。

おとうさま。

おかあさま。

失ったものだけを眺めながら私は生きる。

十年が過ぎ――幼かった私は年頃の少女になり。

二十年が過ぎ――少女のまま老いもせず。

五十年が過ぎ――人に紛れて意味もなく生きる。

苦痛の時間は長く留まり、それでも何十年という歳月が流れた。

もう父の顔も母の声も思い出せない。思い出せなくなるくらい長い長い時間を越えてきた。なのに、目を瞑《つむ》れば瞼の裏に映し出されるのは在りし日の幸福。

それからさらに長い時が経った。あの頃は名残すら見当たらないというのに、どうしてこの悲しみだけが消えてくれないのか。失くしたものに縛られたまま日々は通り過ぎる。

生きていたくない。でも——脳裏には炎をまとう亡者の姿が——死ぬのも怖くて、身動きも取れず惰性で生きている。鬼の寿命が何年あるかは分からないけれど、きっとこのままゆっくりと死んでいくのだろう。

百年を経る頃、一つの変化があった。

久しぶりに戻ってきた江戸。あれから随分経った。私を知っている人はもう誰もいない。そう考えて帰ってはみたが歩く町並みは様変わりしていて、懐かしいはずなのにどこか違和感がある。足は自然と南の武家町へ。

郷愁に駆られ歩いて歩いて、辿り着いた先。かつて住んでいた場所には……。

「あ……」

立派な屋敷が建っていた。

当然、生家ではなかった。

あの大火事の後に復興した武家町。屋敷にも今は別の誰かが住んでいるのだろう。それが分からないほど幼くはない。ここは既に自分の居場所ではないのだ。

最初から分かっている。分かっている。分かっているのに。

「……おとうさま、おかあさま」

どうしようもなく涙が零《こぼ》れる。
現世そのものに、全てを否定されたような気がした。
胸を過《よぎ》る空虚。もう私には本当に何もないのだと見せつけられ、叶わない願いに縋《すが》る。
帰りたい。帰りたい。帰りたい。帰りたい。帰りたい。
思い返す幸福の庭。
あの頃のように父母と一緒に。無邪気に笑うことのできた幼い日々に。
ただ、帰りたいと強く願った。
「え……」
その瞬間、全てが変わった。
気付けば辺りは既に黄昏《たそがれ》に沈んでいる。目の前にはうらぶれた屋敷が。
「なにこれ……」
突然の事態に頭がついていかない。
疑問はあった。けれど、その屋敷が見慣れた場所だったから門を潜った。
足は勝手に動く。屋敷の左手を通り過ぎて一直線に庭へ向かう。
そして、辿り着く場所。
見渡せば小さな池、水仙の咲き乱れる艶《あで》やかな庭。気品ある馥郁《ふくいく》とした芳香。
濃密な花の香りにくらりと頭が揺れる。

ぱちゃん、と水音を奏でた。池の鯉《こい》が暴れたのだろうか。

「ここは……」

間違いない。この場所は私が生まれた屋敷。遠い幸福の庭だ。

「あらあら、あんなにはしゃいで」

いつの間にか縁側には二人の男女が座っている。その姿を見た瞬間、忘れたと思っていたのに自然と私は声を上げた。

「お母さま……お父さまも」

父は相変わらずの厳しい顔、でも、細められた目には優しさがあった。懐かしい声音で話しかけてくる。

「ああ、ちゃんと見ている」

「あの娘、毬つきが上手になったでしょう?」

何を言っているの?

そう思い自身の手を見る。紅葉のように小さな手はまるで幼かった頃のようで、手には失くしてしまったはずの毬があった。

いったい何が起こっているか分からない。分からないけれどそれでいいと思えた。過ぎ去ってしまった〝いつか〟がここにある。他のことなんてどうでもよかった。

——いつかは遠くなり、昔を懐かしむ。

だから私は毬をついている。

幼かったあの日々を取り戻すように。

幸福の庭にしがみつくように。

父が買ってくれた毬を、母が植えた花に囲まれて。

数え唄を歌いながら、ずっとここで毬をついている。

朧《おぼろ》に揺らめく。

結局、私は今も幸福の庭から動けずにいる。

◆

花の香気に立ち眩《くら》み、一瞬の前後不覚を起こす。

そのわずかな時間に妙な夢を見た。

見も知らぬ少女の半生。あれはいったいなんだったのだろうか。

片膝をついたまま頭を二、三度振ると何とか意識が覚醒してきた。そうして辺りを見回せば、

「な……」

そこは兄の部屋ではなかった。

似てはいる。だが、置かれた調度品など細々としたところで差異が見受けられた。

何が起こった?

驚愕しながらも親指で唇を擦りながら思索に没頭していく。

「昔ながらの武家屋敷といったところだな」

「うおぉっ」

その瞬間、いきなり隣から声が聞こえて直次は思わず数歩下がる。いつの間にか、すぐ近くに六尺近い大男がいた。

「じ、甚夜殿?」

「だが、造りが三浦家とは違う。どうにも、お前の兄の部屋とは別の場所に迷い込んでしまったらしい」

彼もまた差異を感じ取ったのだろう。部屋を鋭い刃のような視線で観察している。しかし、それよりも直次には気になることがあった。

「……あの、甚夜殿」

「どうした」

「一応確認しますが、先程まで貴方は傍にいませんでしたよね?」

確認するまでもなくいなかった。直次は先に定長の部屋を訪れ、後から誰かが入ってきた様子もなかった。事実、数瞬前にはその姿が見えなかったというのに、何故彼は当たり前のようにいるのだろうか。

「なに、ちょっとした大道芸だ」

――慣れてくるとこのままでも使えるようだ。

怪訝《けげん》な視線を送るも、甚夜は平坦な調子で言う。

結局、彼がいつの間に現れたのかは分からないままだった。

「で、今のを見たか？」

「今のとは」

「火事の景色。鬼となり放浪する童女。あり得ないはずの、かつて住んでいた屋敷」

淡々と語られる内容に驚愕する。それは意識を失った瞬間に見た奇妙な夢だ。

「見ましたっ。では貴方も？」

甚夜が無言で頷き肯定の意を示す。

やはり彼も見たのか、そう思うと同時に驚きは段々と薄気味悪さへ変わっていく。

「二人が同時に同じ夢を見るなど……」

「単なる白昼夢ではない、か」

己が今まさに怪異の中心にいるのだと理解した。背筋にぞわりと嫌なものが走る。対する甚夜は慣れているせいだろう、いつもの仏頂面を維持している。

「当たりだな」

表情こそ変わらないものの声音は「幸運だ」とでも言わんばかりだった。

「それはどういうことですか？」

「現世ではないどこかを住処にした鬼がいた。ならば……」

そこまで聞いて思い至る。そうだ。確かに彼はこれを推測していた。

兄は消える前、娘に逢いに行くと言った。ならばその娘こそが鬼ではないか。そして、兄は現世とは隔離されたどこかに連れ去られたのだと。つまり——

「兄は、ここに連れ去られた？」

「連れ去られたのか、自ら足を踏み入れたのかは分からんが」

息を呑む。散々探しても見つからなかった兄の影が、ここにきてようやく見えてきた。

「しかし、何故気付いたのですか？　兄が現世とは隔離されたどこかに連れ去られた。それは確かに正しかったのでしょう。ですが正直に言えば、発想が突飛すぎてその結論に至る道筋が分かりません」

現状が理外ならば、眼前の浪人もまた常識の範疇にはいない。直次は純粋な疑問をぶつけたが、甚夜は振り向きもせず「私はそれなりに花には詳しい」と返すだけだ。そのまま会話もそこそこに部屋から出て行こうとする。

「あの、どこへ」

「ここで突っ立っていても仕方あるまい。少し辺りを調べる」

「確かに。ならば私も」

二人は並んで廊下へ出る。外は黄昏《たそがれ》に沈んでいるのだろう。廊下の先は暗すぎてまるで見通せない。鬼の住処ということもあり、ことさら不気味に感じられた。

板張りの床は老朽化しているように見えるが、踏み締めても家鳴りはしなかった。造りは甚夜の言う通り昔ながらの武家屋敷である。三浦家と大差ないため、さほど迷わずに玄関へ辿り着くことができた。

玄関から外へ出れば、一面に広がる仄暗い空。黄昏の色がうらぶれた、しかし風格のある屋敷にはよく似合う。門も立派なもので、おそらく住んでいた武士は低からぬ身分だったのだろう。

「この閂《かんぬき》、力を入れても動きませんね」

外には出られるのだろうかと試してみたが、結局、閂は抜けなかった。どうやら閉じ込められたようだ。

甚夜も近付き閂に力をこめる。だが、やはり動かない。重いというより、そもそも固定されているのか軋《きし》むこともなかった。

「やはり簡単に出られる場所ではないらしいな」

言いながらも慌てないあたり、噂の夜叉の肝は据わっている。困惑している直次とは違い、甚夜は現状を把握しようとなにやら思索を巡らせている様子だった。

「おそらくは、あの童女が此度《こたび》の怪異を引き起こしたのだろうが。閉じ込める力……いや、それだけでは先程の白昼夢の説明がつかない」

慣れている彼はともかく直次には自分を取り巻く状況が理解できず、力とやらがなんなのかも分からない。手間をかけるのは申しわけないが、おずおずと問いかけた。

「すみません、閉じ込める力とはいったい?」

「鬼は百年を経ると固有の力に目覚める。中にはもっと早く目覚める者もいるがな。遠い未来を見通す。膂力《りょりょく》を異常なまでに高める。個体によってそれは変わるが、高位と呼ばれる鬼は一様に異能を身につけているものだ」

「ではここや、白昼夢の少女が見た屋敷もまた力によって生み出されたもの、ということでしょうか」

「……だと思う」

「はっきりしませんね?」

「いや、いったいどのような力を使えばこのような現象を起こせるのか、それが分からん」

とりあえず出るには力の謎を解くか元凶を討たねば。そう言って甚夜は再び思索に没頭していく。

これ以上邪魔をしては悪い。直次は質問を止めて辺りを見回した。

情けないが自分にできるのは精々周囲を警戒しておくくらいだろう。どんな変化があっても見逃さぬように注意を向ける。とはいえ辺りには彼ら以外に誰もおらず、動くものどころか風も吹かない。屋敷は全くの無音だった。ここまで音のない場所というのも不思議だ。あまりの静けさに耳鳴りがするほどである。

ぽぉん……ぽぉん……。

そう思っていた矢先、遠く近く、かすかな響きが耳に届いた。規則正しく鳴っている。普通なら聞き逃してしまうくらいかすかなその音も、周囲から音の消え失せたこの屋敷ではよく通った。

「甚夜殿」

「どうした」

「音が聞こえます」

集中していたからか甚夜は気付かなかったらしい。直次の指摘に、二拍ほど遅れて異変を察知したようだ。

ぽぉん、ぽぉんと規則的に軽妙に。

――ふたつ　ふるさとはやとおく

次いで数え唄が。

そこでようやく、あれが毬をつく音なのだと知る。

直次はぶるりと身を震わせた。歌声は先程兄の部屋で聞いたもの。幼くも澄んだわらべうたは異界へと誘う幽世《かくりよ》の調べだ。

「屋敷の主からのお誘いだ」

甚夜は冗談めかして口角を吊り上げると左手を刀へ伸ばした。鍔《つば》に親指がかかる。鬼との対峙を前にして空気が張り詰めた。

「庭の方ですね」

「行くか」

小さく頷き合って二人は歩みを進める。

屋敷の左手を通れば、すぐその場所に辿り着いた。

花が咲き乱れる白昼夢で見た通りの庭だった。そして、その中心には体格のいい男と毬を抱えた童女がいた。

「兄上……!」

目を見開く。それは間違いなく兄、定長だった。

ようやく見つけた。直次はその姿を確認すると同時に駆け出そうとする。

くらり、もう一度、頭が揺れた。

再び花の香が立ち込めて足がもつれる。近付こうとしても意識が朦朧《もうろう》として上手く動けない。それでもどうにか前を向く。

滲む視界の向こう側に、あたたかな景色を見た。

◆

「お前は、もうここで長いのか？」

庭先に毬を抱えた童女を見つけた三浦定長兵馬《みうらさだながひょうま》は、片膝をついて視線を合わせながら問う。

『百年以上ここにいる』

「百年っ⁉　そいつぁ豪気だ」

見た目は五、六歳の幼い娘だが百を超えるという。にわかには信じがたいものだったが、不思議と嘘には思えなかった。

「その間ずっと一人か？」

娘は無表情で頷く。瞳には何の感情もなかった。

毬は大事なものなのだろう。失くさないように両の手でしっかりと抱えている。その姿は、しがみ付いているようにも見えた。

『言ったでしょう。帰る道はなくなったと。私はここから逃げられない』

定長がここに辿り着いてから、どれだけの時間が流れただろう。数え唄に誘われて訪れた幽世。最初は恐ろしいだけだったが、一人毬をつきながら数え唄を歌う童女がどうにも気になり、気がつけば結構な時間が経っていた。

童女はほとんど自身について語らない。それでも根気よく話し続けてみれば、ぽつりぽつりとだが教えてくれるようになった。

正体は鬼であり両親は既に亡くなった。この屋敷の秘密について。ここには百年以上一人でいる等々。

実をいうと定長がここに来たのは単なる偶然で、今も決して閉じ込められているというわけではなかった。曰く、彼の住む屋敷とこの異界が何故か繋がり迷い込んでしまったそうだ。したがって童女には何の悪意もなく、定長はどうにもこの娘を責められないでいた。

『早く帰りなさい……長くいれば、貴方も帰る場所を失くすことになる』

童女は定長の存在を決して歓迎してはいなかった。

屋敷の主である彼女ならば簡単に現世へと送り返せるらしく、事あるごとに元の居場所へ帰るよう促された。しかし定長はその度に抵抗し、ほとんど無理矢理に居座った。今も聞こえないふりをして、呑気に花を楽しんでいる最中だった。

「お、きれいな花だな。俺は花の名なんかしらねぇが、これはきれいだと思うぜ」

この花はなんて言うんだ？

彼女は何の感情もこもらない瞳のまま、それでも問えばちゃんと答えを返してくれた。

『……沈丁花《ジンチョウゲ》』

「ほう。甘酸っぱくていい匂いだ。食ったらうまいかな」

砂糖でも持ってこりゃよかった。大真面目に馬鹿を言えば、童女は本当に小さくだが顔を綻《ほころ》ばせた。

「お、ようやっと笑った」

目敏《めざと》くそれを拾った定長は、彼女に微笑みかける。

最初から閉じ込められてはいない。幸福の庭を離れられない一番の理由は、単にこの娘を心配していたからだ。戻ってしまえば彼女はまた一人ぼっちになってしまう。後に待つのは百年を超える孤独な歳月だ。そうと分かっていながら童女を見捨てることなど、定長にはできなかった。

『もう、いい加減、貴方は帰った方がいい』

無防備なところを見られたのが恥ずかしかったのだろう。童女はことさら無表情を作り、今まで何度となく言い、それでも聞き入れられなかった言葉を口にする。

「さて、今日の昼飯は何にするかな。我ながら腕があがってきたと思うんだが、よし、ここは一番の得意の蕎麦を」

『ちゃんと聞いて』

定長はいつものように誤魔化そうとしたが、今回はそうもいかない。幼い娘とは思えぬほど強い語調には有無を言わせぬ迫力があった。

『貴方にも家族はいる。帰る場所だってあるでしょう？　それをくだらない同情なんかでふいにしては駄目』

「しかしだな」

『ここは幸福の庭。ここにいればお父さまともお母さまとも会える。だから貴方はいなくてもいい。むしろ……邪魔なの』

その裏には優しさが確かにある。定長を案じて紡がれたのだと分かる。けれど彼女には、だからこそ聞き入れられないのだとは分からないらしい。

やれやれと呆れたように優しい溜息を一つ。まったくこの娘は。そんな風に言われて帰れる男がいるはずもないだろうに。

「お前は勘違いしてる。いいか、家があって人がいるんじゃない。人がいて家があるんだ。だから、人が笑えないのならそこは家じゃない」

『なにを』

「だからここは家じゃない。本当はお前だって分かってるんだろう？」

『それ、は……』

急所を突かれて童女は押し黙った。

まるで苛めているようだ。そう感じた定長はせめてもの詫びとして優しく娘の頭を撫でてやる。

「分かった。じゃあこうしよう。お前がここを離れてくれるなら、俺も出ていこう」

『そんなの無理』

「なぜだ？」

『私にはもう、この庭しか帰る場所がない』

「なら簡単だ。俺の家に来い、ああいや、二人一緒に暮らす方がいいか。うん、そうだな。なぁ、俺の娘にならないか？　俺も家を捨てるから、外でのんびり暮らすんだ」

我ながら悪くないと思い提案してみたが、それでも相手は頑《かたく》なだった。

『私はここから逃げられない。それに貴方をお父さまとも思えない』

「あー、振られたか。まあいいや。お前さんの心変わりをゆっくり待つさ」

もともと重苦しい話し方は苦手だった。だからいつものように軽い調子で言えば、童女は少しだけ残念そうにしていた。

ああ、冗談とでも取られたのか。ならば、と改めて真剣な表情で向き合う。

「言っとくけど俺は本気だからな。もし、お前が俺を父と思える日が来たなら、その時は一緒にここを出よう」

先程も冗談なんて言ったつもりはない。誰に恥じることもない掛け値のない本心だ。

今度はしっかりと伝わったようだ。小さく息を呑むのが分かった。

『そんな日は来ない』

そう言って彼女は、ふい、と顔を背けてしまうが、ほんのり頬は赤い。

そんな幼さが嬉しくて定長は声をあげて笑った。

「ならしゃあねえ。俺がずっとここにいてやるさ」

そうして定長は快活な笑顔を見せ——

◆

——瞬《まばた》きの間に、その姿は消え去った。

「え……兄、上？」

すぐそこにいたはずの直次の兄が今はもういない。

突然のことに、甚夜の横で直次が狼狽している。

いったいこれはなんだ。何が起こった。

二人が庭の中心に辿り着く頃には誰もいなくなっていた。いや、そこには毬を抱えた童女だけが、一人立ち尽くしていた。

『ここにはもう誰もいない……なにも残っていない』

呟きは誰に向けられたものか。

幼いが透き通った、涼やかな声だった。

人形のように整った容姿。瞳は赤い。

「兄上はどこに」

直次の問いかけに、少しだけ童女の瞳は陰ったような気がした。

おそらくは、この鬼女こそが元凶なのだろう。しかし、彼の気性では娘子に乱暴な態度はとれないらしい。あくまで感情を抑えて絞り出すように問いを突き付ける。

「どこにやったと聞いている」

わずかに語気が強くなっても娘は何も言わない。ただ、まとう憂いだけが濃くなった。

望む答えが得られず耐えられなくなったのか、直次は崩れ落ちるように膝を、額を地につける。

「兄を、返してください……お願いします」

土下座までして童女に頼み込む。武家の生まれである彼にとって、それはいかな屈辱だろうか。肩を震わせてひたすらに直次は懇願する。

それでも童女は何も言わなかった。むしろ、彼女こそが涙を堪えているようにさえ見える。

無駄だ、たまらず甚夜は声をかけた。

直次の肩に触れると感情に任せた激しい言葉が返ってくる。

「何故無駄なのですか！　貴方も見たでしょう、兄は確かにいた！」

ようやく見つけた兄の手がかりだ。必死の形相には彼の内心がよく表れている。だからこそ甚夜はただ首を横に振り、言い聞かせるように告げた。

「花には咲く季節がある」

「何を言っているのですか、貴方は……！」

直次が食って掛かるが、それには取り合わず黙殺する。ここから先は今回の怪異の根幹だ。嫌でも聞いてもらわねばならない。

「お前が言ったのだろう。水仙の花が兄の部屋にあった、と。だから私は、定長殿はこの世ならぬ場所へ連れ去られたのだと気付けた」

「だから何をっ！」

甚夜の意図が理解できない直次は、苛立ちをぶつけるように叫ぶ。

「三浦殿、水仙は冬の花だ」

抑揚のない声で返すと、一瞬時が止まった。

水仙は冬から春にかけて咲く花である。そして、春先に咲くものは総じて花弁が一回り大きい。直次が見せてくれたような小さな花弁は早咲きの水仙で、冬に咲くのだ。

「こうも言ったな。春先にいなくなったと。そして今は秋……ならば、いなくなった兄君はどこで水仙の花を手に入れた」

定長がいなくなった期間は春先から秋。単純に考えて、彼が小さな水仙の花を手に入れる機会など存在しない。その上で部屋に咲くはずのない花があったというのなら、それは彼が現世とは違う季節の流れる場所に、「違う時を刻む異界」に足を踏み入れた証左となる。

「ですが、兄はいました」

「ああ、いた。以前は確かにいたのだろう」

「それはどういう意味ですか」

「私はどうすれば定長殿が水仙を手に入れられるかを考えていた。咲くはずのない水仙が咲く場所。おそらくは鬼の力によって生まれた、現実とは違う時を刻む異界。それは予想できていた。しかし、今の景色では……沈丁花《ジンチョウゲ》が咲いていた」

直次にとっては酷な話だが伝えねばなるまい。解決するつもりで怪異に首を突っ込んだ。しかし、本当は既に終わっていたのだと。

「初めはな、異界ではずっと水仙が咲いていると思っていた。だから、そこは人の理の届かぬ時の止まった異界だと推測していた……だが違った。沈丁花は春を告げる花。季節の花が咲くのなら時は流れている。ただ、速さが現世とは違うのだ。それ故、季節外れの花が咲く」

問題は速いのか遅いのか。

遅いのならばよかった。さしたる問題はない。

だが、鬼女の言葉が真実ならば。ここには誰もおらず、何も残っていないというのならば。

「おそらく、この異界では――」

『現実よりも遥かに速く時が流れる』

言葉を継いだのは、今まで何の反応も見せなかった童女だ。

予想は当たっていた。この異界では現世よりも速く時間が流れる。おそらく定長を取り巻く怪異は既に結末を迎えており、今さらあがいたところで何の意味もないのだ。

『ここは既に失われた場所。かつて幼い私が過ごした幸福の庭……』

語り口は軽やかだ。なのに冷涼な響きはかすかな寂寞《せきばく》を含んでいる。

『百年を経て、私は力に目覚めた。かつてあった幸福の庭を作り出す力。でも……』

「あらあら、あんなにはしゃいで」

視線を屋敷に向ければ、いつの間にか縁側には二人の男女が座っている。

「ああ、ちゃんと見ている」

「あの娘、毬つきが上手になったでしょう?」

仲の良さそうな夫婦。しかし次の瞬間には消え失せる。

最初からいなかったように、名残さえ感じさせなかった。

『私の力は〈夢殿《ゆめどの》〉。箱庭を造り思い出を映し出す。ただそれだけの力。閉じ込めることなんてできない。この力にできるのは、ただ昔を懐かしむだけ』

つまり先程の夫婦も白昼夢も、定長の姿も彼女の思い出。現実ではなく他人も見ることのできる夢。娘の力の正体は「思い出の再現」なのだ。

童女は逃げられないと言った。それは物理的な意味合いではなく、単に彼女が幸せだった頃の思い出から離れられなかっただけ。屋敷に囚われていたのは定長ではなく、創り出した鬼女の方だった。

『だから、箱庭の中では外の世界よりも遥かに速く時が流れる。そして、箱庭にいる者は外の世界から忘れられていく。いつだって大切なものこそ簡単に失われる……思い出はどうしようもなく時の彼方に押し流され、忘れられていくものだから』

でも、と童女は悲哀に満ちた瞳で遠くを眺める。

『私だけは、その流れについていくことはできないけれど』

それが、この異界の法則。鬼女は時の流れが速まった箱庭にいたとしても、外と同じ時間を刻む。ここは彼女の夢見た場所でありながら、理想には今一歩届かぬ願い。

誰もいない幸福の庭。この場所にいる限り幸せな思い出に浸れるが、いつまでも一人でいなければならない。〈夢殿〉では誰もが彼女より早く寿命を迎える。流れ去る幸福の日々に取り残されてしまった彼女は、その速さについて行くことができないのだ。

「ならば、兄上は」

直次の声が震えている。ここが外の世界よりも遥かに時間の流れが速いとするのなら。もう誰もいないと言うなら。屋敷から出ることを選ばなかった定長は――

「もしや既に……」

問いを受け止めた童女は、まっすぐに直次を見据えた。

『ここにはもう、誰もいない』

だから本当は最初から終わっていた。探そうとした時点で、探すべき兄はいなくなっていたのだ。

「そん、な……」

直次は力なく項垂《うなだ》れた。

瞬間、先程まで無風だった庭に強く風が吹き付けた。

『さよなら……そして、ごめんなさい。私があなたのお兄さまを奪ってしまった』

悔いるような響きを呼び水に風が吹き荒れる。花がしなり花弁が舞った。

吸い込まれるように空へ帰る花弁。砂のようにさらさらと屋敷が形を失くしていく。

『でも、ありがとう。私は兵馬に救われた』

何もかもが希薄になっていく。

幸福の庭が終わる。それが肌で感じ取れた。

『目を覚ませば、元の場所に帰れる。だから安心して』

優しげな幼い外見に見合わぬ柔らかさ。

元々この娘は、誰かを閉じ込める気などなかった。此度《こたび》の定長の件は偶然が引き起こした事故のようなものにすぎない。彼女は最初から甚夜達をどうこうしようとは思っていなかったのだろう。あるいはここに呼んだのも、直次に兄のことを謝るためだったのかもしれない。

「娘、お前はこれからどうする」

箱庭の崩壊を眺めながら平静に甚夜は問うた。全てを失くした絶望から鬼へと転じた童女。彼女の行く末が純粋に興味があった。

『ここではないどこかに』

はっきりと透き通る声は、寂寞など欠片も感じさせない満ち足りたものだった。

『誰もいない幸福の庭に戻ることはもうない。兵馬が、私の父になってくれたから』

「お前はそれでよかったのか。ここは大切な場所だったのだろう」

『ええ、勿論』

そうして、たおやかに彼女は微笑む。

『私はずっと失ったものばかりを眺めてきた。でも、あの人は自分の人生をかけて私の大切な場所になろうとしてくれた。だから、私は幸福の庭を抜け出すの。あの人の娘になりたいって思えたから』

ああ、そうか。

つまり彼女は――

「お前は定長殿との約束を守るのだな」

――言っとくけど俺は本気だからな。もし、お前が俺を父と思える日が来たなら、その時は――

『ええ。胸を張って言います。あの人は私の自慢の父だって』

私は幸せ。失ったものは多かったけれど、私を愛してくれる父を二人も得ることができたのだから。

最後に見惚れるほどの笑顔を残して、花の香に包まれた景色が黄昏に溶ける。

そこでおしまい。

こうして、幸福の庭は終わりを告げた。

――涙は枯れ果てて、やがては……

夕焼けの空を比喩で燃えるようだという。日が落ちる間際の赤々とした眩《まばゆ》い光は美しい。けれど、目覚めてすぐに見る景色が夕焼けでなくてよかったと思う。炎を思わせる橙《だいだい》の鮮やかさよりも、黄昏時の優しさが今はありがたかった。

「戻ってきたのですね……」

夢から覚めると甚夜達は庭にいた。ただし、三浦家の庭にである。

辺りは既に薄暗く、西の空には夕陽の名残がうっすらとした赤色が滲んでいる。それがまるで残り火のように思えて、少しだけ切なくもなった。

「もしやあの幼子は、ずっとこの屋敷に住んでいたのでしょうか」

「鬼女の力は箱庭を造ると言っていた。ならば、あれは現世には存在しない場所と考えるべきだろう。ただ何の因果か、この屋敷と繋がってしまった。三浦殿の兄上は偶然にも足を踏み入れ……」

「出られなくなった、いえ、あの屋敷で暮らす道を選んだ」

目を伏せれば浮かび上がる、たおやかな鬼女の微笑み。

幼い頃、父母と過ごした庭に鬼となってまで固執した娘。偶然に出会った自分の父になると言ってくれた男。男が、そして娘が、いったい何を思って共にあろうとしたかは分からない。だがそれでも、あの娘は最後に笑っていた。ならばきっと彼女は確かに救われ、男は確かに報われたのだろう。

「兄は何故、異界に留まろうと思ったのでしょうか」

呆然とした様子で直次は庭を眺めている。

定長はあの娘が鬼であることも、現世とは時の流れが違うことも知っていたはずだ。

なのに何故、家を捨てて家族と別れてまで童女と共に過ごす道を選んだのか。

それは問いというよりも単なる独り言だったのかもしれない。しかし拾うようにして甚夜は答えた。

「案外、理由などなかったのかもな」

寂しげな鬼女。それを慈しみ、救いたいと願った男。

たとえ結末がどうであったとしても、己がどうなるとしても——

「理由などなくても傍にいてやりたかった。そういうこともあるだろう」

自分にも覚えがある。ただ傍にいるだけで幸福を覚えた頃が確かにあった。

納得がいかないのか何も言えなかったのか、直次はただ押し黙った。

甚夜もそれにならって黄昏に沈む庭を見回す。庭に花は咲いていない。今は秋、花はとうの昔に散ってしまったのだから当然だ。しかし先程まで花に満ちた庭にいたせいか、こちらの方が普通だというのに違和感さえ覚えてしまう。

もしかしたら、火事の後に建った屋敷こそが三浦家だったのかもしれない。そう考えると花の咲いていない庭は余計に寂しく思えた。

「過ぎ去りし幸福の庭、か……」

失われたものは、どうしてこうも心を捉えるのか。失ったものは失ったもの。たとえどんなに願ったとしても戻りはしない。童女は全てを失った絶望から鬼へと転じ、それでもかつての幸福に固執し続けた。

だが、そこで終わりではなかった。そんな娘を救いたいと定長は願い、彼女もまた与えられる救いを受け入れて自身が願った幸福の庭を抜け出した。

胸を過《よぎ》った感情は嫉妬だったのかもしれない。己とは全く別の強さを持つ二人があまりにも眩《まぶ》しすぎて、目を背けるように仄暗い天を仰ぐ。

幸福の庭を抜け出した鬼女は今頃どうしているのだろう。宵闇に変わり往く空を眺めながら、今はどこにいるかも分からない名も知らぬ娘子の行方に想いを馳《は》せる。

遠くで星が瞬《またた》く。近付く夜にほんの少しだけ目を細めた。

5

「あの後、母と話しました」

鬼女と出会った翌日、甚夜と直次は蕎麦屋『喜兵衛』にて顔を合わせていた。

例によってこの場所を指定したのは甚夜である。浪人の甚夜とは違って直次には勤めがある。そのため彼は、昼間にわざわざ城を抜け出してきていた。

二人は何も注文せずに茶だけを啜《すす》って話し合っている。一種の営業妨害だろうが、店主もおふうも咎める気はないらしい。むしろ愁いを帯びた直次の様子を心配そうに見詰めていた。

「何故兄を覚えていないのか、ずっと考えていたのですが……思い至って問い詰めてみました」

兄のことを口にすれば、直次のまとう愁いは一層強くなった。

「冷静になって話を聞くと、母は兄を忘れたわけではなかった。ぼんやりとは覚えていたのです。ただ母の中で、兄は二十年以上前に家を出て行った息子ということになっていました。そんな兄は既に三浦家の人間ではない、だから私が嫡男なのだそうです」

母の言は武家の生まれにしてみればある意味当然。家を顧《かえり》みない者は切り捨てられて然るべきだろう。だが、その事実こそ直次にとっては悔しかったのかもしれない。

「おそらく母は、あの屋敷で兄が過ごした時間と同じだけの年月、兄がいなくなったものと感じていたのでしょう。本当は忘れていたのではなく、忘れたかったのかもしれません。出て行った兄を思い出すのが辛くて」

思い出したくなくて忘れようとして……いつの間にか本当に忘れてしまった。

それが、あの異界に組み込まれたからくり。

忘れていくのは鬼の力ではなく人の性《さが》だ。

「家族であっても長い間離れれば名前も顔も忘れてしまう。きっと私もいつか兄を忘れ、普通に暮らすようになるのでしょう。……人は、寂しいですね」

失われた幸福を抱えて歩くのは辛くて、だから人は大切なことも簡単に忘れてしまう。

鬼女の力は、その体現だったのかもしれない。

二人は揃って沈黙し、しばらく店内に静けさが鎮座した。

静寂の時間が流れて、何かを思い出したのか直次がそれを破った。

「そうだ、もう一つ。今朝、城に納められている資料を調べてみたのですが、実際に南の武家町辺りで昔火事がありました。あの童女が全てを失った未曾有《みぞう》の大火事、あれは真実だったようです」

懐から数枚の紙を取り出す。

覚え書きらしく、それを読みながら話を続ける。

「明暦《めいれき》三年。今から二百年は前に、当時の江戸の大半を焼失するに至った大火災があったそうです。明暦の大火……振袖《ふりそで》火事、丸山《まるやま》火事の方が一般的ですね。被害は未曾有の大火事というに相応しく、外堀以内のほぼ全域、天守閣を含む江戸城や多数の大名屋敷、市街地の大半を焼失したそうです」

「そう言えば、屋敷で見た白昼夢では城の天守閣が燃え落ちていたな」

「ええ。そこから考えると、あの童女が見舞われた火事は明暦の大火に間違いないでしょう」

直次は言い終えると持っていた紙を卓の上に放り出した。

明暦の大火――死傷者は最低でも三万に上る災禍《さいか》だ。幼い娘子の心を壊すには十分な地獄だったのだろう。文字からでは当時の悲惨さを知ることはできないが、それでも童女の悲しみの一端には触れられたような気がした。

「この大火の後、江戸は都市改造に着手した。南の武家町も区画整理が行われ、三浦家の屋敷は復興計画の初期に建てられたものだそうです。これは私の想像ですが、大火以前には三浦家の敷地に……」

「あの童女の住んでいた屋敷があった」

先回りするように甚夜が言うと、直次がそれを肯定した。

「やはりそう思いますか。だからこそ、彼女の創り出した屋敷と繋がったのではないでしょうか」

「だろうな。何とも奇縁だ」

「まったくです。時を越えた出会いとでも言えば綺麗にも聞こえますが、実際のところ……」

あの童女に決定的な喪失を与えたのは直次の住む屋敷だった。たとえ自分に咎がないと分かっていても、遣り切れないものがあるのだろう。彼が落とした息にはほのかな憂いが混じっていた。

この幕切れを素直に喜べないのは、甚夜もまた同じ。此度《こたび》の怪異は依頼を受けた時点で既に終わっていた。首を突っ込んでおきながら、何も言ってやれないのだ。それが申しわけなくて、甚夜は深く頭を下げる。

「すまなかった、三浦殿。結局、私は何の力にもなれなかった」

直次は驚いたように目を見開くと、すぐさま首を横に振って謝罪を否定した。

「顔を上げてください。私は感謝しているのです」

想像以上に落ち着いた語り口だった。顔を上げ、直次と正面から向き合う。穏やかな瞳に責め立てる色はない。むしろ満ち足りているようにさえ見えた。

「兄は良くも悪くも自分の意思を強く持っている人でした。だからこそ、兄はあの童女を救うために家を捨てた。その理由は私には分かりませんが、結局、あの人は最後まで自分の意思を曲げなかった。それだけの話です」

誇らしげに笑う彼は、まるで無邪気な子供のようだった。だというのに一本芯が通ったようにも感じる。

「甚夜殿、兄はやはり私の尊敬する兄でした。それを知ることができただけで私は満足です」

兄が己の為すべきを為したように、自分もまた兄に恥じぬ生き方を。そんな決意があるのだろう。涼やかな彼の振る舞いには、言い知れぬ強さが滲んでいる。

「と、そろそろ時間ですね。すみませんが城へ戻ります」

結局、何も注文せずに直次は店を出ようとする。その背に今まで黙っていたおふうが声をかけた。

「あの、三浦様」

「おふうさん？」

「貴方のお兄さんは素晴らしい方です。誰も覚えていないとしても……自分の全てをかけて一人の女の子を救ったのですから」

誰からも忘れられた自らの兄を、彼の為したことを称えてくれる人がここにいる。それは確かに救いだったのだろう。

おふうの言葉に、直次は瞬《またた》きもせずに一筋の涙を零《こぼ》す。

「はい、兄は私の誇りです」

言い切ったその表情は晴れやかで、どこか定長の見せた快活な笑顔に似ていた。

直次が喜兵衛を去り、店内に若干の空白が転がり込む。

しばらく沈黙は続いたが、一呼吸を置いてからおふうが深々と頭を下げた。

「甚夜君、本当にありがとうございました」

「俺からも礼を言わせてくだせえ。旦那のおかげで、あの人も吹っ切れたようですし」

店主も娘にならって迷いのない感謝を向けてくる。それがどうにも落ち着かず甚夜は素っ気なく返した。

「私は何もしていない。結局は誰一人救えず、鬼も討てなかった」

「そりゃあ、仕方ないでしょ。なんにせよ、これでもう兄を探すなんてしなくなる。あのお人にとっちゃいいことだったと俺は思いますよ」

「そうならいいのだがな」

直次は結末を受け入れ、店主も満足してくれたようだ。しかし甚夜からすれば納得し切れない部分もあり、自然と眉間に皺《しわ》が寄る。

「浮かない顔ですね」

「……此度《こたび》の一件には、まだ疑問が残っている。そのせいだろう」

「疑問ですか？　そいつは例えばどんな」

とぼけたような店主の返しに、甚夜は溜息を吐いた。そして表情を引き締める。

繰り返すが、この一件には納得できない部分がある。それを明確にせねば終われない。

さて、そろそろ真に今回の怪異を紐解こう。

「例えば……そうだな。鬼女は三浦殿の兄君を兵馬と呼んでいた。しかし、私が聞いた兄の名は三浦定長だ。名前が違う」

店主が奇異の目で見ている。いったいこいつは何を言っているんだろう。そういう呆れた視線だった。

「あのー、旦那？　それは諱《いみな》なんだと思いますけど」

諱とは分かりやすく言えば本名である。日の本には古くから清（中国）と同様に、実名と霊的人格が結びついているという宗教的思想が基盤としてあった。故に本名を隠し、代わりに通称を名乗る文化が生まれた。

定長に関して言えば、姓は三浦、字は定長、諱が兵馬。この場合、通称が定長で本名が兵馬となる。

漢字文化圏では諱で呼びかけることは家族や主君などのみに許され、それ以外の人間が本名で呼ぶのは極めて無礼であるとされた。名を知ることは本質を知ることに繋がる。

本名とはその人物の霊的人格と強く結びついたものであり、それを口にするのは、その人物の存在そのものを支配するに等しいと考えられた。このような慣習は「実名敬避《じつめいけいひ》俗《ぞく》」と呼ばれ、日本に限らず多くの地域で行われている。

「しかし、武士の諱は基本的に主だけが知るものだろう」

「いや、でも家族なら諱を知っていてもおかしくないですよ。その娘が兵馬って呼んでたのは、単にその兄貴が家族と認めたってだけの話でしょう。いったい何が疑問なんです？」

ああ、その言葉をこそ聞きたかった。

瞬間、ぎらりと甚夜の目が鋭さを増した。

「ところで、以前言っていたな。三浦殿の母親は、刀に目がない息子をよく叱ったと」

「へ？　ええ、まあ」

「どのように叱っていたか、もう一度教えて欲しいのだが」

「そりゃ……あ」

わざとらしい言い回しに、甚夜が何を言いたいのかようやく理解したようだ。

――母親にも、在衛、いい加減になさいなんて叱られて。

懐かしさに気が緩んだのだろう。以前、笄《こうがい》について話した時、店主は直次を別の名で呼んだ。あれが三浦直次の諱だったのは想像に難くない。

「いやあ、それはそのまんま直次様のおっかさんが言っていたのを聞いただけでして。別に大した話でもないですよ」

平然としているのは年の功か。とぼけ具合は見事だが、残念ながらその言い訳は通用しない。

「私も会ったが、いい母親だな」

弁明をほとんど無視して直次の母を褒める。店主は戸惑った様子だったが、甚夜からすればこの話こそが核心に近い。なにせ彼女の振る舞いこそが、今回の怪異の真相を教えてくれた。

「へえ、そうですかい？」

「ああ。それにやはり三浦殿の親だ、きっちりしている。浪人相手にも礼儀をもって接し、他人の前で迂闊《うかつ》な発言はせず、息子を常に直次と呼んでいた」

しまった、と焦りが浮かぶ。だが、もう遅い。おそらく店主は知らなかった。直次の母親が家族以外の前でどう振る舞うのか、家を重視しない彼では知りようがなかったに違いない。

「さて、あなたはどこで在衛という名を、『主か家族しか知らないはずの諱』を知ったのだろうな」

ここにきて店主の動揺が明確になった。

どうやら当たりだ。逃がすつもりはないと追及を続ける。

「三浦殿は寿命で兄が死んだと思っていたようだが、鬼女はここにはいないと言っただけ。鬼は嘘を吐かないが真実は隠すもの。故に、兄君は生きて現実に戻ってきたのだと私は考えている」

三浦定長は鬼女の屋敷に迷い込んだ。そこは通常よりも時間が速く流れる異界。彼は二十年以上を屋敷で過ごし、しかし途中で出ることができた。するとどうだ。自分は二十以上齢《よわい》を重ねたというのに、現実ではひと月も経っていない。一人年老いてしまった定長は帰る場所を失くしてしまった。三浦家に帰ったところで、父母も弟も自分が定長だとは信じないだろう。故に家には戻らず市井へと下った。金の出どころは彼自身の持ち物か鬼女の貯蓄かは分からないが、古い建物を買い叩いて、江戸の町で蕎麦屋を開き現在に至る。

「……というのが私の推測だ。間違っているところがあったら訂正してくれ、三浦定長殿」

店主は逃げられないと理解したようだが、それでも最後の抵抗をみせた。

「鬼女の屋敷は時間が速く流れるんでしょう？　そこに閉じ込められたんなら、定長様はとっくに死んでいるんじゃないんですかい？」

「それはない」

戯言をにべもなく切って捨てる。

確信に満ちた物言いに、「なんで、分かるんです?」と店主が素直に問う。

そんなもの改めて言うまでもないほどに分かり切っている。

「あの娘が笑ったからだ」

思い出すのは幸福の庭の終わり。全てを失った童女の見せた見惚れるくらいの笑みだ。

「定長殿が死んだとは思えない。あの娘が笑えるのは父がいてこそだ」

失った過去は今も胸を焦がし、けれど喪失を上回る優しさがあった。少女の笑みは幸福に満ちていた。定長が生きていると知れた理由など、あの笑顔一つで十分だった。

「まいった……旦那はずるいですよ。そんな言い方をされたら、否定なんてできるわけがない」

それはそうだろう。ここで自分が定長ではないと否定することは、彼を父と慕った娘の純粋な思いを踏み躙《にじ》るに等しい。そこまで来てようやっと店主は両手を上げて降参し、甚夜が語った内容は全て事実だと認めた。

「いつから気付いてました?」

「最初からと言いたいところだが、気付けたのは全てが終わった時だ。違和感はいくつもあったがな。諱《いみな》もそうだし、これもだ」

言いながら懐から笄《こうがい》を取り出す。以前店主から預かったそれは、元々は直次からの贈り物だったという。

「蕎麦屋の店主に刀装具などおかしいとは思った。これは〝店主〟にではなく〝定長殿〟に贈ったものなのだろう？」

「それで合ってます。在衛は、俺ががしがしと頭を掻く姿がどうにもよろしくないと思ってたらしくて、こいつをくれたんですよ」

武士とは礼節を重んじるもの。頭を掻くのがみっともないと思うものもいるだろう。そういう時、髷《まげ》を崩さぬように頭を掻くための道具が笄だ。蕎麦屋の店主への贈り物には妙だが、相手が武士ならば納得はできる。

「『どっちにしろ、これは俺にはもう必要ないんです』。言った通りだったでしょう？」

それは「こんなものは必要ない」ではなく「武士から蕎麦屋の店主になった今、笄など必要なくなった」という意味だった。店主は嘘を吐いたわけではないし、誤魔化しもしなかった。ただ、甚夜が気付かなかっただけの話だ。

「名乗らないのか。三浦殿は兄を心底尊敬している。無事を知れば喜ぶだろう」

「旦那、俺はね。小さい人間なんですよ。家を守ることと、あの娘を守ること。どっちも選べるほど強くはなれなかった。だから、俺はより守りたいものだけを残した。その時点で俺には三浦の姓を、あいつの兄を名乗る資格なんてないんです」

「だが」

「俺はもう三浦家の長男じゃなく、ただの蕎麦屋の店主です。今さら名乗るつもりはありません。それに、あいつだって子供じゃないんだ。俺がいなくたって立派にやっていけますよ。ああ、その笄は旦那に差し上げます。俺にはもう必要ないですから。売るも捨てるもご自由に」

甚夜が溜息を吐いて笄を懐に戻せば、店主は「すみませんね」などと軽く言う。

気安い態度に見えて、きっぱりとした否定。この男も相当に頑固だ。もっともそういう男だからこそ孤独な鬼女にこだわった。これ以上は何を言っても無駄だろう。

「しっかし、理由が分からない、か」

直次が言った科白《せりふ》を反芻《はんすう》して店主は苦笑を零す。

「まだまだあいつにゃ精進は必要ですかね。ちなみに旦那は分かりますか？　俺が、なんであの娘の父親になろうとしたのか」

にやにやと笑いながら問う。試すような挑戦的な視線だった。

一度茶を啜り、まさに茶飲み話のような気楽さで甚夜は言う。

「さて、な。理由などなかったんじゃないか？」

強いてあげるのならば、自分がそうと決めたというくらい。家名よりも親兄弟よりも、譲れない己の方が重かったのだろう。

投げ捨てるような答えはどうやら正解だったらしく、店主は満足げに頷いた。

「はは、その通り、大した話じゃないですよ。ただ、俺はあの娘が寂しそうにしているのが嫌だった。だから一緒にいると決めた。一度決めたんなら、他人には理解できなくてもそれを為すのが男ってもんでしょう？」

たとえ誰にも理解されなくても、全てを捨てることになったとしても、俺には自分からはみ出るような生き方はできなかったんです――そう締め括った店主には、後悔など微塵《みじん》も感じられない。ただ己の為すべきを為したという誇らしさだけがあった。

「大体てめえの決め事なんぞ、他人が聞いて分かるもんじゃないでしょうに」

結局、定長は自分がそうしたいと思ったことをしただけ。結果として鬼女は救われた。それだけの話だ。難しく考えるようなことではない。

「ああ、そうだな。己の理由なぞ余人に理解してもらうようなものでもない」

「さすが、分かってらっしゃる。伊達に長生きはしてませんね、鬼の旦那」

その一言に今度は甚夜が固まった。

……なんで、それを。

そんな意を込めて店主を見れば、からからと笑っている。

「俺は二十年以上鬼と過ごしたんですよ？　なんとなく雰囲気で分かりまさぁな」

勝ち誇った意地の悪い表情。

強張る体を何とか動かし、平静を装ってもう一度茶を啜る。気付かれぬように小さく深呼吸をすれば、ほんの少しだけ胸中も落ち着いたような気がした。

「そう言えば、あの童女は元気でやっているのか？」

咳ばらいを一つ、話題を変えるために問うてみる。話題を変えたつもりだったが、実際は何も変わっていなかった。

「へ？　そこにいるじゃないですか」

意外だ、という風に間髪を入れず店主が顎《あご》をしゃくる。

そちらに振り返ると、いつも通りの綺麗な立ち姿でおふうが笑っている。そして彼女が一度目を伏せ、再び開いた時には……赤い瞳があった。

「……どうりで都合良く鬼女の屋敷に入れたわけだ」

やられた。

心底そう思ってしまった。

今回の件は、最初からこの二人の掌の上だったのだ。直次はいなくなった兄の行方を憂いていた。おおかた直次がそれを吹っ切れるよう、話を進めていく案内人として甚夜が選ばれたのだろう。何というか、上手く使われてしまった。

「ね、言ったでしょう？　まだまだ子供だって」

苦々しく顔を歪める甚夜が面白いのか、くすくすと笑っている。もう一度瞬《まばた》きすれば、おふうはまた黒い瞳に戻っていた。

鬼は齢を重ねても外見は変化しない。ある程度成長してしまえば、そこで老化は止まる。実体験として知っているのに何故それを考えなかったのか。己の迂闊さに頭が痛くなってくる。

「お前からすれば、私は確かに子供だろうよ」

何せ相手は二百年近く生きている。それに比べればこちらは子供も子供、歩みも覚束《おぼつか》ないひよっこだ。彼女でなくとも子供扱いしたくなるというものである。

「で、どうします？　甚夜君は鬼退治が仕事だということですけど」

ゆったりとした笑顔でおふうが聞いてくる。

確かに、鬼の討伐は甚夜にとって必須と言える。妹は遥かな未来で全ての人を滅ぼすと語った。それを止めるために力を求める。そして、そのためには高位の鬼を喰う必要があった。これまで、たった一つの理由のために生きてきた。

ならば甚夜の一言など決まっている。

「……とりあえず、かけ蕎麦を」

「はい、お父さんかけ一丁」

「あいよっ」

店主が小気味よく返事をする。

おふうは相変わらずたおやかな笑みを湛《たた》えたままだ。

それにつられたのだろう。甚夜の表情も随分柔らかくなっていた。

彼女の力は戦いに向かない。故に喰らう意味などない。脳裏に浮かんだ考えは言い訳めいていたが、気付かないふりをしてそのまま受け入れる。

自嘲から溜息を落とす。全く相も変わらず惰弱《だじゃく》な男だ。しかし今だけは、強くなりたいとは思えなかった。

「ふふっ」

「……何を笑っている」

「嬉しいから笑ってるに決まってるじゃないですか。ほら、やっぱり『それしかない』なんて嘘ですよ」

いつかの言葉を笑顔で否定する。気付けば店主も笑っていた。

歪なようで、けれど温かい。不可解な親娘はそれでも幸せそうである。

「あいよ、かけ一丁」

「はーい！」

全てを失った鬼女と彼女を救った男。

血の繋がらない、種族さえ違う、それでも二人は家族だった。

上手く利用されてしまったというのにその事実が何故か嬉しくて、甚夜はしばらく頬杖をついて眼前に広がる幸福の家を眺めていた。

その昔、全てを失った娘がいた。

父を亡くした。母を亡くした。家を失くした。

思い出ごと根こそぎ奪われた。

「あの娘は、鬼だ」

そして彼女は自分自身さえ失くし、絶望の果てに鬼女となった。

それでも歳月は無情なまでに流れ往く。花は枯れ、季節は移ろい、水泡《みなわ》の日々は弾けて消える。時の流れは留まることを知らない。あまりにも速すぎる激流の中では、きっと誰もが大切なものさえ手放し失ってしまうだろう。

失ったものは失ったもの。それが返ることは決してない。

だが、忘れてはいけない。失くしたものが返ってくることはなくとも、新しい何かが道行きの先に見つからないとは限らないのだ。

さて、幸福の庭を抜け出した鬼女が、それからどうなったかというと——

「はい、お待たせしました。かけ蕎麦です」

彼女は、まるで鮮やかに咲く花のように微笑む。

——今は、江戸の蕎麦屋で看板娘などをやっている。

短編　九段坂呪い宵

1

嘉永《かえい》六年（1853年）・冬。

日本橋近辺、通りに面した茶屋で善二は休息をとっていた。

今朝は随分と冷え込み、その分喉を通る茶の熱さがことさら心地よく感じられる。しかし、どうにも寛ぎきれないのは傍らにある荷物のせいだろう。

「どうしたもんかな、これは」

長椅子に置いた包みを見て思わず肩を落とす。

包みの中は一枚の浮世絵だった。

商家の手代を務める彼は、それなりに目が利く。件の浮世絵は大量生産の錦絵《にしきえ》ではあるが、なかなかの出来だ。なのに嫌な顔をしてしまうのは付随するいわくのせいだ。

「九段坂《くだんざか》の浮世絵ねえ」

包みに入れたのは、あまり衆目に晒《さら》したくないからだった。

この絵の持ち主は既に逝去している。一人夜道を歩いていたところを何者かに殺されたらしい。それだけならば辻斬りの類で終わる話だが、遺体は引き千切られたように無惨なものだった。およそ人の手で行える殺し方ではなく、どうしたことかと騒がれている中、遺体のすぐ傍にあったのが九段坂の浮世絵。なんでもこれには鬼の絵という噂があり、「もしや祟《たた》りでは？」などと囁《ささや》かれているそうだ。

そんな物騒なものを善二が手にした経緯は、非常に簡単である。亡くなったのは須賀屋のお得意様の一人で、その妻が処分に困って押し付けてきたのだ。そっちで勝手に燃やすだの供養するだのしてくれとでも言ってやりたかったが、客に強弁もよろしくないと、結局こうして受け取ってしまった。

「恐ろしいしどうすればいいのか分からないって、そんなもん人様に任せんなよ。俺は拝み屋じゃねえぞ」

当然ながら内心は不満しかなく、溜息だって零《こぼ》れるというもの。善二は今後のことをつらつらと考えながら勘定を終え、のっそりと腰を上げた。

「しゃあねえ。とりあえずは、餅屋にでもいくとしますか」

何事も専門に任せるのがいいと、先程の悪態は棚に上げて行き先を決める。けれど、そういう心持ちがいけなかったのかもしれない。立ち上がり歩き始めた瞬間、道行く人に肩をぶつけて思わず荷物を落としてしまった。

気ぃ付けろ。ぶつけられた罵声に苛立ちつつもともかく拾わねばと包みを探すが、それも一瞬遅かった。

「あ」

なんとも悪い偶然は重なるものだ。包みはちょうど走り抜けようとする通行人の足元に落ちて、そのまま無残に踏み付けられた。

◆

父親というと、どうしても元治の姿が過《よぎ》る。命懸けで鬼に戦いを挑んだ遠い背中を今も覚えている。甚夜にとって飄々《ひょうひょう》としながらも芯の通った義父は憧れだった。

だからといって、実の父を軽んじるわけではない。失ったものが増えた分、重蔵の嘆きにも理解が及ぶようになった。しかし同時に、彼はもう奈津の父なのだとも考えてしまう。

正直なところ、甚夜は重蔵との距離を今一つ掴みかねていた。それがこのように向かい合って茶を飲むことになるのだから、全く現世は何が起こるか分からぬものだ。

「まずは喉を湿らせるといい」

「遠慮なく」

須賀屋主人の私室に招かれた甚夜は、勧められるまま茶碗に口を付ける。裕福な家だけに出す茶も菓子も質が高い。

茶を啜《すす》る重蔵の姿は記憶よりも随分と皺《しわ》が多い。この人も歳を取ったのだと、あらためて思い知らされる。代わりに表情は、記憶よりもいくらか穏やかであった。

「さて。早速になるが、一つ頼みごとがあってな」

一呼吸を置いて、やおら重蔵は話を切り出す。以前に結んだ縁から甚夜は再び呼び出されたが、当然ながら男二人で一服するためではない。またも怪しげな事件がらみの依頼だった。

「ひとところで商売を続けていると、横の繋がりも出てくる。伝馬町にある絵草子屋の主人が、奇妙なものを仕入れたとこちらに話を持ってきた」

「奇妙なもの？」

「鬼の絵だそうだ」

物言いは重々しいが、重蔵の顔に嫌悪は浮かばなかった。過去を吹っ切ったのか、感情を表に出さないだけなのか分からない。それを察するには、共に過ごした時間が少なすぎた。

「九段坂の浮世絵、それがこの絵の名らしい」

差し出されたのは一枚の浮世絵。流れる川を背にして佇む女を描いた美人画だった。多少の細工で飾られた巫女が、武骨な刀を胸に抱いている。それが赤子を抱く母親と重なった。色鮮やかでありながら優美な筆致《ひっち》といい、素人目にも見事な絵である。ただ、甚夜は絵の出来よりも描かれた女が気になった。

「奴奈川姫《ぬなかわひめ》……いや、違うのか」

「ほう、ヌナカワヒメとは？」

小さな呟きを拾い、重蔵は片眉を吊り上げた。言葉の意味が分からず問うたというよりも、試すような色が浮かんでいる。甚夜は浮世絵から視線を外さずに答えた。

「古くより伝わる、川に縁を持つ翡翠《ひすい》の女神です。信濃では酒造りの神ともされます。この絵は美人画風ですが、奴奈川姫を描いたように見えました。しかし、抱いた刀を見るに違うのでしょう」

巫女の首飾りは色味を見るに翡翠だろう。背景の流れる川も相まって、たおやかな立ち姿はいつか聞かされた信濃の女神に重なった。

「妙なことを知っているな」

「以前、少し」

「そうか」

不明瞭な返しになったのは、遠い過去の記憶が掠《かす》めるから。なにより実の父に申しわけなかったからだ。

奴奈川姫は翡翠の女神。彼女の加護を受けた沼名河《ぬなかわ》の翡翠は不老不死の力を宿し、巫女の装飾として重宝されるという。越の国の女王とされているが、その伝承は信濃にも存在している。建御名方神《たけみなかたのかみ》の母という点から、信濃では酒造りの神である以上に安産の女神として信仰されていた。

随分と昔、義父から巫覡《ふげき》にまつわる知識を仕込まれた時期があった。その際に奴奈川姫について、特に信濃の説話をよく聞かされた。だから翡翠をまとう美しい巫女の姿は、背景の川も相まってかの女神の印象と被った。しかし最後の最後、武骨な刀でそれがずれる。

「鬼の絵というからには、なにか怪しげな噂でも？」

「噂、というと微妙か。これを描いた下絵師がな、体調を崩し床に臥《ふ》せっているらしい。その男が笑いながら言ったそうだ。鬼の絵を商売に使った罰が当たったのだ、と」

それが絵草子屋の主人には引っかかったのだろう。どうにも気になり重蔵に話を持ってきた。結果、あやかしを相手取る奇妙な浪人のところへ依頼が舞い込んだという流れらしい。

「どう思う？」

「特に変わった点もなく、普通の浮世絵かと」

せっかく頼ってもらえたが、落ち着くところはその程度の感想だ。見鬼《けんき》の才に優れるわけでなくとも、それなりに場数は踏んでいる。鬼の絵の正体が分からない以上断定もできないが、別段おどろおどろしい力は感じ取れなかった。

「ならば絵師の病は偶然か」

「そこまでは断言できません。きっかけ次第で本性を表すが怪異の常道でしょう。あくまで現状では不審な点はない、というだけの話です」

重蔵はわずかに俯き、眇《すが》めて浮世絵を見詰める。鬼の絵と呼ばれるにしては優美な画風である。一般的な器物を取り扱う商家の主人の目には、ごくごく普通の品と映っていることだろう。

「此度《こたび》の依頼は、鬼の絵の真実を見極めよ……それで相違はありませんか」

「そう、だな。何もなければよし、災いをもたらすものであるならば適切な処理を。先方の望みはそんなところだ」

「承知いたしました。とりあえず、預からせていただいてよろしいでしょうか」

甚夜は迷いなく依頼を受諾した。今問題がないからといって、これからもそうとは言い切れない。人の想像を超えてこその怪異。ならば楽観で仕損じるよりは、慎重を期して馬鹿を見る方が幾らかましだ。なにより、この浮世絵には引っかかる点があった。

「任せた。無論、ただで働かせようとは思っていない。相応の金は包む」

「それは助かります」

重蔵は厳めしい面のまま一度頷き、そこで会話は途切れた。

結局、二人は親子としてではなく依頼者とそれを請け負う者の無味乾燥なやりとりに終始した。寂寥《せきりょう》を感じないとは言わないが、それでいいとも思う。重蔵には家族がおり、甚夜にも失ったとはいえ大切な記憶がある。途切れた縁に縋るのも気が引けた。

「ことが終わったなら、酒の一つも振る舞おう」

重蔵の見せてくれたわずかな情が、ありがたくも申しわけない。依頼を受けた理由が、実父のため以上に単純な興味であればなおさらに。

興味は鬼の絵という呼称ではなく、描かれた女の方にあった。翡翠の首飾りを身につけた美しい巫女だ。刀を収めた鞘の色調は鉄製、反り具合からするとおそらくは太刀だ。武骨な鉄鞘は葛野の太刀の特徴だった。


江戸の冬は厳しく風の冷たさに肌が強張る。道行く人も身を震わせ、足早に通り過ぎていく。雑踏に紛れながら、甚夜はちらりと手にした包みに目をやった。中には九段坂の浮世絵がある。

九段坂というと、やはり思い当たるのは飯田町《いいだまち》の坂だろうか。傾斜に九段の石段がある、幕府の御用屋敷「九段屋敷」の建つその場所は九段坂と呼ばれている。ただ、先程確認した絵には飯田町の坂を思わせるものは描かれていない。

後は、気になるのは主題の女。鉄鞘に収められた太刀と巫女の組み合わせは、甚夜の故郷では特別な意味を持っていた。とはいえ、それが九段坂と繋がる理由は残念ながら見当もつかず現状は手詰まりだ。

頭を悩ませつつも足は進み、冬の寒さに手の先が冷え切る頃には馴染《なじ》みの蕎麦屋『喜兵衛』が見えてきた。

「あら、甚夜君。いらっしゃいませ」

暖簾《のれん》をくぐれば、いつも通りにおふうが迎えてくれる。

元々親しみのある接し方だったが、幸福の庭にまつわる事件を終えてから彼女の態度は以前よりも柔らかくなった。改めて考えれば、ただの客に対して色々と世話を焼いてくれたのは同族ゆえの心遣いだったのだろう。かといって過剰に踏み込みもしない。おふうの距離感は、甚夜にとってはひどく心地良いものだった。

「どうぞ、外は寒かったでしょう」

「ああ、すまない」

適当な椅子に腰を下ろすと間を置かず温かい茶を出してくれる。当初は蕎麦を運ぶのにも四苦八苦していた彼女だが、今では看板娘が随分と板についた。もっとも喜兵衛は相変わらず閑古鳥《かんこどり》が鳴いており、せっかくの成長ぶりを披露する機会は少ないようだ。

「かけ蕎麦ですか？」

「ん、ああ」

顔を出したのは食事のためではなく、浮世絵に関して調べるにも取っ掛かりが欲しかったからだ。とはいえ、なにも注文せず居座るのも気が咎める。場所代くらいは払わねばならない。そう考えて蕎麦を頼もうとするや否や、善二が慌てた様子で店に飛び込んできた。

「甚夜はいるか！」

「善二殿？」

「おお、いたか。すまんが助けてくれ！」

彼は甚夜の姿を見つけると、ほとんど間を置かず助力を求める。切羽詰まった依頼人が急に来るのは珍しいが、今までもなくはなかった。しかし善二の話を聞くにつれて、甚夜はわずかながら顔が強張るのを自覚した。先程重蔵から聞かされた名前を、ここでも耳にしたからだ。

「……九段坂の浮世絵？」

「そうだ。なんでも鬼の絵で、持ち主は変死を遂げたとか祟りがどうとか」

「破れているようだが」

「おう、ちょいと扱いを間違えた」

善二はひとしきり呪いの浮世絵について語った。最初は血が少し付いてるくらいだったが、落として踏み付けられて浮世絵は見るも無残に破れてしまった、という顛末《てんまつ》も包み隠さずに。相も変わらず迂闊《うかつ》な男である。

「いや、そんなもん、うちに持ち込まないで欲しいんですが」

それを聞いていた喜兵衛の店主が微妙な表情をする。

「あぁ、すんません。咄嗟に」

「ま、悪気がないのは分かってるんですがね」

二人をよそに甚夜は浮世絵に手を伸ばす。多少破れてしまってはいるが、なにが描かれているかは十分に判別できる。だから自然、目付きは鋭くなった。

「これを見て欲しい」

「ん、こいつは」

「伝馬町の絵草子屋が仕入れたもので、やはり九段坂の浮世絵というらしい。なんでも鬼の絵という話だ」

破れた絵を置いて代わりに取り出したのは、重蔵から預かった九段坂の浮世絵だ。背景の川に翡翠の首飾りをした美しい巫女、胸に抱いた刀も同じ。二つを並べてみれば、色調も絵の構図も完全に一致していた。

「俺が持ってきたやつと同じか。鬼の絵って割にはけっこうな出来だが……」

善二は訝《いぶか》しげな顔で、二つの絵をしげしげと眺めている。商家の手代《てだい》だけに品を見る目は確からしく、絵の出来栄え自体には感心しているようだ。実際、素人目で見ても美しいとは思う。艶《なま》めかしい筆致《ひっち》はいかにも美人画。絵師の腕が良いからか中々に優雅な印象を受ける。

ただ、色々と物騒な噂を聞かされている身では、そこまで気軽に褒められもしない。江戸で流行っている浮世絵は錦絵《にしきえ》。一品物ではなく、それなりの数が刷られる版画だ。その点で同じ絵があったとて不思議ではないのだが、死者だの祟りだのが絡んでくるなら話も変わってくる。

「なんだろうか、いわく付きの呪いの品が複数あるってのは締まらない話だな」

おそらく善二のぼやきには、甚夜の抱く疑問と同質のものがあるのだろう。つまり九段坂の浮世絵は、その中の一枚のみが災いをもたらす鬼の絵なのか、あるいは刷られた全てが呪われているのか、果たしてどちらなのかだ。

「確かに」

甚夜は言いながら横目でおふうを見た。

「綺麗な絵ですねぇ」

彼女もまたこちらと視線を合わせ、どこか呑気に感想を零す。その意を間違えない。おふうも眼前にある浮世絵は特別な力を持たない、ごくごく普通の品であると判断したようだ。

「生憎《あいにく》、私には絵の知識などほとんどない。善二殿、なにか分かることはあるか」

話を振られた善二は、改めて浮世絵を端から端まで確認する。

「ああと、鮮やかな錦絵。色あせはあまりなく紙に劣化も見られない。刷られて一年も経ってねえんじゃねえかな。あと伝馬町の絵草子屋は、たぶん俺も知ってるところだ。そこで売ってたなら、ちょいと頼めば絵師まで遡《さかのぼ》れるはずだ。そのくらいは俺も協力できるぜ」

「それはありがたい」

「なあに、お嬢さんが散々世話になってんだ。ここいらで恩返しってなもんだよ」

失言は多いし迂闊なところもあるが、善二は気のいい男だ。慌てて話を持ってきた割に、丸投げはせずに自ら協力を申し出てくれた。

そうして向かった先、千軒堂《せんけんどう》九左衛門《くざえもん》は日本橋伝馬町に看板を出す地本問屋である。大衆向けの洒落本や人情本を取り扱っている店なのだが、なにより浮世絵版画の企画に精力的であったため、千軒堂は絵草子屋と呼ばれる場合がほとんどだった。

「これは善二さん、今日はどういったご用向きで？」

須賀屋で長く働き、問屋に顔の利く善二だ。千軒堂の主人とも面識があるらしく、店を覗けば向こうから声をかけてくる。

「春画ですか？　いや、いいものが入ったんですよ」

「すんません、その話はまた今度に」

会話の端々に善二がこの店を愛顧している理由が透けてしまう辺り、いかにもこの男らしい。黙って後ろに控えていると、当たり障りのない世間話から核心へと話題が転がった。

「九段坂の浮世絵ですか。ああ、あれでしたら今は出しておりません。鬼の絵などと言われて、店先に並べるのも気が引けましてて」

「道中に経緯は聞きましたが、それは絵師の一言でしょう。そんなんで決めちまってよかったんですか」

「いいえ、実際、絵師は病に臥《ふ》せっております。それに、この絵を買った者が殺されたという話もあるとか。あまり妙な評判がたってもいけないもので」

千軒堂の主人曰く、九段坂の浮世絵を「鬼の絵」と評価した絵師は仕事ができないほど体を悪くしているらしい。また、絵の持ち主の死も単なる噂ではなかったようだ。

「へえ、そいつはまた。ところで……」

商売人はやはり口が上手いものなのか、傍から見ている甚夜が舌を巻くほどの手管である。善二は経緯を誤魔化しつつ、九段坂の浮世絵の出所を瞬《また》く間に引き出してしまった。

「九段坂の絵師ですか。昔から変わらず堺町《さかいまち》の方に住んでいます。変わり者で、今も貧乏長屋暮らしですよ」

そして十分に聞けば不自然にならないよう話を打ち切り、和やかなままに去っていく。重蔵が目をかけるだけあって、彼も相応の才を持ち合わせているようだった。

「絵師は堺町にいるってよ……こんなもんでいいか？」

「ああ、後はこちらで受け持とう」

残念ながら仏頂面が常の甚夜には、そういう商人としての振る舞いはできそうもない。代わりに腰には重い刀を帯びている。

善二と別れてしばらく、道行きの途中、甚夜はふと考えた。過去に手を伸ばしたところで為せることなどなにもないが、それでも過《よぎ》るものもある。朗らかな笑みを浮かべながら商いの話をする。あるいはそんな今があったのだろうか。

江戸歌舞伎の原点は、出雲《いずも》の巫女である「阿国《おくに》」という女性が舞ったかぶき踊りだといわれている。彼女は念仏踊りや狂言をより受け入れやすい形に仕立て、歌舞や寸劇を交えて披露した。これが京の町で流行し、しばらくして江戸にも伝わり大層な人気となった。もっとも、この踊りは性風俗の乱れにつながると批判されて、規制が敷かれてしまう。

だが、芝居そのものが禁止されたわけではない。京からの一座が中橋《なかばし》あたりに芝居小屋を建て、これを突端に江戸の歌舞伎文化は大きく発展していく。甚夜が訪れた堺町も、かつては芝居小屋が多く立ち並ぶにぎやかな町だった。しかし、天保の改革で小屋が浅《あさ》草《くさ》へ移転したため寂れ、以前の活気は遠くなってしまった。そのうえ嫌な噂まで流れ始めたものだから、余計に道行く人の顔は沈んでいるように見えた。

先程聞いた噂、死者が出たのもこの堺町らしい。病に臥せった鬼の絵の絵師と死を遂げた絵の所有者。絵草子屋の主人が繋がりを邪推するのも無理からぬことである。甚夜からすれば、あからさまに怪しいというのはむしろ歓迎すべき状況だ。その方が手っ取り早く済む。

閑散とした堺町を歩き辿り着いたのは、少し外れた場所に位置する裏長屋だ。薄汚れた貧乏長屋には寂れた町でも生活の音がある。余程客が珍しいのか、井戸の前にいる数人の女がこちらを盗み見ながらひそひそと何事かを話し合っていた。

「御免、嵯峨道舟《さがどうしゅう》殿はおられるか」

訪ねた長屋の一室に住む男の名は嵯峨道舟。九段坂の浮世絵、その下絵を描いた人物である。鬼の絵を生み出した彼は、病に臥せっているという。それが祟りなのかは分からないが、まずは件の浮世絵について話を聞きたかった。

「おう、勝手に入ってくれ」

返事は想像より威勢がよかった。中を覗けば、痩せた老翁《ろうおう》がのっそりと布団から上体を起こすのが見える。

「どちらさんだね」

「失礼、甚夜と申す。故あって嵯峨殿を訪ねさせていただいた」

「そんなかしこまられるほど上等な男でもねえさ、とりあえず座んな」

促されるままに腰を下ろし、ちらと周囲を見回す。

数十本の筆や絵皿、顔料やにかわなど道具は一通り揃っている。ただ、それらはまとめて部屋の隅に置かれていた。しばらく使った形跡はなく、体調が悪くて仕事もできないというのはどうやら事実らしい。

「こんな格好ですまんなぁ。もう知っているようだが、俺は嵯峨道舟という名で浮世絵師をやっている。もっとも、今は筆も持てない偏屈爺だが」

深く皺《しわ》の刻まれた痩せた男……道舟は布団に座ったまま、気風《きっぷ》のいい笑みを見せて名乗った。

「さてはて知らぬ顔だが、この老いぼれに何の用かね」

「貴殿に聞きたいことがある。迷惑かとは思うが、時間をいただけるだろうか」

「なあに。もてなしはせんが迷惑とも思わん。来客なんざ懐かしくもあるしな」

一芸を生業とするならば、偏屈で頑固な人柄を想像していた。しかし道舟は老齢だが居丈高《いたけだか》にはならず、若造に見えるだろう甚夜にも懐の深い接し方をする。若い頃はいなせな伊達男だったのかもしれない。

「嵯峨殿は、病を患《わずら》っていると耳にしたが」

「病というほどのこっちゃないさ。人間、老いたなら衰えるもの。昔のように描くには、もう体がついていかんのだ」

絵草子屋が語った話とは少し違う。確かに痩せてはいるが病的な血色の悪さは見られず、喋り方も割合しっかりしている。祟られたにしては後ろ暗さが足らなかった。

「鬼の絵の祟りではないと」

「おぉ、なんだ。仏頂面、お前は千軒堂の使いか？」

鬼の絵を商売に使った罰が当たった、そう伝馬町の絵草子屋に言ったことは間違いないようだ。ただ、どうやら認識に齟齬《そご》がある。甚夜は九段坂の浮世絵を取り出した。

「そうではないが。こいつを描いたのが貴殿と知り、訪ねさせてもらった」

「九段坂……本当に懐かしいじゃあないか」

善二の見立てでは、この絵は刷られて一年も経っていないはずだ。にもかかわらず道舟が見せたのは、思いがけないところで大事な失せ物が見つかったような、驚きと懐かしさの混じる表情だった。

「千軒堂九左衛門は、貴殿が口にした鬼の絵という言葉をいたく気にしている。私は、九段坂の浮世絵の真実がいかなるものかを調べている」

聞いているのかいないのか、道舟は絵から目を離すと次は夜来へ、最後に甚夜の顔を見て大きく息を吐いた。悪感情はないようだが、老翁《ろうおう》の胸中は今一つ読み取れない。

「なるほどねぇ」

「この絵について、話を聞かせていただきたい」

「あぁ、まぁ、構わんよ。期待に沿えるかは分からんが、これも刀が紡いだ縁だ」

ありがたいと思いつつも、言い回しが引っかかる。

だがこちらを気にせず、道舟は一度室内を見回してから本題へと移った。

「なにから話そうかねぇ……まず絵の名は、そのもの九段坂という。江戸の九段坂は関係ない。画題の女を指している」

「描かれた女性の名、ということだろうか」

「そいつも少し違うか。勝手に元治という男が呼び名を付けたんだ。こいつは九段坂だ、とな」

始まりから甚夜の方が蹴躓《けつまず》いた。こんなところで聞くとは思っていなかった名前に、唖然としてしまった。

「言っただろう、来客は懐かしいと。お前の腰のものは葛野の太刀だな？　以前も同じく葛野の太刀をぶら下げた男が、ここに通っていたのだ」
だから昔語りなんぞをする気になったのだと、道舟は笑った。

2

いつだって終わりは唐突に訪れる。

遠い昔、元治の死に際に甚夜──甚太は、それを嫌というほどに思い知った。

「惚れた女さえ守れない……ったく情けねぇなぁ、俺は」

葛野を襲った一匹の鬼は獣のように四足で立ちながら、大の男を軽く上回る巨体だった。皮膚がなく筋繊維がむき出しとなった醜悪な容貌で、だらだらと唾液を垂らしている。餌を探しているのだろうか、ぎょろりとした赤目で周囲を見渡していた。

かの鬼は社《やしろ》を突如襲撃した。

そして集落の巫女、いつきひめである夜風を殺し喰らったのだという。

それだけでは飽き足らず集落で暴れ回り、巫女の後継たる白雪や甚太にまでも目を付けた。

殺される。そうと察した二人は逃れようとするも、子供の足で鬼を出し抜けるはずもない。凶手《きょうしゅ》はすんでのところまで伸び、しかし命に届くより早く元治が駆けつけてくれたのだ。

「だがよ、かえで。てめぇの命は、きっちりここでもらっていく」

普段の飄々《ひょうひょう》とした態度とは違う。元治は、目前の鬼に切っ先を突き付ける。一歩も引かない。背に甚太と安堵から気を失った白雪を庇い、敢然と鬼に立ち向かう。けれど希望はすぐさま塗り潰された。鬼はあまりに強大で集落一の剣の使い手である元治でさえ届かなかった。

振るわれた爪を躱《かわ》しきれず鮮血が舞う。間合いを詰めることもできずに地面を転がる。戦いというよりも一方的な蹂躙《じゅうりん》。元治は既に満身創痍《まんしんそうい》なのに、痛みなどないかのように笑った。

「夜風……お前はいつも言ってたよな。俺を巫女守に選ぶべきではなかったと。そう思わせてしまった時点で、俺は巫女守としてもお前の夫としても相応しくなかったのかもしれん」

元治は既に死に体。近付いてもさしたる脅威と感じないのか、鬼は悠然とその足取りを眺めている。

「だがよ、後悔はしちゃいないんだ。お前と会って俺は変わった。それが良かったのか悪かったのかは今でも分からん。巫女守として生きることを苦しいと思わなかったわけじゃない。だが、お前と共にあれた。そんなに悪い人生じゃなかったさ。……お前はどう思ってたんだろうなぁ。結局、最後まで聞けなかったが」

一度足を止め、元治が腰を落とす。

「なぁ、甚太」

一太刀の下に終わらせると宣言するような気迫が伝わってくる。

だから理解する。これが、元治の……義父の最後の言葉になるのだと。

「俺はな、初めは夜風のことが嫌いだったんだ」

呆れたように笑う。空気が少しだけ緩んだ。

「巫女守として選ばれたはいいが、あいつは何考えてるか分かんなくてよ。無表情でえらっそーで、こんなやつを嫁にする奴なんかいんのかって本気で思ってた」

鬼はただ眺めている。その眼に光はない。興味がないのか、そもそも見えていないのか。唸り声を上げていたが襲ってくる様子はなかった。

「でも、俺は嫌いだったあいつを守りたいと思うようになった。俺が守りたかったのはあいつだったはずで……それさえ、いつの間にか変わっちまった。そんなもんだよ、人なんてな。いや、人だけじゃねぇ。あらゆるものは歳月の中で姿を変える。季節も風景も、当たり前だったはずの日常も、変わらぬと誓った心さえ永遠に続くことはない。どんなに悲しくてもどんなに寂しくても、多分それは仕方ないことなんだろう」

自嘲するような響きに胸が痛くなる。けれど本当に痛みを感じているのは、おそらく元治なのだろう。口にする言葉で自分を傷つけているように感じられた。

「俺は、それが嫌だった。変わっていく周りが辛くて、変わっちまった自分を受け入れるのが怖くて、必死になって取り繕《つくろ》って……本当は変わらずにありたいとずっと願ってたのにな」

そうして彼は首だけで振り返り、

「お前はこうなるなよ」

諦観を帯びた弱々しい笑みを零《こぼ》した。

「結局、変わらないものなんてないんだ。どんなに大切な想いだって、いつかは形を変える。もっと大切なものに変わるかもしれねぇし、見たくもないほど醜いものになることだってあるだろう。だが、俺にはそれを認めることができなかった。……その結末が、これだ」

一度間を置いて、穏やかに語る。

「だから甚太。お前は、憎しみを大切にできる男になれ」

意味が分からない。父が何を言おうとしているのか。

困惑する甚太の様子がおかしかったのか、元治は頬を綻《ほころ》ばせた。

「今は分からなくていいさ。お前が大人になった時、ほんの少しだけ思い出してくれればいい。そういや昔、馬鹿な男が下んねぇことほざいてたな、ってよ」

それで言うべきことはなくなったのかもう一度鬼に向き直り、上段に構える。ちゃきりと刀が鳴いた。

「後は任せた。白雪を頼む、んで鈴音と仲良くな」

まとう雰囲気が変わる。躍動する体躯《たいく》。元治は弾かれたように駆け出し——

そこで終わり。

その後のことは、気を失ってしまったからよく分からない。聞いた話によれば鬼は元治の放った一太刀の前に消え去り、しかし元治自身も死んでしまったらしい。

家出した兄妹を拾ってくれた人は最後によく分からない遺言だけを残し、娘に別れの挨拶さえできないままいなくなった。

いつだって終わりは唐突に訪れる。

無邪気な子供でいられた日々は、驚くほど容易《たやす》く幕を閉じた。


そうしていつかの子供——甚太は元治の遺言を理解できないまま、憎しみの果てに人を捨て鬼となった。逃げるように故郷を出て舞い戻った江戸。まさかこんなところで義父の名を聞くことになるとは想像もしていなかった。

「すまない。その彼……元治についても、教えていただけるだろうか」

「ん?」

「私は葛野の集落の出だ。元治は義父にあたる」

道舟は驚いた様子だったが、一拍間を置いて懐かしいものを見るように目を細めた。

「そうかそうか、あいつの義理の息子か。縁というのは妙なところに転がっているものだな。望むなら話そう。どのみち九段坂について語るには、元治に触れねばならん」

意外ではなかったのかもしれない。絵を見た時、巫女と太刀の組み合わせからマヒルさまの巫女であるいつきひめを想起した。葛野の集落との関連を疑ってはいたのだ。元治が関わっているのが分かり、甚夜の目付きは自然と鋭くなった。

「まだ俺が若造だった時分、この長屋には不可思議な女が住んどった。名は知らん。名乗れないが嘘は吐かない。だから『名無し』で構わない。そんなことを言っていたか」

道舟の語り口は温かく、しまい込んだ記憶をどれだけ大切にしてきたのかが伝わってくる。鬼の絵について話すには似合わぬ、ひどく穏やかな響きだ。

「名無しはたいそう美しくてな。白い肌に艶やかな黒髪。こんな貧乏長屋に住むような容姿ではなかった。俺も若かったから、すれ違う度に胸を高鳴らせたもんだよ」

不意にこちらを見て、にい、と口角を吊り上げる。

「そんな女にはるばる葛野の集落から会いに来たのが、元治という男だった」

随分ともったいぶった言い方をする。道舟としては重大な事実を明かしたつもりなのだろうが、からかおうという思惑が透けすぎていて反応し辛い。しばらく甚夜が無言でいると諦めたのか、つまらないとでも言いたげに口を尖らせた。

「なんだ、もう少し動揺してくれた方が面白いんだがな」

「それは申しわけない」

「まあ、艶っぽい話ではないさ。元治は集落で、なにやら重要な地位に就いていたそうだな。巫女の護衛だったか。だが時折、あいつは名無しに会うため江戸にやってきた。それも肝心の巫女様がそう命じたらしいが」

思い返してみると、甚夜が元治に初めて出会ったのは江戸近くの街道である。葛野から江戸まではひと月以上、往復ならさらにかかる。それだけの期間、巫女守が不在になるのは集落にとって好ましくない事態のはずだ。何故いつきひめの傍に控える巫女守があんなところにいたのか疑問だったが、そもそも夜風の命令だったらしい。

「嵯峨殿は、何故そこまで詳しく事情を知っている？」

「なに、何度か顔を合わせるうちに、茶飲み話をするようになっただけだ。あいつもあれで、色々腹に溜め込んでいてなぁ。ここで散々愚痴を言っておったよ」

つまるところ彼は、元治が江戸で知り合った友人なのだろう。そう考えると確かに縁というのは妙なところに転がっているものだ。

「『あの女、本当に可愛くねぇ。くそ、なんで俺がこんなところまで来なきゃいけねえんだ』なんてな。まあ、別に名無しに会うのを嫌がっていたわけじゃない。どちらかと言えば、巫女様に顎《あご》で使われるのが気に食わなかったようだ」

「元治さんが、そんなことを……？」

「なんだ、義息子の前では気取った言い回しでもしていたのか？　残念ながら、あいつは案外適当な男だぞ」

雑な口調で愚痴を言うのはなんとなしに想像できる。ただ、夜風の悪口というのが甚夜にはしっくりこない。確かに昔は嫌いだったと発言していた。しかし、実際に当時の話を聞かされると妙な気分になる。

そういう反応こそが面白かったのかもしれない。道舟は甚夜が見せた一瞬の戸惑いを目敏《めざと》く拾い上げ、嬉しそうに笑った。

「二人がどんな会話をしていたのかまでは俺には分からん。御役目に関わる内容だろうから聞きもしなかった。ともかく元治は、年に一度この長屋を訪れた。もっともいつの頃だったか、名無しが江戸を去ってな。そうなればあれも来なくなり、最後に会ってからもう二十年は経つ」

遠い記憶を淀みなく語る老翁《ろうおう》は、一度静かに目を伏せた。若かりし頃を思い起こしているのか。得も言われぬ表情でゆっくりと息を吐く。

「あれだけ不満を零していた巫女様との間に子ができたと聞いた時には、どうなっているのかと困惑したよ。さらには、こうして義理の息子とまで顔を合わせる機会を得た。まったく、あの男は」

彼が元治に親愛を抱いていたことは、こちらに向けられる和やかな空気だけでも察せられる。悪態をついたように見せても、緩んだ口元は隠せていなかった。

「で、だ。九段坂の話だったな。あれは元々、名無しがここにいた頃に俺が描いた肉筆の紅絵《べにえ》だ。それをどこで聞いたか千軒堂のやつが、うちで売りたいと言い出した。今出回っているのは、俺が改めて描いた下絵を刷った木版画だな」

つまり現在流通している九段坂の浮世絵は、あくまでも最近作られた大量生産品であり、大本となる一品物が存在している。であれば、そいつが不吉な逸話を持つ鬼の絵なのか。にしては道舟の態度は随分と気楽に見える。

「となると、名無しという女性を描いたものなのだろうか」

「そうだと言えるし、そうでないとも言える。画題の女は俺の頭の中にしかいない。名無しを見て元治の要望を加え、俺が形にした。九段坂の浮世絵はそういうものだ。ああ、元の絵は元治にくれてやったからもうないぞ」

「そう、か。……貴殿は九段坂を鬼の絵と呼んだ。それは何故だ」

聞けば聞くほど分からなくなってくる。

甚夜はわずかに顔を顰《しか》めてちらと道舟の目を見た。すると先程までの軽さは消え去って、ひどく重々しい声が返ってきた。

「あれは事実、鬼の絵だからな。根幹に、のろいがあるのは間違いない。さてはてそこに踏み込むとなると、まずはお前に聞かねばならん。九段坂を見た時、どう思った？」

「どう、とは」

「単純な感想でいい。思ったことを全て並べてもらえやしないか」

「普通の美人画だと。川と巫女、翡翠《ひすい》の組み合わせに、まず信濃に伝わる奴奈川姫《ぬなかわひめ》を思い起こした。だが、抱いた太刀にもしや葛野といつきひめに何かしらの関わりがあるのか、とも考えた」

「おお、おお、十分だ」

答えに満足したのか道舟は幾度も頷いている。それが何を意味するのかは、やはり分からない。ただ吊り上がった口角は、いやに挑発的な雰囲気を醸し出していた。

「では、鬼の絵について話そう。ただ、聞けばおそらくお前は後悔する。知らねばよかったと思うかもしれん。それだけは留意しておくといい」

否応もない。鬼の絵は重蔵からの依頼であり、そこに元治も関わっているとなれば尻込みするつもりはなかった。

甚夜の真剣さを察したのだろう、道舟は満足そうに笑った。

「明日、もう一度来てもらえるか。ちと探し物をしておく。確か、まだ残っていたはずだ」

そこで話は終わり、真相に関しては明日に持ち越された。

冬の日は短い。道舟の家を出ると既に空は薄い藍色を帯びており、冷たい風が身に染みる。甚夜は逃げるように長屋を離れて深川への帰路についた。

元治は憧れだった。決死の覚悟をもって鬼に挑む義父の姿は、歳月が過ぎて人ですらなくなってしまっても忘れられない。あの遠い背中を、甚夜は今も必死に追いかけている。だからこそ呪物に関わっているとは信じたくなかった。

「相も変わらぬ軟弱者だな、私は」

もしかしたら義父が、などという想像に打ちのめされて、知らず弱音は零れる。強さを求めて生きた男がなんとも無様なことだ。自覚しながらも憂鬱は拭えない。寂れた堺町の夜は暗い。店屋の灯りが遠くなれば、それこそ暗夜を進むような心地にさせられた。

変わらないものなんてない。いつだったか、そう元治が教えてくれた。ならば一夜を越したのだからこの陰鬱とした気分も消えればいいだろうに、生憎《あいにく》と寝覚めはあまり良くなかった。

3

甚夜が住むのは深川の貧乏長屋。といっても寝に帰るだけで、部屋には最低限の家具以外は酒がある程度だ。近場の井戸で顔を洗い手早く身支度を済ませると改めて堺町に向かう。寝覚めが悪いせいか気乗りしないからか、体は妙に重かった。

「あら、甚夜君？」

正午をいくらか過ぎた頃、道端で見知った女性達と出くわした。

おふうと奈津。珍しい組み合わせではないが、意外なところで会うものだ。

「どうした、二人して」

「たまには女だけで、ちょっとお店でも冷やかそうと思って」

聞けば、仕事ばかりでは気が滅入るだろうと喜兵衛の店主がおふうを気遣ったところ、せっかくの機会だから二人で息抜きをと奈津が提案したのだという。

「芝居を見に行くのもよかったけど、今日は近場で済ませるつもり。茶屋で休んだら櫛《くし》とか簪《かんざし》とか、あとは読み本や浮世絵なんか見に行くのもいいかな。そっちは？」

奈津の問いに、甚夜は「こちらの用件だ」と腰の刀をそっと撫でる。

「そう言えば、今は浮世絵について調べているんでしたね」

おふうはすぐに思い当たったようだが、甚夜の反応が鈍いので不思議そうに小首を傾げている。

「……ああ」

一瞬詰まったせいで、大仰な理由があると勘違いされてしまったらしい。

誤魔化そうにも二人の瞳に言い訳を封じられた。好奇心やら興味ではない。あからさまに心配そうな視線を向けられると、どうにも居た堪《たま》れなくなる。

「なにかありましたか？」

「今回の件、私の義父が関わっているかもしれない。それを思うと、な」

降参ではなく善意に報い、ほんのわずかだが実情を晒す。

二人の表情が陰った。おふうも奈津も形は違えど義理の父を慕っている。だからこそ余計に重く捉えたのかもしれない。

「すみません、無理に聞いてしまって」

「そう大袈裟な話でもない。あくまで可能性があるというだけだ」

言いにくいのは事実だが、結局は過去のこと。過度に後ろめたく思う必要はないと、可能な限り軽い態度を演じてみせる。

「甚夜のお父さんって、どんな人だったの?」

功を奏したのか、続く奈津の質問に悲壮なものはなかった。それは別にして彼女から父について聞かれるのがなんとも奇妙で、わずかに口元が緩む。

「飄々《ひょうひょう》としていて、焦ったところなど見たことがなかったな。故郷では巫女の護衛役に就いていた。集落一の剣の使い手で、後にも先にもあれほどの人は出ないだろうと評判だったよ」

当たり前のように父として元治の人となりを話せる自分が嬉しく、同時に少しだけ切なくもある。だが、そうでなくてはいけないとも思う。家族を捨てた男が、どの面を下げてあの人を父と呼ぶつもりなのか。だからこれでよかった。

「でしたら、大丈夫ですね」

内心の葛藤に気付いているのか、そうでないのか。おふうがあたたかな息を吐く。意図が分からず甚夜の片眉が吊り上がった。彼女から向けられたのは、いつかも見た鮮やかな笑みだ。

「だって甚夜君がそう言うのですから、お父様は善良な方なのでしょう。関わっているといっても、悪い結果にはならないですから」

推測ではなく断定だったが根拠など全くない。しかし、ただの楽観とも思えない説得力があった。

「……そう、だろうか」

「ええ」

ゆるりと花が綻《ほころ》ぶ。

その様に、胸にあったわだかまりもいくらか溶けたような気がした。

「引き留めてしまいましたね」

「いや」

そこで礼の一つも言えればいいのだが、上手い言葉が出て来ない。そんな甚夜のまごつきようが微笑ましかったのか、おふうが静かに目を細めた。

「ふふ、なんか変な気分ね。あんたの父親の話を聞けるとか」

奈津の言葉を聞いた甚夜も本当に変な気分だった。けれど堺町へ向かう前に、偶然とはいえ彼女達と会えて幸いだった。

「それじゃあ、私達はこれで」

「また今度、続き聞かせてよ」

ちょうどよく会話も終わり、軽い挨拶を残して二人は通り過ぎていく。いつまでも道端で立ち止まっていても仕方ないと、甚夜も再び堺町へと向かった。

妙に重かった体はなんの問題もなく動く。どうやら具合よく力が抜けたらしかった。

堺町、嵯峨道舟が住む裏長屋。再び訪ねた部屋では、昨日とは違いある程度身なりを整えた家主が迎えてくれた。

「すまなかったなぁ、二度も足を運んでもらった」

「いや、無理を言っているのは私の方だ」

「そう言ってくれると助かるな。おかげさんで、準備は整ったよ」

それはこちらも同じ。鬼の絵の真相を受け止める準備は整った。

甚夜が口を真一文字に引き締めれば、道舟は重々しく一度頷く。彼にとっても重要な話であるのは、まとう空気から察せた。

「さてさて、絵に込められたのろいについて話すとしようか。まあ、肩肘張らずに聞いてくれ、所詮は爺の昔語りだ」

そうして砕けた前置きを一つしてから、嵯峨道舟は九段坂の浮世絵に繋がる遠い記憶を語り始めた。

古い話である。

今と同じように裏長屋に住んでいた若かりし頃の嵯峨道舟は、有名な流派に属するでもないのにいつかは江戸を代表する絵師になろうと絵を描き続ける、つまり夢しか持たない男だった。

日々の生活にも困る貧乏暮らしで、たまにもらえる近隣からの差し入れが一番のご馳走だ。そういう生活から自然とご近所付き合いは密になる。少なくとも、相手が不快にならぬよう振る舞いには注意していた。

長屋住みは共同生活をしているようなもので名と顔が一致するのは当然として、皆と親しくしている自信が彼にはあった。

――ああ、今日も精が出るな。いい絵は描けたか？

その中で誰よりも態度を正して接した相手が、「名無し」という女性だ。

本名は知らない。名乗れないが嘘は吐かないので名無しと呼んでくれ、とは本人の弁である。

掃き溜めに鶴とはこのことか。名無しは着物こそ粗末だが、貧乏長屋には似合わぬ美しい娘だった。言葉遣いは多少雑で、「お前」だの「ふざけたことをぬかすな」だの辛辣な男口調。けれど、それさえも彼女の美貌を彩る装飾の一つとなり、若き日の道舟は会話の度に胸を高鳴らせたものだ。

『巫女守、元治。いつきひめの命に従い貴女に文を届けに来た』

そういう名無しに、元治という男ははるばる葛野の集落から会いに来た。

彼女はそれを喜んだ。当時の道舟はまだ青く嫉妬めいた感情もあった。もっとも、すぐにそういう後ろ暗い気持ちは引っ込んでしまう。

『なんで巫女守が飛脚の真似事をしなきゃなんねえんだよ、ちくしょう！　本当に、あの女は……！』

なにせその男は、栄誉な役に就いたと思ったらただの使いで長く故郷を離れねばならないと、たいそう苛立たしそうに話をしていた。

男二人が交友を持ったのは、偶然元治の目に付いて愚痴を吐き出した先が、誰とでも上手く付き合える道舟だったというだけのことだ。元治には名無しに対する特別な慕情はなく、それでも嫌ってはいなかったらしい。御役目のために江戸を訪れては彼女とひとしきり喋り、道舟に愚痴を言ってまた故郷へ帰る。それが長い期間続いた。

大切な思い出というのはいくつになっても色あせぬものだ。嵯峨道舟にとって、ふと瞼《まぶた》の裏に映る美しい景色は、ひたすら絵を描き続けたあの頃の騒がしい日々だった。

「もっとも、巫女様に対する元治の態度も治まってはいった。あいつにも色々あるんだな、とかなんとか。気のいい男だったからなぁ。話して嫌えない理由を知れば、まあ落ち着きもするだろうよ」

若かりし道舟は齢《よわい》を重ねた老翁《ろうおう》に戻り、遠い日々を懐かしんでは眩《まぶ》しさに目を細める。

だが、ここからが本番だといわんばかりに真剣な顔を作った。

「そんな折だった。元治が、絵を描いて欲しいと頼んできたのは」

それこそが九段坂の浮世絵。名無しを見て元治の要望を加え、道舟が形にしたもの。

つまり、元治は名無しの絵を欲しがったのだろうか。秘められた真実とやらを前にして、甚夜の体がわずかに強張った。

「名無しは、元々信濃の国の生まれだったそうだ。それが、どうもそっちで不幸にあったらしくてな。逃げるように故郷を離れて辿り着いたのが播磨《はりま》の山間の集落。言うまでもないが、葛野だったらしい」

身構えていたのに話が飛んだ。肩透かしを食らったような気分になり、甚夜はほんの少しだけ視線を厳しく変える。

「すまない、嵯峨殿。できれば本筋の方を」

「少し待ちな。こいつも重要なんだ」

名無しという女性と葛野の集落。その二つに関係があったのは驚きだが、鬼の絵の話からは離れているように思える。けれど、彼は滔々《とうとう》と昔語りを続けた。

「そうして名無しは葛野を離れた後は江戸に移り住んだ。巫女様が元治を江戸にやったのは、集落を離れられない自分の代理のつもりだったのかもしれん。まあ、実際のところは分からんが」

内容はどうでもいいとしか思えない名無しの身の上について。いい加減焦れてきたところで、道舟はそれを見透かしたように甚夜の目をまっすぐ見た。

「で、だ。これまた奇妙な縁なのだが、元治が言うに名無しと巫女様は瓜二つだったらしい」

ここに来てようやく本筋に近付いた。名無しと夜風が似ているとなれば、元治がその女性の絵を描いて欲しいというのも違う意味を持ってくる。

「もしや九段坂の浮世絵というのは、夜風さん……集落の巫女を描いたもの？」

「そういうことだな。元治のやつは昔は不満ばかりだったくせして、和解するとそりゃあもう惚れに惚れた。そいで巫女様の絵が欲しいと俺に描かせたわけだ。だが俺は、本人を知らないもんでな。瓜二つだという名無しの姿に、元治の助言と俺の想像を加えたのが九段坂ってわけよ」

であれば甚夜が初見の時に抱いた印象も的外れではなかった。川を背景にした女はヌナカワヒメではなく、戻川《もどりがわ》といつきひめを描いたものだった。とすれば胸に抱いた刀は巫女が代々継承してきた夜来。外観が多少違ったのは、あくまで道舟が想像で描いたからなのだろう。

「では、鬼の絵というのは」

「初めの時な、あの女は本物の鬼より鬼みてえだと元治が言ってたんだ。だから、じゃあこれは鬼の絵だな、と俺が返した。元々は昔の罵《のの》り様をからかうための呼び方だ。だが、懐かしさから千軒堂に下絵を描いた後、俺も随分耄碌《もうろく》した。今じゃ時々思うよ。鬼の絵で……他人様の想いで商売したから、罰が当たったんじゃないかってな」

道舟の冗談混じりの後悔は、事情を知らぬ千軒堂九左衛門には通じなかったのだろう。だから直接的に受け取ってしまった。この絵は、病を引き起こす呪いの浮世絵だと。加えて怪死事件が起こったのも、鬼の絵という呼称が真実味を増した一因になったのかもしれない。

「はっきり言うとそれだけの話だ。人死にが出たというが、そっちはおそらく悪い偶然が重なっただけ。特におどろおどろしいもんのない真っ当な絵だよ」

蓋を開けてみればこんなものだ。依頼という意味では、これにて解決。九段坂の浮世絵には特に危険性はなく、個人の感傷を除けば売り物にしても何ら問題はない。

「それが事実ならば、聞けば後悔するというのはいったい」

前日の話だと絵には知らねばよかったと思うほどの真実が隠されているということだが、実際に聞いてみても単なる思い出語りに過ぎなかった。あれだけ仰々しく語ってみせて呪いの絵と呼称したのはなんだったのか。

「九段坂の絵、美人だろう」

道舟が何故かこちらを見ながら含み笑いをしている。

「ああ」

「いや、描く時、横で元治がさんざ口出ししてきたからな。やれそんなんじゃない、やれもっと綺麗に描けだの、まあ、うるさいのなんの。つまるところ、九段坂は元治が美化した巫女様の姿だ」

「それは……」

甚夜の中で元治という人物は家出した兄妹を拾ってくれた恩人であり、命懸けで鬼と戦った勇敢な男である。元々堅物ではなかったが、そうまで大人げない部分を聞かされるのは少しばかり気恥ずかしい。

「でだ、もう一つ。お前さんは九段坂を見てヌナカワヒメを想起したようだが、元治は違ってな。まるで八坂刀売神《やさかとめのかみ》と称した。そっちの方は分かるか？」

「一応は」

幼い頃、元治に巫覡《ふげき》や説話などの知識を仕込まれた。八坂刀売神というのは信濃の諏訪《すわ》に伝わる女神で、詳しい出自は定かではないが建御名方神《たけみなかたのかみ》の妻とされている。そういった経緯から、義母にあたる奴奈川姫と共に祀られる場合もあるという。信濃で生まれた名無しと似ていることにちなんだのかもしれない。親子二代で女神に例えるとは、妙な偶然もあるものだ。

「おお、なら通りがいい。元治は絵の出来にたいそう満足だったようで、なんなら名前を付けるかと俺が言えば、まず八坂の名を出してすぐにそれを否定した」

そこで、ついに耐え切れず道舟は破顔する。何事かと思えば、すぐにその理由が彼の口から飛び出てきた。

「その時な、あいつは臆面もなく言い切ったんだ。うちの嫁さん、女神よりも美人だ。八坂じゃ足りない、もう一段は綺麗だから名付けるなら九段坂だとな」

ああ、本当だ。

聞かなければよかったと、老翁《ろうおう》の笑い声の響く部屋で甚夜は後悔した。

「な、知らない方がよかっただろう？　九段坂の浮世絵は徹頭徹尾、お前さんの親父の惚気《のろけ》だよ」

甚夜はたまらず手で自身の顔を覆い隠した。

絵の根幹にはのろいがある、その意味をここにきてようやく悟る。

惚気というのは、惚れた女房や恋人に対する甘い態度を意味する。他人ならば腹立つ行いでも夫婦であればつい許してしまう。そういう鼻の下が伸びた振る舞いを指す。そして「惚気《のろけ》」は、語源としては「鈍《のろ》い」に由来する。相手に対して鈍くなるほどに惚れ切った状態が惚気である。だから嵯峨道舟は、のろいと言った。

呪いではなく鈍い。九段坂の浮世絵とは、あまりにも妻を愛しすぎて、どれだけ悪態をつかれても「女神より美しい」なんて言ってしまうほどに鈍くなった、元治の恥ずかしい過去の証明なのだ。

親の惚れた腫れたは、どうしてこうも居た堪《たま》れないのか。しかも、それを集落から遠く離れた江戸で聞かされるのだから、正直なところ勘弁して欲しかった。

「ついでに言えば、お前さん。ずっと普通に九段坂と呼んでるが、そいつはうちの母ちゃんは女神より美人って意味だからな」

考えようとしなかったところまで浮き彫りにされて、もはや項垂《うなだ》れるしかない。名を口にするだけで、とんでもない辱めを受ける浮世絵。甚夜にとっては、ある意味で下手な呪物よりも遥かに呪われた品だ。こんな結末を求めて七転八倒していたのかと思うと、この長屋に来る途中の憂鬱まで滑稽に感じられる。

「はっはっ、ようやく仏頂面が崩れたな。いやあ、笑わせてもらった」

その態度が面白かったようで、道舟は随分と機嫌が良さそうにしている。ここまで重大さを煽《あお》ったのは、「お前の父親が女に会いに来ている」と言っても大して反応を見せなかった甚夜への意趣返しだったのかもしれない。であれば、目論見通りという他なかった。

「まあ、今の今まで九段坂を知らなかったというのなら、元治は子供に話していなかったのだろう。だから昨日、一応のこと探しておいた」

笑い終えた道舟は、言いながら一枚の浮世絵を差し出した。彩色されていないが見た覚えのある構図。紛れもなく九段坂の浮世絵だった。

「これは……」

「当時描いたものだ。汚いのは仕方ないと思ってくれればありがたい」

試しに描いたものの中では出来がよく、捨てるのも忍びないと取っておいたものだという。紙は経年劣化で薄汚れてしまっていて、筆致《ひっち》も今売られているものと比べれば拙《つたな》い。なのにどうしてか、じわりと染みる温かさがある。

「さんざ言ったが、どうか元治を嫌わないでやってくれ。あれは阿呆だが、家族を想う男だった。娘が生まれてから江戸に来る回数は減った。そして、義理の息子と娘ができたと言ったのを最後に、二度と来なくなった。そういうやつだよ」

甚夜は、恥ずかしさとは別の熱が胸に灯るのを自覚した。江戸を訪ねたのが巫女守としてなら、寄らなくなったのもいつきひめの命令があったに違いない。しかし、知っていた。あの人がどれだけ娘を大切にしていたかを。道端で拾った兄妹を家族として愛してくれたことも真実なのだと、ちゃんと知っていた。

「ああ、知っている。父は、いつだって私に大切なことを教えてくれた」

まだ今の甚夜では、元治の伝えたかった想いの全てを受け止められてはいない。だとしても胸を張れる。血の繋がりなどなくとも自慢の父親だと。それだけは決して間違いではなかった。

「おお、そうかそうか」

道舟は心底嬉しそうに、しかし穏やかに笑った。

それはまるで、お前は確かに友人の息子だと認めてくれているようだった。

　こうして九段坂の一件は、大した騒ぎもなく幕を閉じた。

　嵯峨道舟は絵を持って帰ってもいいと言ったが、丁重に断った。老翁《ろうおう》にとって思い出の品だ。取り上げるような真似はしたくなかった。

　錦絵《にしきえ》の方はしばらく保管したが、やはり何も起こらない。死者が出たというのは当人の不幸であり、絵自体には呪いなど最初からかかっていなかったのだろう。

　後は、重蔵に報告すれば依頼は終わりだ。

「はい、かけ蕎麦お待ち」

　にもかかわらず、甚夜は直接須賀屋へ向かわず喜兵衛に寄って蕎麦を頼んでいた。

　色々な事実を知ってしまったため、考える時間が欲しかった。まさか、九段坂の浮世絵の正体は義父の惚気《のろけ》だと実父に伝えるわけにもいくまい。有り体に言えば、どのように報告すればいいのか分からなかった。

「どうしたんです、旦那。俺をじっと見て」

　知らないうちに店主を凝視していたようだ。娘ともども不思議そうな顔をしている。

「いや……いい父親だな、と」

「甚夜君、本当にどうしたんですか？」

　おふうがくすぐったそうに頬を綻ばせている。

甚夜が零《こぼ》したのは世辞ではなく、全くの本心だ。数奇な半生を辿りながらも不幸と嘆かず、娘を慈しみ日々を過ごす。その強さは甚夜が持ち合わせていないもので、だからこそ素直に彼の行いを尊いと思う。こんな形で改めて実感したくはなかったが。

「もしかして浮世絵がらみで何かありましたか？　お父さんが関わっていた、という話ですが」

「別に大したことはなかった。ただ、義父の知らなかった一面を知ってしまったとでもいうべきか。今も憧れているのだが、なんとも」

歯切れの悪い言い方になってしまうのは、あの盛大な惚気を割り切れていないからだろう。よくよく考えてみれば、今江戸の町には九段坂の浮世絵が流通している。義父の恥ずかしい過去が大多数に晒されているのだ。知る以前とは別の意味で気が重くなってしまう。

「別に、いいところばかりじゃないですよ」

おふうは、そんな甚夜を見て微笑んだ。一瞬、意味が分からず顔を上げると、彼女はまるで子守唄でも紡ぐように柔らかく語る。

「お父さんのこと。甚夜君はいいところしか見ていませんから、そういう意見にもなるでしょう。でも口うるさいですし、心配性ですぐに慌てて結構抜けていたりもします」

「おいおい、ひでえなぁ」

「事実じゃないですか。でも、それも含めてお父さんですから」

「お、そうか。へへ」

悪い部分を挙げられるのも、仲の良い親娘の証明だろう。彼女らの過去を知っていれば余計に感じ入るものがあった。

二人の姿と比べて元治との関係を卑下はしない。やはり甚夜にとって義父は憧れだった。見届けた背中も遺してくれた言葉も、何一つ忘れはしない。ただ、見えていなかったものもあるのだと、今さらながらに思い知る。きっと憧れが強すぎて遠い背中ばかりを追いかけていたから、浮かべた表情を見過ごしていた。

それだけは残念だ。もう少し早く気付けていたのなら、取り零さずに済んだものもあったかもしれない。

「勘定を頼む」

「はーい」

親娘のじゃれ合いにいくらか心も落ち着いた。手早く勘定を済ませて甚夜は改めて須賀屋へと歩みを進める。

道中で過るのは重蔵のこと。もはや親子には戻れないが、取り零したものの価値を胸に刻んだ今なら別の向き合い方もできるような気がした。

「例の浮世絵に問題はありませんでした。鬼の絵というのは、絵師のわずかな後悔がそう言わせただけ。売ろうが持とうが、実害はないかと」

宵の頃、重蔵の私室にて甚夜は淡々と事の顛末を伝える。不義理ではあるが、やはり元治に触れるのは憚《はばか》られたので嘘は吐かず一部を伏せたままにした。それでもどうにか納得は得られたようで、ゆっくりと頷きが返ってきた。

「死者が出たという話は」

「言い方は悪くなりますが、偶然。当人の不運となってしまうでしょう。死を遂げた者が所有していた浮世絵を手にしましたが、こちらも別段変わったところはありませんでした」

もしも無理矢理に九段坂の浮世絵を絡めるのならば、殺害の動機に絵が関わっていたとするくらいか。絵を取り合って事件に発展した。逆に嵯峨道舟の作品が気に食わないため、その所有者を害した。もしくは画題の女、いつきひめに思うところのある誰かが、感情のままに殺しを行っただとか。

「そうか。確かに、騒ぎになるほどの話は聞かん。幸も不幸も巡り合わせか」

重蔵の声にあやふやな想像は断ち切られた。

いや、そこまでは考えすぎか、と甚夜は推測を放り捨てる。

実際、いくつかの偶然が重なって、鬼の絵という話だけが独り歩きしてしまった。今回の件に限っては、巡り合わせの不幸というのがもっともしっくりくる表現かもしれない。

「ご苦労だった。金は帰りにでも渡そう。今は、喉を潤すといい」

先日と似た言い様で、重蔵は話を終わらせた。

甚夜の前にはお膳が用意されている。酒といくつかの肴。酒宴というにはささやかだが、彼は前回の口約束をちゃんと守ってくれたようだ。

「どうぞ、一献」

まずは礼代わりに甚夜が杯に酒を注ぐ。

間を置かず重蔵はそれをあおり、静かに息を吐いた。

「お前もやれ」

返杯を受け、酒を一気に呑み干す。喉を通る熱が心地よい。

行灯《あんどん》の灯の揺れる中、向かい合わせで杯を酌み交わす。二人とも饒舌な方ではないので会話はほとんどなく、注いで呑んでを繰り返すのみ。

しばらく無言で酒をやり、思い出したように甚夜は呟く。

「酒は、よく召し上がるのですか」

以前は、あまり酒を呑む人という印象ではなかった。手慣れた様子に、ほんの少しの違和感を覚えた。

「逃げるための酒だった。いつしか楽しむ酒に変わった。近頃は味もよくなったな」

説明というよりは独白に近い。詳しくは語らないで、こちらの反応など見向きもせずに重蔵はただ杯を傾ける。

「お前は、酒を好む性質《たち》か」

そして返杯。彼の中では甚太のまま、五歳の頃で止まっている。だからこその問いなのかもしれない。

「はい。月を肴に飲む程度には」

月を眺めて嗜《たしな》む酒には、ほんのわずかな感傷が混じる。甚夜の答えもまた、言葉の足らない意味の通じないものだ。

しかし、互いになにも付け加えない。二人ともその必要性を感じなかったせいだろう。相手の意をくめないのも仕方ない。横たわる歳月が長すぎた。今さら二人は親子には戻れない。そんなことは最初から分かり切っていたのだ。

「また、こうして酒をやるか」

けれど重蔵はそう言った。たとえ戻れなくとも新しい形はある。それを学べたから、甚夜も穏やかに笑みを落とした。

「機会があれば是非に」

——交わした言葉は、口約束では終わらない。

近い将来、酒を巡る事件にて二人はまた向かい合い、酒に溺れることとなる。

けれどそれも先の話。今は親子ではなく、依頼者と請け負う者でもなく、ただの酔客として杯を酌み交わす。

「旨いな」

そう言ったのはどちらだったか。

分からなくなるほどに彼等は酒を呑み、ゆったりと酔いに身を任せた。


（鬼人幻燈抄③　江戸編　残雪酔夢へ続く）

双葉文庫

な-50-02

鬼人幻燈抄《きじんげんとうしょう》（二）

江戸編《えどへん》　幸福《こうふく》の庭《にわ》

2021年9月12日　第1刷発行

【著者】

中西《なかにし》モトオ

【発行者】

庄盛克也

【発行所】

株式会社双葉社

〒162-8540 東京都新宿区東五軒町3番28号

［電話］03-5261-4818（営業）　03-5261-4852（編集）

www.futabasha.co.jp（双葉社の書籍・コミックが買えます）

【印刷所】

中央精版印刷株式会社

【製本所】

中央精版印刷株式会社

【フォーマット・デザイン】

日下潤一

ISBN978-4-575-52501-4 C0193

Printed in Japan